プリンス同盟

プリンス・チャーミングと呼ばれた王子たち

クリストファー・ヒーリー
石飛千尋 訳

集英社

プリンス同盟

プリンス・チャーミングと呼ばれた王子たち

ブックデザイン　アルビレオ
イラストレーション　川村ナヲコ

ぼくの英雄、ダシールとブラインに

CONTENTS

プリンス・チャーミング

PRINCE CHARMING

女の子なら誰でも憧れるような〝理想の王子さま〟〝白馬に乗った王子さま〟を象徴する呼び名。当然、強くハンサムで性格もよくお金持ち。おとぎ話の中では、颯爽と現れたプリンス・チャーミングがお姫さまを救い出し、ふたりは恋に落ちていつまでも幸せに暮らすこととなる。

主な登場人物

エラ

またの名をシンデレラ。継母や義姉にいじめられていたが、フレデリックと出会って自由に。

フレデリック

ハーモニア国の王子。舞踏会でエラを見初めて婚約する。

グスタフ

ストゥルムハーゲン国の末の王子。英雄として頭角を現すことを目指している。

ラプンツェル

長い金髪をもつ少女。魔女によって森の中の塔に閉じ込められていた。

ブライア・ローズ

またの名を眠り姫。悪い妖精に眠りの魔法をかけられたが、リーアムに救い出された。

リーアム

エリンシア国の王子。自他ともに認める英雄。隣国のブライア・ローズとは親が決めた婚約者同士。

ライラ

リーアムの妹。兄のことを敬愛し、いちばんの理解者でもある。

ダンカン

シルヴァリア国の王子。“魔法のラッキーパワー”をもつと自称する。

スノー・ホワイト

またの名を白雪姫。ダンカンのキスで目覚め、相思相愛となり結婚。

ザウベラ

この世でもっとも邪悪で強力な魔女。英雄をことごとく憎んでいる。

ディープ・ラウバー

国を越えて悪名をとどろかせている“山賊王”。多くの手下を率い、あらゆる物を盗みまくる。

蒼のラフィアン

手だれの賞金稼ぎ。

MAP OF THE KINGDOMS

プロローグ

プリンス・チャーミングについてあなたが知らないこと

プリンス・チャーミングはおばあさんを怖がります。知らなかったでしょう?

しかし気にすることはありません。プリンス・チャーミングについて、あなたが知らないことはたくさんあるのですから。たとえばプリンス・チャーミングは剣の使い方を知りません。プリンス・チャーミングはドワーフに我慢がなりません。プリンス・チャーミングは理由もなくマントを憎んでいます。

プリンス・チャーミングが何人もいることに気づかなかった人もいるかもしれませんね。それに誰ひとり、チャーミングという名のプリンスもいません。チャーミングは名前ではなく、〝魅力的な〟という意味の形容詞なのです。

プリンス・チャーミングについての知識が欠けているからといって、自分を責めないでください。責めを負うべきは怠惰な宮廷詩人たちです。ご存じのように、かつては宮廷詩人や吟遊詩人だけがニュースの発信元でした。彼らこそが、英雄（または悪党）に名声をもたらし、評判を形づくっていたのです。何か大きな事件が起きると――いつでも宮廷詩人が唄を書き、配下の吟遊詩人たちが国から国へと放浪しながら吟唱《ぎんしょう》して、各地で物語を広めました。しかし、宮廷詩人は細部にこだわりませんでした。乙女を救出したり、ドラゴンを殺したり、呪いを解いたりした英雄たちの名前なんて、さして重要とは考えず、ただ〝プリンス・チャーミング〟とだけ呼んだのです。

宮廷詩人にとってはどうでもよかったのです。〝眠り姫〟のリーアム王子が、火を噴き骨をも砕く怪物と戦って姫を救出した真の英雄であろうと。〝白雪姫〟のダンカン王子が、たまたま通りかかり、ドワーフに命令されて姫にキスしただけのお調子者であろうと。彼らにはひとしなみに同じ呼び名が与えられました。〝ラプンツェル〟のグスタフ王子が、三十メートルの高さの塔から投げ出されて死にそうな目にあったとしても。〝シンデレラ〟のフレデリック王子が、ダンスの巧みさで乙女をうっとりさせただけであっても。

リーアム、ダンカン、グスタフ、フレデリックに共通点があるとすれば、誰もプリンス・チャーミングであるのを喜ばしく思っていない、ということでしょう。その呼び名に対する嫌悪感の共有が、互いの結びつきを強める原動力となりました。四人チームになるのは、必ずしも最上の方法ではなかったのですけれど。

もしちょっと先を覗《のぞ》いてみれば、たとえば20章では、われらが英雄たちが旅籠屋《はたご》〝ずんぐり猪《しし》犬亭《いぬ》〟に座っているのが見えるでしょう。ずんぐり猪犬亭はじめじめとした汚い店で、海賊や殺し屋たちがカード遊びをしながら、次にどんなよこしまな犯罪をするか計画を練っているようなところです。決してプリンス・チャーミングがいそうな場所ではありません。ましてや四人も。しかし20章では、彼らはみなそこに座ることになります。傷を負い、煤《すす》だらけで、髪に魚の骨が刺さったリーアム。へこんで黒焦げになった甲冑《かっちゅう》に身を包み、赤くなった禿《は》げ頭をさすっているグスタフ。墓から這《は》い出してきたかのように見えるほど泥だらけのフレデリック。ダンカンは額《ひたい》に大きなこぶをつくり、身に着けているのは……寝間着? ああ、そして、五十人もいようかというならず者どもが、武器を手に四人のテーブルを囲み、今にも王子たちを叩きのめそうとしています。

20章に至るまでの成り行きを思えば、敗残者のごとく見えるからといって、王子たちを非難できないでしょう。彼らは魔女、巨人、山賊などと渡り合った末、幸運にも生き延びたのですから。この一週間に起こったことを思えば、まさに大乱闘が始まりそうな事態など、さほど驚くほどのものではありません。まあ、これ以上は先のお楽しみとしておきましょう。

ターニングポイントとなるずんぐり猪犬亭の夜へたどり着く前に、まずは平和なハーモニア王国に話を戻さねばなりません。そこからすべての冒険の旅――もしくは珍道中、と人によっては言うかも――が始まったのです。では、フレデリック王子がいかにしてシンデレラを失ってしまったか、というところから覗いてみましょう。

1
プリンス・チャーミング、花嫁に出ていかれる

フレデリックは常いかなるときも、ふがいなかったわけではありません。英雄になりたいと熱意を燃やしたことだってあったのですから。しかし、どうやらそのような運命にはなかったようです。

この世に生まれ出たとき——そしてすぐになめらかな肌触りの絹を敷き詰めたゆりかごに寝かされたとき——から、フレデリック王子は心地よさに包まれた人生を送ってきました。たいそう裕福なハーモニア王国の跡継ぎとして、大勢の召使いたちに囲まれ、想像の及ぶ限りあらゆる手段で甘やかされて育ったのです。這い這いを始めたときは、やわらかな肌が傷つかないよう仔羊

1 プリンス・チャーミング、花嫁に出ていかれる

の毛のひざ当てをあてがわれました。隠れんぼをするときは、執事や従者《じゅうしゃ》たちがいかにもわかりやすい場所に隠れたので——羽毛のうしろとか、ナプキンの下とか——見つけるのにまったく苦労しませんでした。小さなフレデリックが欲しがりそうなもの、必要としそうなものはすべて、銀のお盆に載せて差し出されたのです。

フレデリックに課せられたのはただひとつ、礼儀正しい紳士になることでした。詩の朗読会、舞踏会、十二皿からなる昼食会には、好きなだけ参加できました。そのかわり、少しでも危ないと思われることに参加するのは禁じられました。フレデリックの父、ウィルバーフォース王にとって、見た目が何より大切でした。曾祖父《そうそふ》の〝あばた王〟チャールズが受けたようなひどい嘲《あざけ》りを、二度と家族に向けさせないと誓っていたのです。「切り傷ひとつ、すり傷ひとつ、打ち身ひとつ、つけさせぬ」がウィルバーフォース王のモットーでした。そして極端な基準をもってして、少しでも傷つけそうなものから息子を遠ざけました。フレデリックの鉛筆を尖《とが》らせることさえ禁じたのです。

幼いころのフレデリックは、木登り（足をひねるかも！）、ハイキング（毒ヅタがあるかも！）、刺繍（尖った針が刺さるかも！）といったような楽しみと縁がなくても、まったく問題なく幸せでした。ウィルバーフォース王に言い聞かされたとおり、そういった活動の危険性が深く心に浸透していたのです。

しかし、七歳のとき、フレデリックは勇ましいことに挑戦したいという気持ちに目覚めました。それは、自分の名前を美しい装飾文字で書くカリグラフィーの授業を受けていたときのことです。広間で起きた騒ぎにレッスンが中断され、フレデリックが家庭教師のあとについて城の門まで行

くと、大勢の召使いたちが集まって騎士の来訪に目をみはっていました。

その年老いた騎士はドラゴンとの戦いで傷ついてぼろぼろになり、宿と食糧を求め、城までよろめき歩いてきたのです。王は疲れきった客人を招き入れました。これはフレデリックが生まれて初めて目にした本物の騎士でした（それにフレデリックが本で読んだことのある騎士は、それほどエキサイティングでもありませんでした——寝る前に読むお気に入りの物語は『優美なバートラム卿　魔法のサラダフォークを探す冒険』なのですから）。騎士の短い滞在の間、すっかり夢中になったフレデリックはあとをついて回り、人食い鬼との戦い、ゴブリンの戦争、盗賊の追跡などの話に耳を傾けました。騎士の目にはフレデリックが今まで見たこともないような光があり、スリルへの渇望、戦いへの熱い思いが感じとれました。彼は、フレデリックがお茶とケーキで成長したように、冒険を糧に生きてきた男だったのです。

その夜、騎士が出立《しゅったつ》したあと、フレデリックは剣の稽古をしたいと父王に頼みました。「剣は鋭いのだよ、息子よ。わたしはおまえの耳がついたままでいてほしいのだ」王は微笑《ほほえ》みつつ、フレデリックの願いを退《しりぞ》けました。

小さなフレデリックはあきらめませんでした。翌日、かわりにレスリングならどうかとききました。ウィルバーフォース王は首を振りました。「おまえはうんと小さいのだよ、フレデリック。あっという間に背骨を折られてしまうよ」

さらに翌日には、馬上槍《やり》試合のチームに入ってみたいと頼みました。「それは前のふたつを合わせたよりも、もっと危険なのだ」王は咎《とが》めるように言いました。「ミニソーセージのように串刺しにされてしまうよ」

1 プリンス・チャーミング、花嫁に出ていかれる

「じゃあ、弓は?」

「目を突き刺されるよ」

「武道は?」

「骨が砕けるよ」

「山登りは?」

「目が砕けて、骨を突き刺されるよ」

一週間が過ぎるころ、ウィルバーフォース王はもうこれ以上耐えられないと思いました。スリルに憧れるフレデリックの夢を終わりにしてやらねばなりません。そこで息子をあきらめさせる手立てを考えました。

「父上、洞窟探検ならしてもいいですか?」フレデリックが熱心にききました。

「洞窟探検だって? 底なし穴に落ちてしまうよ」王は叱りました。そして声の調子を変えて言いました。「だが、やってみたければ動物調教ならよかろう」

「本当に?」フレデリックは興奮に震えました。「それは野生の動物? ハムスターや金魚じゃないですよね?」

王はうなずきました。

「ぼくが生きたまま食べられてしまうとは思わないんですか?」

「おお、それを考えると恐ろしくてたまらない。しかし命を危険にさらしてもいいと、それほど固く決意しているのであれば、もはや邪魔だてできぬだろう」父王は、たくらみを織りまぜながら言いました。

次の日、胸を高鳴らせたフレデリックは、曲がりくねった廊下を下って地下の収納庫へと連れていかれました。そこでは古い紋章、予備の笏《しゃく》、赤ちゃんのときの服などを詰めた木箱が壁に寄せられ、特大サイズの檻《おり》のための場所がつくられていました。檻の中では、トラがはあはあとあえぎながら歩いています。小さな王子を見た途端、その猛獣は低くうなりました。

「うわぁ、こんなに大きなのから始めるとは知らなかった」フレデリックは、つい一分前よりかなりやる気を失いつつ言いました。

「王子さま、ご準備はよろしいですか?」動物調教師がききました。フレデリックがかろうじてうなずくやいなや、調教師は掛《か》け金《がね》を上げて檻の扉を開けました。調教師の掛け声を合図にトラは檻から飛び出し、フレデリックに向かって真っすぐ突進してきました。

フレデリックは叫んで逃げました。小さな王子の軽く三倍はあろうかという巨大なトラが、あとを追って走ってきます。フレデリックは、古びた酒杯や音程の狂ったリュートが入っている木箱の間に逃げ込み、隠れられる場所を探しながら、「どうしてトラを止めてくれないの?」と叫びました。

「わたくしにも止められないのです」調教師が答えました。「野生のトラですから。危険だとお父上がおっしゃったはずですが」

フレデリックは重い木のテーブルの下にかがみましたが、まるでたんぽぽの綿毛でもあるかのように軽々と、トラがひっくり返しました。そこで必死に床を這って逃げ出すと、すぐに、巻いて積み重ねられたタペストリーにぶち当たりました。もう逃げ場はありません。フレデリックは涙を流しながら、猛獣の開いた口が近づいてくるのを見て金切り声を上げました。

トラの口にくわえられたとき、あまりにおびえていたフレデリックは、その動物に歯がまったくないことに気づきませんでした。トラは、弱々しく泣いている少年をやさしく檻まで運び、そっと床の上に降ろしました――そうするよう入念にトレーニングされていたのです。実はこのトラは普通のトラではありませんでした。エル・ストリーポという立派な名前を持つ、フリムシャム・ブラザーズ・サーカスの才能あふれるスターだったのです。このサーカスは、見るからに恐ろしい、しかしまったく安全なショーで有名でした。観客の中から選んだ五人の幼児をトラの口に詰め込み、それぞれの母親のところへ順々に返させるというものです。

食べられていないとフレデリックが気づくまで、数秒かかりました。そのとき父王が現れました。フレデリックは父の腕の中に走り込み、涙に濡れた顔を王のローブにうずめました。

「わかったかね？　なぜわたしが、おまえにはこういうことは無理だと言うのか、わかったかね？」フレデリックのうしろでエル・ストリーポの調教師がOKサインを出しているのに、王はちらりと目をやりました。

ウィルバーフォース王の計画はうまくいきました。王子はそれはもう恐ろしい思いをしたため心底震えあがり、勇ましいことをしたいなどとは二度と言い出しませんでした。父上は正しかった、ぼくにはあんな勇敢な挑戦は向いていないんだ、とフレデリックは思いました。

それ以来、恐怖がフレデリックを支配しました。優美なバートラム卿の物語でさえ、いくつかは怖すぎるように思えました。

かわりに礼儀作法の授業や、スタイリッシュな服装のコーディネートに精力を傾け、父王が理想に描いたとおりの王子に育っていきました。実際、そういう方面の才能に恵まれていたのです。

すばらしい立ち居ふるまい、芸術的なフラワーアレンジメント、非の打ちどころのないダンスに、フレデリックは誇りを感じていました。

それから十年ほどたち、フレデリックの心に再び冒険の火が灯《とも》る日がきました。それは花嫁を見つけるために開かれた宮廷大舞踏会の夜のことでした（フレデリックは城から一歩も出たことがなかったので、こういった催しが女の子と出会う唯一の機会です）。舞踏会に出席した何十人もの優雅な女性たちのなかで、ひとりの少女がすぐさまフレデリックの注意を惹きました。それは彼女が美しく、素敵なドレスをまとっていたからだけではありません。そう、彼女にはそれ以上のもの、力強く大胆な目のきらめきがあったのです。それは過去に一度だけ——ずいぶん前にあの年老いた騎士に見たものと同じでした。

謎の少女とフレデリックは一緒に踊り、またとない楽しいひとときを過ごしました。しかし夜の十二時になると、彼女は一言も残さず走り去ってしまいました。

「父上、ぼくはあの女性を見つけなくてはなりません」フレデリックは発奮し、七歳のころの自分を再び感じながらはっきりと言いました。

「息子よ、おまえは城の門の外に出たことがないではないか」王は予言めいた口調で答えました。「もし外にトラがいたらどうするね？」

フレデリックは後ずさりました。あのトラの経験は本当にひどいトラウマとなっていたのです。しかし、フレデリックは完全にあきらめたわけではありませんでした。

信頼のおける従者レジナルドに、謎の少女を見つけ出すよう命じたのです。そしてわかったのは、エラ（これが彼女の名前です）は高貴な生まれではなく、煤《すす》にまみれた掃除係だということ

1 プリンス・チャーミング、花嫁に出ていかれる

でした。フレデリックは、意地悪な継母《ままはは》や義姉の目を逃れ、妖精に協力してもらって魔法の力で舞踏会にやってきたという彼女の話に、いたく興味をそそられました（その家族には絶対会わないで済みますように、と願いはしましたが）。

エラと結婚したいと父王に告げたとき、王は驚いてまくしたてました。「おまえをしっかり教育できたと思っていたのに、どうやらそうではなかったようだ」そして眉をひそめました。「おまえにはよくわかっていないのだろう？　身分の卑しい妃《きさき》は、傷や折れた手足よりもっとイメージを壊すのだよ」

この瞬間までずっと、父王が厳しい規則を課すのは息子の安全を願うためだとフレデリックは信じていました。しかし今や、必ずしもそうではなかったことに気づきました。そして初めて、父に立ち向かったのです。

「指図しないでください」フレデリックは断固として言いました。「いいえ、父上は王なので、指図はできるでしょう。でもぼくの心まで支配することはできません。ぼくの心はエラを求めているのです。そしてもし彼女がここに来てはならないとおっしゃるなら、ぼくが彼女のところまで行きましょう。外の世界がどれほど危険でもかまいません。彼女を得るために必要とあらば、トラも乗りこなしてみせましょう」

実のところ、フレデリックは現実世界に乗り出していくという考えにすっかり恐れおののいていました。もしこの要求を父王が呑《の》まなかった場合、恐怖を乗り越えてやりとげられるものかどうかわかりませんでした。幸いなことに、ショックを受けた王のほうが折れたのです。

こうして、エラは城に迎え入れられました。フレデリックとエラは正式に婚約し、魔法に彩ら

れたふたりのなれそめは王国じゅうの話題となりました。何日かたつうちに、この物語は吟遊詩人たちの大当たり作となり、何度も繰り返し広く歌われました。ところで、よく知られたバージョンでは「シンデレラとプリンス・チャーミングはいつまでも幸せに暮らしました」としめくくられますが、現実のフレデリックとエラにとって、ことはそう簡単ではありませんでした。

皮肉なことに、フレデリックを惹きつけてやまなかった、エラの大胆で冒険好きな精神そのものが、ふたりを分かつことになったのです。エラはひどい継母からまるで囚人のように扱われ、朝から晩までタイルの目地をごしごしこすったり、フォークの枝の間にこびりついたマヨネーズをこそげ落としたりと、わずらわしい仕事にかかりきりになってきました。我慢している間ずっと夢みていたのは、刺激的でわくわくするような人生です。ラクダに乗って砂漠を渡り、古代の神殿で魔法のランプを探すとか、雲に覆われた山頂によじ登り、秘められた山の王国の君主と賭《か》け事をするというような。エラは、自分の将来に何かすごいことが待ち受けているに違いないと心から信じていました。

舞踏会でのフレデリックとの出会いは、魔法と秘密に満ちた一日のクライマックスで、これから尽きることのないスリルいっぱいの日々が始まるとばかりエラは思っていました。しかし、城での暮らしは期待していたようなものではありませんでした。

フレデリックは朝寝坊しがちでした。ときには昼食の時間まで寝ていることもありました。そして、父王の要求を満たせるような身支度を整えるのに一時間以上かかることもしばしばでした。エラは毎日、ようやくフレデリックと会えるときまで、何か刺激的な活動をしたいと楽しみにし

1 プリンス・チャーミング、花嫁に出ていかれる

て待っていました。しかしフレデリックはいつも、ピクニックとか音楽を聴くとか芸術品を鑑賞するといったような、おとなしいことを提案しました。

どうか誤解しないでくださいね。エラはそういったものも全部楽しんだのです——最初の数日間は。しかし十四回目のピクニックを数えるころには、城では同じことばかり永遠に繰り返さなければならないのかと不安に思うようになりました。変化のない毎日に、また囚人のような滅入った気分になってきたのです。そこである朝、エラは自分が何を求めているか、率直にフレデリックに話してみることにしました。

その朝もいつもどおりフレデリックは遅くまで寝ていました。ついに起きると、特別に上等なスーツでいっぱいの衣装だなを十五分かけて眺め（彼にしてはかなり早いほうです）、金色の飾りひもで縁どられて肩にふさ飾りのついた、さわやかな白い服に決めました。それから五分かけて明るい茶色の短髪をとかしつけました。あいにく、いく束かの強情な髪がいうことをきかなかったので、何かがうまくいかないときに王子としていつもすることをしました。

「レジナルド！」

数秒もせずに、痩《や》せて背が高く、薄く尖った口ひげの男が寝室に姿を現しました。「はい、なんでございましょう？　殿下」堅苦しい姿勢に似つかわしく、しかつめらしい声です。

「おはよう、レジナルド。髪を整えてくれるかい？」

「承知いたしました、殿下」レジナルドはそう言うと、銀のブラシを持ち、フレデリックの寝ぐせを直し始めました。

「ありがとう、レジナルド。エラに会う前に、いちばんよく見える自分になっておきたいんだ」

「もちろんでございます、殿下」

「料理人にベッドでの朝食を用意させて、エラをびっくりさせようと思うんだ」

レジナルドは手を止めました。「恐れながら殿下、わたくしが思いますに、お嬢さまはもう朝食がお済みでいらっしゃいます」

「ええっ」フレデリックは不満そうにつぶやきました。「じゃあまたなの。彼女が起きてからどのくらいたった?」

「三時間ほどでございます」レジナルドが答えました。

「三時間! でもぼく、エラが起きたら起こしてくれと頼んだよね?」

「申し訳ありません、殿下」レジナルドが同情を込めて言いました。「ご協力して差し上げたいのはやまやまですが、わたくしどもは王の厳しい命令下にありまして、あなたさまの美容のために眠りを妨げてはならないのです」

フレデリックはレジナルドのブラシを振り払い、椅子から立ち上がりました。「父上がぼくを起こしてはならないと命令した? まだぼくとエラを引き離そうとしているんだね」

フレデリックは寝室の扉へと走り、急いで鏡の前に戻って髪の最終チェックをしてから、部屋を出て婚約者を探しに広間へと向かいました。

エラが自室にいなかったので、フレデリックは庭に出ました。しばし立ち止まってバラの香りをかいでいたとき、ひづめの音が近づくのが聞こえました。振り返ると、大きな白馬が生垣を次々と飛び越しながら、ギャロップで庭を突進してくるのが見えます。王子は逃げようとしましたが、上着についた金色のふさ飾りがバラのとげに引っかかってしまいました。

　半狂乱になったフレデリックが袖を引っ張っていると、馬の乗り手が手綱《たづな》を引いて止まりました。鞍《くら》にまたがっていたのはエラで、フレデリックを見下ろして笑いました。上等とはいえない青いワンピースを着ていて、うしろで結んだ髪が乗馬のせいで乱れています。彼女の強くしなやかな体つきと温かみのある健康的な輝きは、フレデリックのほっそりとした骨組みや日に当たっていない顔色と、際立った対照をなしていました。

「朝からずっと引っかかっていたのでなければいいんだけど」エラが冗談めかして言いました。

「違うよ。たった今こうなったんだ」フレデリックはほっとして言いました。「もしかして、降りて、手を貸してくれたりできるかな？」

　エラは鞍からすべり降りると、馬の鼻を軽く叩き、しゃがんで上着をとげからはずすのを手伝いました。「こんなふさ飾りをつけてると、いつか危ないことになると言ったわよね」

「でもこのごろは、おしゃれな貴人はみんな、こういうのを着るんだよ」フレデリックは明るく答えると服をはたき、腰に手を当て胸を張るポーズをとって、衣装をよく見せました。大げさな身ぶりでエラを笑わせようとしたのです。それはうまくいきました。

「とても素敵よ」エラはくすくす笑い、ピンク色をした馬の鼻を叩きながら、それとなく言いました。「いつか、あなたが馬に乗っているところが見たいな」

「うん。馬に乗ったらきっと雄々《おお》しく見えるだろうね。でも残念なことに、馬の毛のアレルギーがあるんだ」フレデリックに馬の毛のアレルギーなどありません。落馬が怖かったのです。

「すごく残念だわ」エラがため息をつきました。

「きみが馬に乗れるなんて知らなかったよ。お継母《かあ》さんがきみを閉じ込めていたことを考えたら、乗馬のレッスンが充分に受けられたように思えなかったんだけど」

「できなかったわ。この数週間、馬丁頭《ばていがしら》のチャールズに教えてもらってたの。いつも朝に練習していたのよ。あなたが……えっと、寝ている間」

フレデリックは話題を変えました。「ところで、ペニーフェザーがきみについて書いた唄を聴いた？　あの宮廷詩人は間違いなく才能があるね。とても人気があるそうだよ。遠くのシルヴァリアやストゥルムハーゲンでも吟遊詩人たちが歌っているんじゃないかな。きみは知らない間にぼくよりずっと有名になっているよ。ペニーフェザーより有名かも。きみのことを〝灰かぶり〟という意味のシンデレラと呼んでいるのは気に入らないけどね。まるで汚れてボサボサのように聞こえるから」

「わたしは気にしないわ。何年もずっと汚れてボサボサだったんですもの。暖炉の掃除をして、いつも煤や灰にまみれていたのよ。そこから名前をとったのもわかるわ」

「名前といえば、あの唄ではぼくのことを〝プリンス・チャーミング〟と呼んでいるのに気づいてた？　ぼくの本当の名前には全然触れてもいない。人々は、眠り姫やラプンツェルの唄に出てくる王子と同じだと思ってるかも。ちょっと聴いて、意見を聞かせてくれないかな」フレデリックは通りかかった召使いを呼びとめました。「手間をかけてすまないが、甘美な詩人ペニーフェザーを呼んできてくれるかい？　王子とエラお嬢さまが〝シンデレラの物語〟の吟唱《ぎんしょう》を所望していると伝えてほしい」

「申し訳ありません、殿下」召使いが答えました。「ペニーフェザーさまはおられません。実は

1 プリンス・チャーミング、花嫁に出ていかれる

ここしばらく姿をお見かけしないのです。城で話題となっているのでお聞き及びかと存じました。宮廷詩人がどこにいるのか誰も知らないのです」

「そうか、それでここ数日、夜に子守唄がなかったのだな」フレデリックが思案顔で言いました。

「フレデリック、何か恐ろしいことがペニーフェザーに起こったのよ」エラが、ちょっと興奮しすぎているような声で言いました。「確かめなきゃ。さあ、行きましょう。彼を最後に見た人を特定する必要があるわ。まずは門番にきいて――」

「ああ、そんなドラマティックな話じゃないよ」フレデリックがすぐさま言いました。城の中で犯罪が起きたという想像よりも、自分自身がそのような犯罪を調査すると考えるほうが、フレデリックにはつらいことだったのです。「おそらく宮廷詩人の会合か何かに行っているだけじゃないかな。吟遊詩人が帽子につける羽の数はどれくらいが適正かといったようなことを決める……。でも心配いらないよ。ペニーフェザーがいなくても、音楽が楽しめないわけじゃないから。ほかに――」

「唄のことはいいのよ、フレデリック」深く息をついて、エラが言いました。「わたしの、世間から閉ざされていた子供時代について話したじゃない？」

フレデリックはうなずきました。

「今、わたしは自由になったから、新しい経験がしたいの。自分に何ができるか知りたいのよ。それで、ペニーフェザーがいなくなった原因を調べるのでなければ、今日は何をしましょうか？いったいどんな冒険をしようかしら？」

「冒険ね、うん」フレデリックはちょっとの間、思案しました。「今日は素敵な日だね。よく晴

れていて気持ちがいい。ピクニックはどうだろう」

エラは気落ちしました。「フレデリック、何か違うことがしたいの」

フレデリックは迷子の仔ウサギのような目で彼女を見つめました。

「町に旅の曲芸一座が来ているんですって。ここに呼んだら、宙返りとか教えてもらえるんじゃない？」わくわくしながらエラが言いました。

「ああ、でもぼくは足首に故障を抱えているから」フレデリックに足首の故障などありません。

「宝探しはどう？　厨房《ちゅうぼう》係が噂しているのを聞いたんだけど、お父さまの昔の召使いが、黄金の入った袋を盗んで城の下にある地下道に隠したんですって。それを探してみましょうよ」

「ああ、でもぼくは地下に行けないんだよ。湿気がぼくの副鼻腔《ふくびこう》に悪いんだ」湿気があろうと、フレデリックの副鼻腔はなんともありません。

「湖でボートに乗らない？」

「ぼくは泳げない」これは本当です。

エラはむっとしました。「フレデリック、じゃあ何ならできるのかしら？　無礼に聞こえたらごめんなさい。でもわたし、退屈なの」

「いつもと少し違うピクニックならできるよ」フレデリックが希望をもって提案しました。「朝食のメニューを昼食にしてみるのはどう？　クロワッサンにポーチドエッグ。混ぜこぜにしてみるんだ」

エラは馬のところまで歩いていくと、鞍に飛び乗りました。「ピクニックの準備を頼んできて、フレデリック」エラがぴしりと言いました。「待っている間、もう少し走ってくる」

「わかった」フレデリックは彼女に手を振りました。「ぼくはここに座ってるよ」

「そうね、あなたはそうするでしょうね、それが得意ですものね」エラは答えると、駆け去りました。

一時間ほどたったとき、フレデリックは城の芝生に座って（実際には丁寧に広げられたブランケットの上です――白いズボンに草の汁がついてはいけませんから）、昼食と婚約者が来るのを待っていました。召使いがやってきて、フレデリックの前に朝食メニューが載ったトレイを並べ、おじぎをして一歩引くと言いました。「殿下。メッセージを預かっております」

薄切りのグレープフルーツが入ったボウルとチョコレートチップワッフルの皿の間に、二つ折りの紙片がありました。そこに何が書かれているのか、ふいに悪い予感に襲われながら、フレデリックは取り上げて読みました。

やさしいフレデリックへ

こんなことをして本当にごめんなさい。そして、なぜわたしが去らなくてはならなかったのか、いつかわかってくださることを願います。あなたにはお城での暮らしがとても似合っています。山に登ったり、急流を下ったり、古代遺跡を探検したりするような人にはなってもらえそうにありませんね。そういうことをあなたがしたくないのはいいのです。単にあなたの趣味じゃないんですから。あなたの趣味は、お茶とケーキですものね。

でも、わたしにはもっと違うものが必要なのです。

あなたがラプンツェルの唄についてふれたとき、わたしは考えました。あのお話では、王子さまがラプンツェルを助けようとしたけど、最後にはラプンツェルが王子さまを助けたんでしたよね。彼女の行動にハッとさせられました。だから、わたしは彼女を探しに行きます。きっとラプンツェルはわたしと気が合って、ペニーフェザーを探す仲間になってくれるのではないかと思います。結局あなたが言ったとおり、つまらない会合に出ていただけとわかるのだとしても、そこに至るまでにいったいどんな冒険がわたしたちを待ち受けているでしょうか？

フレデリック、あなたはいい人です。なので、お幸せを願ってやみません。こんなことを言っても仕方がないかもしれませんけど、あの舞踏会の夜は、わたしの人生でもっともロマンティックなひとときでした。

ではお元気で。

エラ

フレデリックは手紙を皿の上に取り落としました。あの舞踏会の夜が、彼女の人生でもっともロマンティックなひとときだったって？　彼女は毎夜のように床板の割れ目から死んだクモをかき出すような暮らしだったのですから、そんなのは当然です。そして結びの言葉はどうでしょう。「ではお元気で」だって？　これでは、犬の散歩を頼んだ人にお礼のメモを書くのと変わりません。フレデリックはすっかり食欲をなくしてしまいました。

「レジナルド！」

「ぼくってそんなに退屈だろうか」

フレデリックは部屋に戻り、カシミアのカバーがかかったベッドの端に力なく座っていました。隣には従者のレジナルドがいつものごとく堅苦しい様子で立ち、王子の頭をぎこちなくなでていました。

「よしよし、殿下。ベルスワース伯爵夫人なら、あなたさまのことを退屈などとはおっしゃいませんよ。あの方にチャチャチャの踊り方を教えて差し上げているとき、どれほどうれしそうでいらしたか覚えていらっしゃいませんか？　あなたさまに憧れている方は、それはもう多いのですから」

「うん」フレデリックは悲しそうに言いました。「でもエラは違うみたいだね」

「エラお嬢さまはただ、この城であなたさまが用意して差し上げられるのとは別の人生をお求めなのでしょう」レジナルドが言いました。

「ポーチドエッグ！　ぼくはなんてばかだったんだろう」フレデリックは自分の額《ひたい》をぴしゃりと叩きました。

「女性はほかにもいらっしゃいますよ、殿下」

「ほかの女性なんていらない。ぼくはエラがいいんだ。レジナルド、ぼくはどうすればいいと思う？　どうかぼくのためを思って言っておくれ。父上が言ってほしがっていることだけを言わないでおくれ」

レジナルドはこの懇願について考えました。フレデリックが子供のころから仕えてきましたが、威圧的な父王に立ち向かっているのを見たときほど、誇らしく感じたことはありませんでした。

彼の人生に、エラのような恐れ知らずで元気のよい人を得られたら、どんなにいいことでしょう。

「彼女を行かせてはならない」レジナルドは、過度にかっちりとしていた姿勢をかなぐり捨て、いつもと違うくだけた口調で言いました。

「わぁ」フレデリックは息を呑みました。「いきなりキャラクターが変わったんじゃない?」

「そんなことはいいのだ。それよりわたしの言ったことが聞こえたか? すぐに動け! エラを追うんだ!」

「でも、どうやって?」自分に長年仕えてきた従者が急にワイルドな話し方になったことにとまどいながら、フレデリックはききました。

「馬に乗ってもらう。馬丁頭のチャールズが基本を教えてくれるだろう。なにも乗馬の名手になる必要はない。落馬せず道なりに進むことができれば上出来だ」

「でも――」

「怖いのはわかる、フレデリック。でも乗り越えろ! これがわたしの助言だ。エラが求めているのは自分と同じくらい冒険心のある人、本物の英雄なのだ」

「それじゃあぼくに望みはないよ」フレデリックはふくれました。「ぼくはファッションに敏感だし、筆跡も一流だ。王子にはぴったり向いているけれど、英雄になるなんてとても無理だ」

レジナルドはフレデリックの顔を正面から見つめました。「あなたのどこかにほんの少し、勇気が隠れているはず。それを見つけるんだ。エラがどこにいようと、行って追いつけ。それできっと何かが変わる。あなたが城を出たというだけでエラは感動するかも」

「父上が許してくれるはずがない」

「王には言わない」

「ぼくが行ってしまったといつかは気づく。そしてぼくを連れ戻すために部下を放つよ」

「あなたがどちらに行こうと、反対方向を目指させる」

「言うとおりにすべきかどうか、まだ確信が持てない。外は本当に危険なんだ」

「それはお父上がおっしゃったこと。よく聞くんだ、フレデリック。この旅はエラのためだけじゃない、かつていろいろなことに挑戦してみたがった小さな男の子のためでもあるんだ」

「いとこのローレンスのこと？　ろうで作った翼で空を飛ぼうとして足を折った」

レジナルドはまじめな顔つきでフレデリックを見ました。「フレデリック、あなたはお母上のことを覚えていないだろうけど、わたしは覚えている。そしてお母上があなたにどう育ってほしいと思っていたのかも」

フレデリックは立ち上がりました。「よし。ぼくは行くぞ」

「そうこなくては」レジナルドが言いました。

フレデリックは堂々と部屋から出ました。次の瞬間、堂々と部屋に戻ってきました。

「外に出るならたぶん、もっとそれにふさわしい服に着替えたほうがいいよね」

レジナルドはフレデリックの肩に手を置き、微笑みながら言いました。「外にふさわしい服はお持ちじゃありませんよ。さあ、厩《うまや》へ行きましょう」

翌朝の数時間、内緒で乗馬の集中レッスンを受けたあと、フレデリック王子は馬にまたがって城の門から速足《トロット》で出ました。レジナルドと馬丁頭のチャールズが手を振って別れを告げました。

フレデリックはきつく目を閉じ、馬の首に腕を回しています。そのとき急に思い至ったことがありました。

「待って」フレデリックは背後のレジナルドに呼びかけました。「どこに行けばいいのかわからない」

「エラさまの手紙には、ラプンツェルを探しに行くとありました。唄の中では、あのお話がどこで起こったことなのかはっきり示されていません。しかし、優雅さを欠いた韻の踏み方からすると、〝ラプンツェルの唄〟はストゥルムハーゲンの宮廷詩人、リリカル・リーフの作品に違いありません。ふん。リリカル・リーフという名前からは、『いとも長き乙女の髪、短いひげを持つのはオキアミ』なんていうのより、ましな詩を書く人間を想像するかもしれませんが。とにかく南へ、ストゥルムハーゲンを目指すのです」

「でも、ストゥルムハーゲン？　怪物がいっぱいいるところだよね」フレデリックは目を見開きながら言いました。

「大急ぎで走ってください」馬丁頭のチャールズが大声で言いました。「幸運があれば、国境にたどり着く前にエラお嬢さまに追いつきます」

「ぼくは大急ぎで走れない。前へ進むだけで精いっぱいなんだから」

「それなら、今のところうまくできてます」レジナルドが叫びました。「気を強く持ってください！」

フレデリックは馬の首をしっかりつかみ、自分はいったいどんな世界に飛び込もうとしているのだろうと思い惑いました。二十四時間後には暴風雨にあってびしょびしょになり、城を出なければよかったと思うことになります。一週間もすると、怒った巨人の影にぶるぶる震えることでしょう。その翌週には、ずんぐり猪犬《ししいぬ》亭へたどり着きます。しかし今は、ストゥルムハーゲンへの道をひたすら進むばかりでした。

2 プリンス・チャーミング、野菜を守る

ストゥルムハーゲンは観光客に人気の国ではありません。それはおもに、怪物たちのせいです。影に覆われた王国の深い森には、ありとあらゆる恐ろしい生き物がうじゃうじゃいました。それでも、そのような事実は、頑丈な地元民にとってはたいした悩みでもないようでした。大方のストゥルムハーゲンの国民にとって、トロールやゴブリンの来襲は、食糧庫のネズミや靴下入れのイタチと同程度の、折々に対処しなければならないやっかいごとでしかありませんでした。たとえば王族の例を見てみ

2　プリンス・チャーミング、野菜を守る

ると、六十歳のオラフ王は身長二メートル十三センチで、素手で木を根こそぎ引っこ抜くことができます。バーティルダ王妃は、王より背が五センチばかり低いだけで、にせの〝魔法の豆〟を売りつけようとした詐欺師を殴り倒した武勇伝で知られていました。

グスタフ王子は身長が一メートル九十八センチあり、たいていの戸口につかえてしまうほど広い肩を持っていましたが、それでも家族の中では一番小さいのでした。十六人の兄の下で〝ちび〟として育ち、グスタフはもっと大きく、もっと人目を引く男になりたいと狂おしく願っていました。そのためいつもぐっと胸を張り、とても大声で話しました。食堂のテーブルの上に乗り、英雄像のようなポーズをとって、「強大なグスタフは、ミルクのおかわりを所望するぞ！」と叫んでいる六歳の男の子を思い描いてみてください。これは彼を堂々とどころか、おかしな子であるように見せました。年上の兄たちは無情にも、ばかにして笑いました。

グスタフが必死になればなるほど、みなはもっと笑いました。グスタフは毛糸玉を袖の中に詰めて筋肉を大きく見せようとしたり（残念ながら、でこぼこでしたが）、編み上げ靴の底にレンガを結わえつけて背を高く見せようとしたりしました（そして全身ギプスをした力士のように不器用に歩き回りました）。また、髪を長く伸ばして、意味ありげに見せようとさえしました。兄たちがからかうのをやめなかったのも不思議ではありません。

十代の後半になると、グスタフは欲求不満でいつも怒っている、孤独な人間になりました。そして可能な限り、ほかの人と接触するのを避けて過ごしました（これはほかの人たちにとっても悪くないことでした）。馬に乗ってストゥルムハーゲンの松の森を放浪し、何か戦う相手がいないかと探し回りました――自らの力と勇壮さを証明するためです。ある日、グスタフは驚くべ

きものに行き当たりました。

　森の中の開けた土地に、高い塔がぽつんと建っていたのです。奇妙なことに、扉も階段もありません。そしていちばん上にある部屋には、二十五メートルもの長い髪を持つ少女が閉じ込められていました。窓から垂《た》らされた輝く金髪のふさをロープのように使って、グスタフは上まで登りました。塔の小さな部屋にたどり着くと、少女の名前はラプンツェルで、邪悪な魔女に監禁されているということがわかりました。

　さて、グスタフはまったく女性にもてる男ではありません。実のところ、女の子と目を合わせたのもこれが生まれて初めてかもしれません。グスタフはラプンツェルに心を動かされました。彼女は、城の周りで見たことがあるような女の子たち――特に彼を押さえつけて、分厚いむちのような三つ編みで打ってくる凶暴ないとこたちとは、まるで違っていました。ラプンツェルは全体的にやわらかな曲線でできていて、品よくしとやかに動きました。そしてにっこり微笑んでグスタフの手をとり、やさしく話しかけてくれました。そうか、これがみんなが女の子を好きな理由か、とグスタフは納得しました。

　初めて感じる気持ちで胸がいっぱいになったグスタフは心を開きました。兄たちへの文句を言うと、なんと驚いたことに、ラプンツェルは聞いてくれたのです。グスタフは天にも昇る心地でした。そして四時間も愚痴をしゃべりたてているうちに、日が沈みかけていることにラプンツェルが気づきました。もうすぐ魔女が戻ってくる、と彼女は言い、グスタフに助けを呼んできてくれるよう頼みました。

　グスタフはラプンツェルの髪を伝って塔を降り、馬に飛び乗って、急いで王宮の方向へ向かい

2 プリンス・チャーミング、野菜を守る

ました。しかし、魔女の塔から一キロばかり離れたところで、馬を止めました。なにも兄たちを呼び集めて助けてもらうことはありません。彼らは称賛をすべて横取りし、もしかするとラプンツェルの注目も奪ってしまうかもしれません。いや、これは自分だけの救出劇、自分だけの英雄的行為となるべきだ、とグスタフは思いました。

闇を増していく空の下、グスタフは馬を返し、塔に向かって走りました。ラプンツェルは髪を下ろしてくれましたが、グスタフがひとりだけで戻ってきたのを見て困惑しているようでした。

「ほかの人たちは？」ラプンツェルがききました。

「ほかの人は必要ない。おれが助ける」グスタフは自信たっぷりに言いました。

「はしごを持ってきた？」ラプンツェルが期待を込めてたずねました。

「いや」グスタフは答えましたが、急に心もとない感じになりました。

「じゃあ、わたしたち、どうやって外に出るの？」

グスタフは何も考えていなかったので、何も言いませんでした。ただ部屋の隅をちらっと見回して、何かを探しているふりをしました。

ほどなくして、外からしわがれた声が呼ばわるのが聞こえました。「ラプンツェルや、髪を下ろしておくれ」

「ザウベラだわ。早く、隠れて」ラプンツェルが小声で言いました。

「おれは誰からも隠れない。魔女を上がらせるんだ。部屋に入った瞬間、おれが魔女を殺す」

「でも――」

「そうするんだ」グスタフは言い張りました。

ラプンツェルは長い髪を下ろしました。

のちにリリカル・リーフがこのできごとを〝ラプンツェルの唄〟として記したとき、プリンス・チャーミングと魔女との〝戦い〟は、三行もの長さにわたりました。実際には三秒もたたずに決着がついたのですが。魔女が窓枠に足をかけた途端、グスタフが飛びかかりました。邪悪な魔女はグスタフを捕らえ、人ならぬ力をもってして、塔から放り投げました。はいおしまい、です。

グスタフの着地は、それはもうひどいものでした。顔から先に、とげだらけのイバラの茂みに落ちたのです。何とも痛ましいことにイバラのとげが目に刺さり、光を奪ってしまいました。それから数日の間、グスタフは森の中を、木から木へとたどってよろめき歩きました。哀れなことでした。一週間もたとうとするころ、グスタフは飢えて倒れました。

その間、ラプンツェルはどうにかして自由になりました（いったいどんな離れ業をやってのけたのか、彼女と魔女以外には謎のままです）。ラプンツェルは森でグスタフを探し、ついに、飢えて倒れているところを見つけました。ラプンツェルはグスタフをかき抱き、涙を流しました。ここがなんとも驚くべき場面です。ラプンツェルの涙がグスタフの目に落ちるやいなや、その瞳はまた光を取り戻したのです。

この物語が広まると――吟遊詩人たちは実にたくさんのリクエストを受けました――グスタフは、兄たちから今までよりもっとひどく扱われるようになりました。グスタフが顔を見せると、必ず嘲りの声が聞こえました。それはたとえばこんな感じです。「気をつけな、プリンス・チャーミング！　危険なイバラがあるみたいだぜ。まあ心配すんなよ、いとこのヘルガを助けに呼んでやるから！」

2 プリンス・チャーミング、野菜を守る

　グスタフは、これが人生最悪のときだと思いました。失敗者として有名になってしまったのです。もとより人づきあいのいいタイプではありませんでしたが、ますます悪くなっていきました。ある日、羊飼いの集団に冷やかされたあと（グスタフいわく羊たちも笑っていたそうです）、森の中に逃げ込んで、高い木のてっぺんまで登り、枝に隠れて人との接触を避けようとしました。それでもラプンツェルには見つかってしまいました。

「降りてきて。わたしと一緒に帰りましょう」ラプンツェルが呼びかけました。

「あっちに行け」グスタフが答えました。「木の上にいたいのがわからないのか？」

「みんなの言葉にどんなに傷ついたかわかるわ。でも、わたしがいやなことを言ったりしないのはわかるでしょ」

「ああそうだな――あんたはリトル・ミス・パーフェクトだからな」グスタフはぶつぶつと言いました。「全部あんたのせいだ。そうだろ？　どいつもこいつもおれをもの笑いの種にするようになったのは、あんたが原因だ」

「そんなふうに感じていたのならごめんなさい」グスタフを見ようと首を伸ばしながら、ラプンツェルが言いました。「ただ助けたかっただけなの。あなたがあんな様子でいたのを見たとき――」

「おれは大丈夫だった」

「半分死んでいたわよ」

「というより半分生きていた！　おい巨大おさげ、これがあんたの問題だ。頼んでもないのに治そうとしやがる」

「人を癒《い》やすのはわたしの生まれつきの能力なの」

グスタフは鼻を鳴らしました。「あっそう、おれはごめんだね。行って、ほかの誰かを癒やすんだな」

ラプンツェルはしばし沈黙し、それから言いました。「そうするわ。この能力を自分だけのものにしておくなんて利己的ですもの。世の中には困っている人たちがたくさんいるわ。あなたにあなた自身のことを好きになってもらいたかったのだけど、時間と能力の無駄づかいになりそうね」

「なんだって？」枝を何本も折りながら、グスタフが飛び降りてきました。「おいミラクル・ガール、その力を自分のために使ってみたらどうだ。ちょっと頭に問題があるんじゃないのか？なぜならおれは充分、自分に満足してる。おれ自身であることが大好きだ。好きじゃないってなんなんだ？　おれは誰よりも強い戦士で、狩猟がうまくて、乗馬も得意で――」

「もし本当にありのままの自分を好きだというのなら、どうしてほかの人より優れていると証明する必要があるの？」

「行っちまえ」グスタフは怒鳴りました。「行って、どこかの誰かを助ければいい。おれには誰も必要じゃない」

ラプンツェルは髪をかき寄せると、歩き出しました。

「そうね、人々を助けるのは、わたしがしなくてはならないこと。わたしはあなたが理解できないわ、グスタフ。でもたぶん、あなたはわたしのことを理解しているんでしょう」

ラプンツェルが去ったことをグスタフは誰にも話しませんでした。彼女の出立はグスタフをよ

2　プリンス・チャーミング、野菜を守る

り頑《かたく》なにし、自分が尊敬に値する英雄であると世に示さなければ、と強く決心させました。グスタフは田園地帯を馬で走り回って日々を過ごし、救出を必要としている人を探しました。

数か月後、ストゥルムハーゲンの郊外の村で、ロシルダ・スティッフェンクラウスとその子供たちがせっせと赤カブを畑から引き抜いて収穫していたときのことです。近くの木々をガシャガシャとかき分け、でかい図体のトロールが大きな鼻をくんくんいわせながら森から出てきました。今までにトロールを見たことがありませんか？　全長は二メートル七十センチくらい、沼のような深緑色をしたもじゃもじゃの毛に覆われて、角《つの》はあったりなかったりします（このトロールには、頭の左側から一本の曲がった角が突き出ていました）。初めてトロールを見た人は、恐ろしいおばけほうれん草が襲撃してきたと勘違いしてしまうこともしばしばです。しかし、ロシルダ・スティッフェンクラウスは生まれも育ちもストゥルムハーゲンなので、見てすぐにトロールだとわかり、ため息をつきました。

「あんれまあ、冗談じゃない、また来た。おいで、子供たち。あれが行ってしまうまで家の中にいるんだよ」

大きな緑色の怪物は、見るも恐ろしい顔に空腹の笑みを浮かべて、ブーブー言いながら農婦の家族のほうにドシドシと歩いてきました。ロシルダが十一人の子供たちを小さな木造の家に素早く押し込むと、怪物は作物の真ん中に座り、とりたてで新鮮な赤カブをひとつかみずつ口に放り込み始めました。ロシルダは怒り狂いました。

「畑がくさくなるのはまあいいとして」ロシルダはつばを吐きました。「あのけだものに、あた

しらの野菜をむさぼり食わせるなんてとんでもないね」

ずんぐりした赤ら顔の農家のおかみさんは、エプロンで手を拭《ふ》くと、扉をバタンと開けてまた外に出ました。「その汚い手を赤カブから放しな！」ロシルダが怒りの言葉を叫ぶたびに、荒々しく縮《ちぢ》れたにんじん色の髪の毛が跳ね上がりました。「収穫するのに午前中いっぱいかかったんだ。おまえみたいなのに全部がつがつ食われてたまるもんか！」

ロシルダは地面からシャベルを拾うと頭上に振り上げて、自分の倍ほどもある野菜泥棒をぶん殴ろうと脅しました。子供たちは戸口に集まって応援しました。「かあ・ちゃん！　かあ・ちゃん！」

トロールが驚いて彼女を見上げると、鮮やかな赤カブの汁があごまで垂れました。「うー」トロールがうなりました。「シャベル奥さん、打《ぶ》つ？」

「そのとおり、打つよ」ロシルダが噛みつくように言い返しました。「もしその野菜を置いて森へ帰らなかったらね」

トロールは、自分をにらみつけているロシルダの顔から、威嚇《いかく》のために振り上げられた錆《さび》だらけのシャベルへと目を泳がせました。そして食べかけの赤カブを手から落とし、立ち上がりました。

「シャベル奥さん、トロール、打たないで。トロール、けんかしない。トロール、行く」

さあグスタフ王子の登場です。毛皮の飾りがついた甲冑《かっちゅう》をまとってガチャガチャ音を立てながら、光った巨大な斧《おの》を振り回し、馬の背にまたがってトロールへ突撃してきました。

「のろいぞ、けだものめ！」金髪をなびかせて叫ぶと、馬を止めずに鞍から飛び降り、人間ミサ

2 プリンス・チャーミング、野菜を守る

イルとなってトロールを突き倒しました。王子とトロールは、ガチャガチャ、ブーブーと鳴る塊《かたまり》となって畑を転げ回り、赤カブの芽がなぎ倒されていきます。怪物がなんとか立ち上がってグスタフをぽいと放り投げると、グスタフは垣根の厚板に突っ込みましたが、敏捷《びんしょう》に体勢をととのえて再び怪物に突撃しようとしました。そのとき、トロールの口の周りについた鮮やかな赤カブの汁が見えました。

「子供を食ったな！」グスタフは叫び声を上げました。もちろん子供たちは全員まったくの無事で、戦いを見ようと庭に出てきて列をなしています。しかしグスタフは怪物に集中しすぎていて気づきません。王子が大斧を振り回すと、トロールは大きな鉤爪《かぎづめ》のついた手でそれをつかんで取り上げ、畑の隅へと放り投げました。そこに並んでいた酢漬けの赤カブが入った樽がいくつも、バリバリ、ビシャッと粉々に壊れました。

「この野郎、おっ死《ち》んじまえ」今や丸腰となった王子は、悪態をつきながら立ち上がり、トロールと顔を突き合わせました。怪物は七十センチ以上も大きかったのですが、グスタフは恐れのかけらも見せませんでした。グスタフには〝恐れる〟ということがないのです。苛立ち、うろたえ、きまり悪さといった感情はおなじみのものですが、恐れだけは違います。

「なんで、怒りんぼ男、こんなことする？」トロールがききました。グスタフはまた怪物に突撃しようとしましたが、途中でつかまれて宙に吊り上げられました。そして逆さまにされ、パイルドライバーさながらの技で頭から地面に打ち込まれました。目を回したグスタフは這い進もうとしましたが、トロールはまだ足をつかんでいて、グスタフを左に振って積み上げてあった木箱を打ち壊しました。次に右に振ると、垣根の郵便受けにぶつけました。グスタフはトロールに向か

ってこぶしを振り回しましたが、届きさえしません。怪物がグスタフを頭上に持ち上げて農家の屋根に放り投げようとしたとき、ロシルダがトロールのうしろにやって来て、シャベルで頭をガシッと打ちました。

「あう」トロールはグスタフを泥の中に取り落とし、殴られたところをなでさすりました。「シャベル奥さん、トロール打たない、言ったのに」

「それはおまえが、その弱い男をひどい目にあわす前のことだよ」ロシルダが鋭く言いました。

「さあ、出ていけ」

「でも、怒りんぼ男、最初にトロール、打った」

「知らないよ。出ていけ」ロシルダがまたシャベルを振り上げました。

「やめて、やめて。トロール、行く」そして巨大な怪物は、足を引きずるようにして森へ消えました。子供たちが歓声を上げて庭で踊り出しました。

まだ地面に横たわっているグスタフに、ロシルダが手を差し出しました。グスタフは怒ってその手を振り払い、自力で立ち上がって文句を言いました。「もう少しだったのに。邪魔しないで欲しかった」

「ちょっと。あんたが飛びかかったときには、トロールはもう行こうとしてたとこだったんだよ」ロシルダが言いました。「何も問題なかったのに。それに見てごらんよ――あんた、うちの畑をめちゃくちゃにしちまったよ」

グスタフは畑をしげしげと見渡しました。垣根は壊れ、樽は粉々になり、赤カブはつぶれ、ぺしゃんこになった野菜が列をなしています。「少しばかりの野菜が心配か？　あの怪物は子供を

2 プリンス・チャーミング、野菜を守る

食っちまったんだぞ！」グスタフは叫びました。

「あれはそんなことしてないよ」ロシルダがばかにしたように言いました。

「口が血だらけだった！」

「赤カブの汁だよ」

「えっ、確かか？」グスタフは、楽しげに踊っている子供たちを見回しました。「少なくとも子供ひとりは食っているはずだ。数えたか？」

「ほら、ご覧よ、光った甲冑の騎士さん」ロシルダは、赤カブの汁で汚れた大斧をグスタフに手渡しながら言いました。「うちに何人のちびっこがいるかよくわかってるし、ひとりもトロールの腹の中になんぞ入っちゃいないよ。たぶん、ほんの少し立ち止まって考えてみてたら――」

ロシルダは言葉を途切らせるとグスタフのほうに近づき、にやっと笑いながら「ちょっと待って」と言いました。「あんたを知ってるよ。ラプンツェルのお話の王子さまだろ」

このとき、子供たちがワーワー騒ぎながら、グスタフの周りに群がってきました。グスタフは何も言いませんでした。

「そうだよ、確かにあんただ。プリンス・チャーミングその人だ」

「おれの名前はグスタフだ」

「あたしは王宮に行ったことがあるんだよ。そこであんたを見た」

グスタフは断固として言いました。「いや、兄と勘違いしているんだろう。兄がチャーミングで、おれはグスタフ王子だ。強大なグスタフ」

小さな男の子と女の子が、それぞれグスタフの腕によじ登り始めました。

「はいはい、殿下。じゃあ王族の財布を開けて、めちゃめちゃになった畑を弁償してくれるかね?」

「おれは黄金を持ってきていない」両肩に座った子供たちに髪を引っ張られながら、グスタフが言いました。「でも城の会計係に言って、金を送らせよう」

グスタフは、いやな話題をこれ以上ほじくり返される前に立ち去ろうとしましたが、毛皮つきの重い防護靴を履いた両足にも子供たちが乗ってまとわりついてきたので、早く歩くことができません。

「ひとつ教えてよ、殿下」ロシルダが大声で呼びかけました。「なんではしごを持っていかなかったの?」

またその質問? グスタフはもう耐えられませんでした。体を揺すって子供たちを振り払うと、みんなキャッキャと笑いながら泥の中に転げ落ちました。「んがっ」というのがグスタフの返した言葉でした。

「城に帰ったらさ、リリカル・リーフに新しい唄の材料があると教えてやったらどう?」ロシルダがにやにや笑いながら追い討ちをかけます。「もう何か月もたったんだし、かわいい女の子がどうやってあんたの命を救ったのか聴くのは、そろそろ飽きてきたんだよ」

「参考までに教えておくが、あのこそこそした唄書きは、この数週間ストゥルムハーゲンの城に顔を出していない」グスタフはうなるように言いました。「やっかい払いができた、と言うべきだな」

ぶっきらぼうに背を向けると、グスタフは焦げ茶色の軍馬に飛び乗りました。このうるさい農

2　プリンス・チャーミング、野菜を守る

婦にわざと土ぼこりを蹴立《けた》ててやるつもりでしたが、馬に拍車をかける前に、新たに近づいてくる者がいることに気づきました。明るい黄褐色の雌馬にまたがり、鞍の上で不格好に背中を丸めて、ごくゆっくりと進んできます。そして農家の入口までたどり着くと、馬を止めて顔を上げました。グスタフとロシルダ、子供たちは、見知らぬ男のひどく奇妙な服装をじっと見つめました。金色のひもとふさで飾られた、ほこりまみれの白いスーツです。

「こんにちは」その男は弱々しい微笑みを浮かべて言いました。「いきなりおかしなことを伺いますが、ラプンツェルの物語をよくご存じの方はいませんか？　ラプンツェルとは非常に髪の長い少女で――」

子供たちが大喜びで跳ね回り、グスタフを指差しました。「おお、あなたが物語を知ってらっしゃる？」見知らぬ男が言いました。

ロシルダが含み笑いをしました。「ていうかご本人だよ。そこにいるのがプリンス・チャーミングだ」

男は目を見開き、いずまいを正しました。「まさか、ご冗談では……えっ、本当？　おお、なんとすばらしい。この一週間がいかにひどいものだったか。ぼくはハーモニアからはるばるやって来ました。延々と馬に乗り、睡眠もろくにとらず、村や農場を見かけるたびにたずね回ったんです。ほとんど飢えたも同然で――この辺りでスコーンと呼ばれている代物《しろもの》ときたら、とても信じがたい。明らかに客のシーツを取り換えていない宿屋で寝なくてはならなかったし、魚が泳いでいる水で顔を洗わなくてはならなかった。すみません、話がそれましたね。要するに、ぼくはラプンツェルがどこにいるか教えてくれる方を見つける望みを胸に、これら苦難をしのいできた

のです。そして今、あなたに出会いました。ほかならぬ、あなたに。そしてこれはご想像より驚くべき事態ですよ。なぜなら、ぼくもプリンス・チャーミングだからです！」

グスタフは眉根を寄せました。「あんた、頭がおかしいだろ」

「いえ、ごめんなさい、ちょっと興奮しすぎました。ええと、ぼくの名前はフレデリックです。そしてプリンス・チャーミングでもあるんです。シンデレラの物語の」フレデリックは明るい笑顔を浮かべると、グスタフに手を差し出しました。グスタフは応じませんでした。このおかしな男が何を言っているのか理解できず、信用できないと思ったからです。反対に子供たちは、シンデレラの名前を聞いてワーッと拍手喝采《かっさい》しました。それに応えてフレデリックはさっと会釈しました。

「さて、改めて説明させてください」フレデリックがグスタフに向かって話し始めました。「ぼくは婚約者を探しているんです。エラというのが彼女の本当の名前です。一週間ほど前にハーモニアを去ったんですが、わかっているのはラプンツエルに会いにストゥルムハーゲンに向かったということだけなんです。というわけで、ラプンツエルのところへ連れていっていただけないかと……」

「ついてこい」グスタフが言い、馬を畑の外へ進めました。

「おお、すばらしい。それで、どのくらい遠いんでしょう？」

「ラプンツエルのところに連れていくんじゃないぞ。野次馬たちの耳に届かない場所で話したいだけだ」グスタフはそう言うと、行ってしまいました。

「あっ。じゃ、子供たち、バイバイ！」フレデリックは農婦の一家に手を振ると、期せずして馬

2　プリンス・チャーミング、野菜を守る

を三回ぐるぐると回らせてから、グスタフのあとを追いました。

「ふん」ロシルダがぶつぶつと言いました。「あれが、みんなが結婚したがっている王子さまだっていうのかい？　あたしにはとんとわかんないね」


　ふたりの男たちはしばらく無言のまま、草原に囲まれた道を速足《トロット》で走りましたが、とうとうフレデリックが口を開きました。「えーーー……、さっき、ラプンツェルのところには行かない、とかおっしゃいましたね」

「そうだ」グスタフが答えました。「ラプンツェルのところには連れていかない」

「それはどうして？」

　農家から充分に離れたと思ったので、グスタフは馬を止め、まじめな顔で言いました。「おい、本当にあの話の王子なのか？」

「そうです」苦心してグスタフの隣に馬を並べると、フレデリックが言いました。「あなたは本当にラプンツェルの王子？」

　グスタフはむっとしました。「おれはラプンツェルの王子などではない。でもまあ、そうだ、おれはあのまぬけな唄に出ている。ラプンツェルのところへは連れていけない。なぜならどこかに行ってしまったからだ」

「ああ。ではぼくたちは同じ状況なんですね」フレデリックはがっかりしました。

「あの農婦とちびどもに、ラプンツェルがいなくなったと聞かれたくなかった」グスタフはフレデリックをにらみつけました。「おいおしゃれ男、もし誰かに話しでもしたら後悔することにな

るぞ」

「話しませんよ」フレデリックは答えました。「でも、そんなに重大な秘密だというなら、どうしてぼくに教えてくれたんですか?」

正直なところ、なぜこのおかしなよそ者を信用することにしたのか、グスタフにもよくわかりませんでした。もしこの世に自分を理解できる者がいるとしたら、それはプリンス・チャーミングとなるべく呪われた、別のかわいそうな笑い者なのではないかと感じたのかもしれません。しかし、この男が本当に王子ということがありうるでしょうか? まるで気のふれたドアマンのように見えます。兄たちなら昼めしにして頭から食っちまうだろうな、とグスタフは思いました。さらに、もしこの男が兄たちに嫌われるようなタイプだとしたら、そんなに悪いやつではないかもしれない、とも考えました。

「おまえの彼女に何があったんだ?」グスタフがききました。

「エラは、ぼくのことが退屈だと言って去ってしまったんです。でもあなたは全然退屈な人ではなさそうですね。だから、こんな問題とは縁がないでしょうけど……」

「退屈? はっ! ああ、それよりずっと悪いぜ。ラプンツェルは人々を助けるために去ってしまった」グスタフはつばを吐きました(ラプンツェルの出立が、自分のふるまいに関係しているという可能性を受け入れられなかったのです)。

「よくわかりませんね」フレデリックが言いました。「人々を助けるのが、悪いことですか?」

「おれの話を知ってるんだろ?」

フレデリックはうなずきました。

「じゃあ、イバラの茂みについても、ちょっとは知ってるな？」

「目が見えるようになったのは、本当に彼女の涙のおかげなんですか？」

「知るもんか」グスタフがぶつぶつと言いました。「でもラプンツェルは自分の力でおれを救ったと思い込んでる。そしてひとたびあの唄が広まると、状況はひどくなるばっかりだ。ラプンツェルは魔法の涙を持った勇敢なヒロイン。一方おれはどうだ？　ばあさんにやっつけられて、女の子に助けられたとんまだ。とにかく、ラプンツェルは人々を癒やせると信じていて、世界に善行を振りまくためだかなんだか知らないが、行ってしまった。そしておれは汚名と共に残された……」

「それは本当にお気の毒――」

「ちょっと待て」グスタフがさえぎりました。ふと、このばかみたいなスーツを着たおかしな男が、まさに自分に必要なもの――英雄的行為のチャンス――を提供してくれるかもしれないことに思い当たったのです。「探している彼女――シンデレラは何らかの危険にさらされているんだな？　助けがいるんだな？」

「ええと、まだわかりませんが」フレデリックが答えました。

「シンデレラが危ない！」客観的事実であるかのようにグスタフが断言しました。〝危ない〟という言葉を聞いて、フレデリックがひるむのがわかりました。婚約者に助けが必要だと説得するのは簡単そうです。

「ストゥルムハーゲンは素人《しろうと》に冒険できるようなところではない。どこに行っても怪物がいるからな」

「トラも?」フレデリックが、かろうじて聞き取れるほどの小さな声でききました。

「当たり前だ。どこにだっている」グスタフが答えました。「ついさっきも、トロールから農家のみんなを救ったところだった」

「嘘でしょう?」フレデリックは親指の爪を噛みながらたずねました。

「断じて本当だ。シンデレラは武装してるのか?」

フレデリックは頭《かぶり》を振りました。

グスタフは興奮をおし隠そうとしました。

「おれは決して斧なしでは外出しない」今は背中にしばりつけてある巨大な武器を、身ぶりで示しながら言いました。フレデリックは、その大きな刃《やいば》をちらっと見て――まだ赤いしずくが垂れています――馬から落ちそうになりました。

「この森で、武器なしで無事でいられる者はいない。彼女はどんな服を着ている?」

「青いワンピースだと思います」

「ワンピース?」グスタフがばかにしたように言いました。「おれを見ろ。これこそがストゥルムハーゲンで必要な備えだ」光る甲冑が肩を覆っています。腕、手首、脚は金属で防護され、どれも厚い毛皮で飾られていました。胴体には毛皮の裏地がついた上着をまとい、その下にさらに防護服を着込んでいました。鉄でできた長い防護靴は、固い壁をつき破って進めそうなほど強く見えます。

「ぼくはそんなのを着たら歩けそうもありません」

「もしすでに一週間もひとりでこの辺りにいるというなら、急いだほうがいい。しゃべっている

2 プリンス・チャーミング、野菜を守る

間にも、命が危険にさらされているかもしれない」

「おお、なんと。えっと、うーん、あのぅ、うーん、あなたも――」

「ああ、おれが彼女を救ってやろう」グスタフが宣言しました。「行くぞ!」

掛け声とともに、グスタフは暗く深い森に向かって、ギャロップで駆け出しました。

「お願い、そんなに速く行かないで!」フレデリックが無様《ぶざま》なジグザグ走りであとを追いながら叫びました。「鞍でお尻がすりむけているんです!」

3

プリンス・チャーミング、おばあさんなんか怖くないと言い張る

　過去何度か、フレデリックにはほかの国の王子たちと交流する機会がありましたが、ストゥルムハーゲンのグスタフ王子はその誰とも違っていました。とんでもなく粗野だったのです。それにこらえ性がなく、目も当てられないほど会話が下手《へた》でした。きっとフラメンコも下手なんだろうな、とフレデリックは思いました。ラプンツェルと良好な関係を保てなかったのもうなずけます。しかし婚約者に逃げられた自分自身のことを考えたら、何を言う資格があるでしょう?
　エラを探すため、ふたりして馬で山野をわたっている間に、フレデリックはグスタフに対してだんだん苛々《いらいら》がつのってきました。ひとつには、グスタフはいつも野宿《のじゅく》すると言い張るのです。宿屋を探そうというフレデリックの提案には、いつも「はぁ?」とか、ときには「へんっ!」とか、さらには「けっ!」という答えが返ってきました。

3 プリンス・チャーミング、おばあさんなんか怖くないと言い張る

毎晩、草の上でのびのびと大の字になって寝そべるグスタフは、三枚のハンカチを広げてその上に丸くなろうとするフレデリックをばかにしました。

「清潔さですよ、グスタフ」フレデリックは対抗して言いました。「ぼくは清潔を保つためにすべきことをしているだけです」当然ながら、泥汚れはウィルバーフォース王による〝貴人の敵〟リストの四番目に位置づけられていました。鼻毛よりも下、しゃっくりより上です。

何日か過ぎるうちに、フレデリックはグスタフの追跡能力にも疑いをもってきました。グスタフが空気のにおいをかいだり、耳に手を当てて〝風の声を聴〟いたり、時折馬から降りて葉っぱをかじってみたりするのをフレデリックは見ていましたが、どれかひとつでもエラの居場所をつきとめるのに役立っているとは思えませんでした。

だんだん道から外れてストゥルムハーゲンの松の森へ分け入り、高い木にさえぎられて日の光がほとんど届かない奥深くまで入っていきました。鳥が羽ばたいたりネズミが通りすぎたりするたびに、フレデリックはびくりとして手綱を取り落としました。道はなきも同然となり、木の隙間に無理やり馬を押し入れて通り抜けねばならなくなりました。グスタフが大きな枝を脇に押しのけ、それがはね返ってフレデリックの顔をぴしゃりと叩いたのも一度ではありません。

数時間後、とうとう前方に光が差しているのが見えました。グスタフは「よしっ」と言うと、馬を止めて飛び降りました。「ここがどこか今わかったぞ」

「えっ、今わかった?」フレデリックがきき返しました。「つまり、今までずっと道に迷っていたということ?」

「あそこを見ろ」木々の向こうには小さな土地が開けており、そこに立つ石造りの建物をグスタ

フが指差しました。「ザウベラの塔だ」

「ザウベラ？　魔女の？」

「いいや、ザウベラは森の中に塔を持っている、ただのばあさんだ」グスタフは目玉をぎょろぎょろさせて皮肉っぽく言いました。

「ここに連れてきたかったというわけ？」フレデリックは不信感でいっぱいになりながらききました。「ストゥルムハーゲンでいちばん危険な場所に？　そしてエラが絶対いそうもない場所に？　ラプンツェルが逃げ出した塔なんでしょ。ラプンツェルを探しているエラが、ここに来るわけないでしょ」

グスタフはフレデリックの抗議を無視し、「調べよう」と言って、開けた場所へと足を踏み出しました。

フレデリックはグスタフの腕をつかむと、森の中に引き戻しました「魔女がいたらどうするの？」

「魔女！　そこにいるのか？」グスタフが大声で呼び、しばしの間、耳をすませました。「誰もいないな。行こう」そしてまた歩き出したので、フレデリックはもう一度引き戻しました。

「待って。その魔女は――ザウベラは、ものすごく強いんでしょ？」

「ザウベラはばあさんだ」グスタフは軽くいなしました。「おれは、ばあさんなぞ恐れはしない。おまえは怖いのか？」

「ぼくをつまみ上げて塔から投げるようなおばあさんなら、怖い」

「よし、ザウベラについて全部教えてやる」

3 プリンス・チャーミング、おばあさんなんか怖くないと言い張る

ザウベラは、この世で最強の力を持つ邪悪な魔女です。しかし、ずっとそうだったわけではありません。全然悪くない時代だってあったのです。ザウベラは小さな町ヨルグスボルグでひとり暮らしをしている普通の農婦でした。ただ、一族が代々そうだったように、趣味として魔法を楽しんでいました。魔法の才能があるといっても、いまだかつてなくおいしいカブを育てるといったこと以外には使っていなかったのですが。それでも隣人たちは魔法をけむたがりました。ザウベラはヨルグスボルグの住民たちと友達になろうと努力しましたが、いつも無視されました――もっと悪いことに、ばかにされることもありました。地元の子供たちがザウベラの家の前に立っては、「芋虫《いもむし》くちびる」だとか「ヤマアラシ・ヘア」だとか、からかいました。ザウベラはがっかりしてあきらめ、家に閉じこもって世捨て人のように暮らしていました。

あるとき、運命の変わり目となる日がきました。地元の猟師が火を吐く巨大なビーバーを苦労して捕らえ、みなに見せびらかすため町に連れ帰ったのです――これは大きな間違いでした。ビーバーは逃げ出して暴れ回り、ヨルグスボルグのほぼすべての家を燃え上がらせました。どうにもならないほど炎が荒れ狂ったとき、ザウベラは魔法の防御シールドを張り巡らせて、自分の家や畑を守りました。しかし、いつも悪たれ口をたたいていた三人の子供が炎に取り巻かれているのに気づくと、家の周りのシールドを解いて、かわりに子供たちを守りました。ザウベラの財産はすべて失われましたが、少なくとも、これで町の人々には認めてもらえるようになるだろうと思いました。

突如として、英雄が現れました。白馬に乗った騎士、リンドグレーン卿が町に駆け込んできて、

あっという間にビーバーを倒したのです。そしてザウベラのところにやって来ると、子供たちを放すように言いました。どういうことかよくわからなかったザウベラは、防御シールドを解きました。リンドグレーン卿は子供たちを馬に乗せて颯爽《さっそう》と走り去りました。

町が建て直され、人々は家に戻り始めましたが、誰もザウベラに感謝しませんでした。実際のところ、より露骨に避けるようになったのです。ほどなくザウベラは〝騎士とビーバーのバラード〟という吟遊詩人の新しい唄を耳に挟みました。そこでは、英雄である騎士がビーバーを倒しただけでなく、悪い魔女につかまった三人の子供たちを助けたことになっていました。ザウベラの中で何かがパチンとはじけた瞬間でした。

よかろう、そんなに悪者が必要だというなら、あたしがなってやる。ザウベラは荒れた手を古い呪文の本に伸ばし、黒魔術を学びました。そして町に災厄《さいやく》をもたらしたのです。建て直された家に火の玉を落としてことごとく燃やし、魔法の風で庭をずたずたにしました。かつて命を救った子供たちには魔法の稲妻を落とし、泣き叫ばせ走り回らせました。みな逃げ出し、誰も二度とヨルグスボルグに戻ってきませんでした。

ザウベラは心の底から恐れられるという感覚に味をしめ、もっともっと感じたくなりました。全世界が恐怖で震えあがればいい、と考えたのです。全然たいしたことをしていないのに悪名高くなった、ほかの魔女たちについて聞いたことがあります。誰かを眠らせた？　独創性に欠けています。子供をふたり、料理して食べようとした？　魔法を使ってさえいないではありませんか！　ザウベラは、そんな魔女たちの誰よりも悪名をとどろかせるに値します。国を超えてザウベラの悪行を広める言葉が必要でした。それには、わあわあ騒ぐ数人の子供だけを当てにしては

3 プリンス・チャーミング、おばあさんなんか怖くないと言い張る

いられません。もっと大物になりたいのです。なんとしても宮廷詩人たちに注目される必要があります。

ある日、ザウベラの庭に迷い込んでカブを盗もうとしていた農民を捕らえたとき、完璧《かんぺき》な計画を思いつきました。単にその場で黒焦げにするようなことはせず、逃がしてやるかわりに年若い娘を差し出すよう迫ったのです。農民は、びっくりするほどすぐに同意しました（あまりいいお父さんではなかったんですね）。

こうしてザウベラはラプンツェルを手に入れ、何者にも突破することのできない塔に金髪の少女を閉じ込めて、誰かが助けに来るのを今か今かと待ちかまえていました。必ず英雄が現れるものと信じていました。英雄たちは、危険な目にあっている人がいると聞けば見過ごせないからです。見事救出を成しとげたという名誉を得たくてたまらないのが英雄たちなのです。そう、ザウベラが英雄たちを憎んでいることといったらありません。ばかな英雄が現れて塔を襲ってきたあかつきには、一撃で跡形もなく消してやるつもりでした。ザウベラがもたらす予定の破壊と苦痛は、宮廷詩人の注目を集める以上の威力があるでしょう。

しかし誰も現れませんでした。ラプンツェルの父親は、娘を取り戻すための助けをやらなかったのです。娘がいなくなったことを人に話しさえしませんでした。前に言った以上に、とても悪いお父さんだったのですね。ただ家でのんびりとして、盗んだカブをおいしく食べていました。

別にそうしたいわけではなかったのに、ザウベラと人質の少女は塔に閉じこもったままの状態で数年を過ごしました。しかし魔女は時間を無駄にせず、恐ろしい魔法の呪文を可能な限り覚えました――敵を縛り上げる呪文、人間離れした力を得る呪文、それに人を侮辱《ぶじょく》するときに斬新《ざんしん》で

効果的な言葉を駆使するための類語魔法の呪文まで。ほどなくザウベラは黒魔術の達人となりました。そしてある日突然、待ち望んでいた救出者というか、まあそんな感じの者が現れたのです。ストゥルムハーゲンのうすのろ王子がザウベラを倒しに来たので、すぐ返り討ちにしてやりました。しかし、ばかな王子は単身だったため、ザウベラがいかに強かったかを見ていた者は誰もありませんでした。つまり、ラプンツェル以外には誰も。有名になりたくてたまらないザウベラは、話を広めさせるためにラプンツェルを自由にしました。金髪の乙女が半死半生《はんしはんしょう》のうすのろ王子を助け、彼女自身が物語の主人公になるという可能性については想像もしませんでした。

〝ラプンツェルの唄〟が評判を得たあと、ザウベラは自分の邪悪さを世に知らしめようと、これまで以上に決意を固めました。宮廷詩人の作った唄の中では、ラプンツェルが自力で逃げ出したなどと、まるでザウベラが能無しであるかのように語られていたからです。今や英雄だけでなく宮廷詩人に対しても、復讐の念が燃え上がりました。

魔女は何週間もかけて悪名流布計画を立てました。今度拉致《らち》するのは、たったひとりではなく五人です。そして、みなから本当に惜しまれ、戻ってきてほしいと願われる人質を選ぶことにしました。救出のために世界的な英雄たちが次々と馳《は》せ参じてくるような人質――ザウベラは宮廷詩人たちを捕らえることにしたのです。

これこそ、この数週間かかりきりになっていたことでした。最終的な準備がととのうまで、この計画に気づく者はなかろうとザウベラは思いました。王国間で情報交換は行われていないからです。それに宮廷詩人そのものがいなくなったら、宮廷詩人がいないと人々に伝える者もありません。

3 プリンス・チャーミング、おばあさんなんか怖くないと言い張る

ストゥルムハーゲン、ハーモニア、エリンシア、エイヴォンデル、そしてシルヴァリア。これら五つの国の英雄たちは、彼らの大事なリュート弾きが囚《とら》われたと知れば駆けつけてくるに違いない、と魔女は考えました。そして、いまだかつて誰も見たことがないほど強大な悪の力の目撃者になるのです。二度とザウベラを無視する者はいなくなるでしょう。

もちろん、グスタフがフレデリックに語ったのは、こんな話ではありません——何も知らないのですから。「ザウベラはばあさんだ。以上」これだけでした。

グスタフは意気揚々と森の空き地へ歩き出し、そのうしろにフレデリックが震えながら続きました。そして明らかになったのは、グスタフの大声を聞いていた人がいたことです。塔にただひとつある、地上二十五メートルほどの高さの窓から少女の頭が突き出されました。

「そこにいるのは誰？」窓から叫んだエラは、婚約者の姿を見つけてびっくりしました。「フレデリック、あなたなの？　いったいそこで何やってるの？」

「エラ！」フレデリックは歓喜の声を上げました。「ああ、なんてことだ。見つけた！　ぼくは、えーっと、きみを探しに来たんだよ」

「わたしを探しに？　うわー、すごい。見つけてくれたのね」

よし、今がそのときだ、とフレデリックは思いました。彼女に新しい自分を見せるのです。「ぼくはすっかり変わったんだよ、エラ。ぼくは泥の中で眠ってきた。今では冒険に出る準備はばっちりだ」

フレデリックには背後のグスタフは見えませんでしたが、目をぎょろりとさせて呆《あき》れているの

が感じとれました。

「いったいなぜそんなところにいるの？」フレデリックがききました。

「長い話になるわよ」エラが答えました。


それはたいして長い話でもありません。こういうわけです。

エラは馬を走らせてストゥルムハーゲンに入り（フレデリックが一週間かかって旅した道のりは、エラには二日間でした）、ラプンツェルについて何か情報を得られないかと、ある村を訪れました。

「誰かラプンツェルを知っている人はいませんか？」エラは道ゆく村人たちにたずねて、よく思い出してもらうために（別に必要ではありませんでしたが）数小節を歌ってみせようとしました。

「耳を傾けよ、善き人々よ、たぐいまれなる物語に。いとも長き髪を持つ乙女の物語に……」

ちょうどそのとき、宮廷詩人誘拐のニュースを広めるのに最適な方法について頭を悩ませながら、ぶらぶら歩いていたザウベラが通りかかりました。そして、流しの吟遊詩人をつかまえてこの犯罪について歌わせるのが、詩的な効果も上がってよかろう、と考えました。

街角で村人に歌を聴かせている、このワンピースを着た吟遊詩人はぴったりです。それがエラでした。人々が散ってしまうとすぐに、魔女はエラににじり寄りました。

「思い知れ、このノータリンの唄歌いめ！」ザウベラは吐き捨てるように言うと、突然のことにまごついているエラを縛り上げの呪文で捕らえて、塔に連れ帰ったのです。

ほら、特に長くなかったでしょう。

3 プリンス・チャーミング、おばあさんなんか怖くないと言い張る

「来てくれて本当にうれしい」エラが言いました。「お願い、魔女が帰ってくる前に助けを呼んできてくれないかしら」

「いや、きみを残しては行けない！」フレデリックが大声で言いました。

「一緒にいるのは誰？」

「ああ、これはラプンツェルの王子さま。きみを見つけるのを手伝ってくれたんだ。彼が降ろしてくれるよ。ここには慣れているんだから」フレデリックは振り返り、グスタフにそっとたずねました。「どうやってエラを降ろせばいい？」

グスタフは塔のそばに歩み寄ると、窓を見上げ、大きな声で呼びかけました。「シンデレラ、髪を下ろしておくれ」

エラは困った顔をしました。「でもわたしの髪は肩までしかないけど」

グスタフはフレデリックのところに戻ると、肩をすくめました。「おれが知ってるのはこれだけだ。ほかに案はないな」

フレデリックはうろたえました。「えーと、上に上がる方法が何かあるはずだ。だって実際、彼女は上がったんだから」そしてエラに向かってききました。「どうやってそこに上がったんだい？」

そのとき、エラの目の端に何かが見えました。「逃げて！　魔女が来る！」

フレデリックとグスタフは近くの木陰に駆け込みました。痩せて背の高い老婆が、赤と灰色のぼろ服をまとい、空き地に出てきたのが見えました。青白い肌にはしわが刻まれ、白髪は四方八

方に乱れています。

「あれがザウベラ?」フレデリックがきくと、グスタフはうなずきました。「あいつがどうやって上がるのか見てみよう」

壊れたバグパイプのようなしわがれ声で、魔女は塔の上にいるエラに向かって叫びました。「誰かと話していたのがこの耳にしっかと聞こえたよ。そこに上がったら、おまえがひとりかどうか確かめたほうがよさそうだね」そして森のほうを振り返ると、呼ばわりました。「リース!」

すぐにガサガサと騒々しい音が起こり、塔よりも大きな男が木々の間を強引に通り抜けて、枝を揺らし葉を落としながら空き地に足を踏み出しました。巨人は大きな一歩でザウベラに近づくと、ひざまずいててのひらを地面につけ、ザウベラをその上に乗せました。そしてやすやすと魔女を持ち上げ、窓から塔の中に入れたのです。

「うーん」フレデリックが言いました。「ぼくらはあの方法では無理だな」

このときグスタフが狂乱状態になりました。両刃の大斧を引き抜くと、大きな叫び声を長々ととどろかせながら躍り出たのです。「ストウゥウゥウゥウルム・ハアァアァアァア・ゲエェエェエェン!」巨人はぽかんとして、ただ立って見ていました。フレデリックも同様でした。

グスタフがばかでかいすねに斧を叩きつけると、巨人リースは痛みにわめき声を上げながら、怪我をした右足をつかんで左足でぴょんぴょんと飛び跳ねました。巨人が跳ねるたびに地面が揺れるので、グスタフは転んでしまいました。そのとき武器を落とし、重い斧の刃が粘土質の土にドシンと突き刺さりました。フレデリックは木の間から、武器を取り戻そうと這い進むグスタフが知らず巨人の大きな右足の真下にいるのを、恐れおののきながら見ていました。今にも虫けら同然につぶされてしまいそうです。

考えるんだ！　フレデリックは自らに言い聞かせました。優美なバートラム卿だったらどう対処する？　答えが心に浮かびました。無作法な乳しぼり女の事件で、バートラム卿は、間違った種類のワイングラスを手にとろうとしている女家庭教師の注意をひかねばなりませんでした。同じ策略が今、使えそうです。八年にわたるヨーデルのレッスンが実るときです。フレデリックは両手を口に丸く当てて、大声を上げました。「ヨーデル・オーデル・オーデル・オーデル・レッヒッホーーーーー！」

これは効きました。グスタフにとって、ヨーデルほど頭にくるものはなかったのです。裏声を震わせたアルプスのメロディを聞くやいなや、グスタフが怒りのまなざしをフレデリックに向けると……何やら必死になって上を指し示しています。巨人の大きなはだしの足が地面に打ちつけられようとしたとき、グスタフは間一髪で飛びのきました。足の下にはちょうど斧が落ちていました。

「ふぎゃあ」巨人リースが吼《ほ》え、またもや痛みでぴょんぴょん飛び跳ねました。今度はバランスを保つことができず、よろめいて後退していった末、塔に倒れかかりました。

「うおー」リースはうめきました。建物全体がぐらぐらと揺れ、大きな石の塊が落ち始めました。塔が崩れ落ち、積み重なった石と舞い上がるほこりだけになってしまうと、グスタフは「なんてことだ」と声をもらしました。また失敗です。そして今回は、少女を救出できなかったばかりか、うっかり死なせてしまったという唄が作られることになるでしょう。

「エラ！」フレデリックが悲鳴を上げました。ぼくのせいだ、と頭の中で後悔がうずまきました。

エラは死んでしまった。それもこれも、ぼくがぼくらしくない者になろうとしたせいだ。やっぱり父上の言うことを聞くべきだった。

しかし、巨人リースが身を起こし、空き地にばらばらと散らばったレンガや石を払いのけると、驚くべき光景が現れました。緑色に光るエネルギーの玉が宙に浮き、中には無傷の魔女が立っていたのです。その骨ばった肩にはエラがかつがれていました。生きて、足を激しくばたつかせています。

「魔法の防御シールドだ」グスタフが言いました。フレデリックは安堵《あんど》のあまり、気が遠くなりかけました。

「リース、この大ばか者！　自分が何をやったか見ろ！」ザウベラが罵声《ばせい》を浴びせました。

リースは大きな指を王子たちに向けました。「あいつらのせいです」

魔女はリースが指差したほうを見ましたが、すでにフレデリックがグスタフをせかして木々の中に隠れたあとでした。ハリエニシダの茂みの下に潜んで、ふたりの王子はザウベラが怒鳴るのを聞いていました。

「ウサギのせいにしようというんじゃないだろうね、リース」

「違います、奥さま。人間の男ふたりです。女の子を奪おうとしてたんです」

グスタフが茂みから飛び出しました。「シンデレラを降ろせ、ばあさん！」

フレデリックがグスタフの背中に飛びついて、茂みの下に引き戻しました。

「見ました？」疑いが晴れただろうと、リースが言いました。「あいつらをやっつけますか？」

「そんなおどけ者たちはほうっておきな、リース」ザウベラは、色のない薄いくちびるをゆがめ

3 プリンス・チャーミング、おばあさんなんか怖くないと言い張る

て笑みを浮かべました。「やつらがこの人質をなんて呼んだか聞いたかい？」魔女はエラの髪をつかむとその目を見据え、くつくつと笑いました。「リース、唄歌いの輩《やから》のことは忘れよう。あたしは正真正銘の有名人を手に入れたようだよ。シンデレラとは！　これはもっと大々的なお披露目がいるね。ああー、おもしろくなりそうだ」

エラは恐れを見せまいと、魔女をにらみ返しました。

「でも奥さま、英雄たちが追っかけてきたらどうします？」リースがききました。

「英雄はひとりだよ」ザウベラが答えました。「もうひとりは完全な腰抜けだ。そうだね、英雄なら追いかけてくるだろう。それが英雄のすることだ。あたしらはただ単に迎えてやればいいんだよ。英雄とそのお供をつかまえたら、骨をすりつぶしてパンにでもしてしまえばいい。さあ、行くよ」

「はい、奥さま」巨人は元気づいた声で言いました。「でも、骨の粉から作ったパンなんてまずそうですね」

「食べ物の心配をさせるために雇ったんじゃないよ、リース。歩くんだ」きしんだような声で魔女が命じました。

「わかりました。でも試したことあります？　骨パンのことですけど。おいしいとはとても思えないんですが。やっぱり小麦粉も使うんですよね？」

「口を閉じな、リース」

「足が痛い」

「靴を履《は》くようにしな、ばかめ」

数分後には彼らの声もリースのとどろくような足音も聞こえなくなり、王子たちは茂みの下から這い出ました。フレデリックは汚れた服のほこりを習慣で払おうとしましたが、すぐにどうしようもないことを悟りました。

「よし、行くぞ」グスタフが言いました。

「行くってどこへ？」フレデリックがききました。

「おまえは彼女を取り戻したいんだろ？　やつらを追うんだ」

「いや。きみとは一緒に行かない。きみはエラを死なせてしまいそうだった。ぼくが呼ばなきゃ、自分も死ぬところだったじゃないですか」

「呼んだんじゃなくて、ヨーデルだろ」グスタフは嘲りを込めてうなりました。

「少なくとも、ぼくは役に立つことをした」フレデリックが言い返しました。「なんであの恐ろしくたこだらけの足が、上に迫ってきているのに気づかなかったわけ？」

グスタフは、息がかかるほどフレデリックに顔を近づけました。「おれが英雄じゃないと言っているのか？」

フレデリックは、まばたきをしないようにするだけで精いっぱいです。

「おれにはできないということか？　おれが誰も救出できないと？　おまえ――しゃれた金色のぶらぶら飾りつき絹の白パンツ王子が、おれよりましだというのか？」グスタフの額がフレデリックにぶつかりました。

「いえ」フレデリックはつぶやくように言いました。巨人よりちょっと落ちるとはいえ、グスタフのことも怖かったのです。「そんなことは全然言ってません。もちろん、あなたの助けが必要です」

グスタフは少しうしろに下がりました。

「まあ結局、エラを見つけてくれたものね。最初に信じなかったのはごめんなさい。でも、これはもう行方不明の人間を探すだけじゃなく、人命救出です。しかも魔女に加えて巨人がいることを考えると、とても危険な……。だからぼくたちふたりだけじゃ心もとないですよ。もう少し助けを呼んだほうがいいんじゃないでしょうか、たぶん。せめてもうひとりだけでも。それだけ言いたくて」

グスタフはそれについてちょっと考えました。「確かに剣士が味方についてもいいかもな」

「できれば、魔女や怪物からの人命救出にもうちょっと経験のある人とか」フレデリックが提案しました。

「はっ！　誰に頼もうと思ってるんだ？　〝眠り姫〟の話に出てくるやつか？」

4
プリンス・チャーミング、ファンを失う

リーアムは自分が英雄であるのを疑ったことはありません。それどころか、ちょっと自信をもちすぎているほどでした。それも仕方のないことです。リーアムは幼いころからずっと、神格化された英雄のようにみなから扱われてきたのですから。その称賛が始まったのは、エイヴォンデルの王と王妃の間にブライア・ローズ姫が誕生した少しあとでした。めったにない国際交流のなかで、姫と婚約するにふさわしい王子を探していることが伝えられたのです。姫が年ごろになったら婚礼を挙げ、ともに王国を治めることになる王子です。

エイヴォンデル王国には、幸運なことに、無尽蔵《むじんぞう》と思われる金脈がありました。エイヴォンデルと関係を深めることができれば、とてつもなく裕福になれるでしょう。国境を接した（そしてちょうど金脈から外れている）エリンシア国のガレス王も乗り気でした。宝を欲してやまないガ

4 プリンス・チャーミング、ファンを失う

レス王は、三歳になる息子のリーアムこそ、ブライア・ローズ姫の将来の婿にふさわしいと打ち出しました。あいにく、同じようにエイヴォンデルの黄金に近づきたい国がほかにもたくさんあったため、ブライア・ローズの小さな手をとるための競争は激しいものとなりました。世界中から集まった小さな王子たちが、自己アピールのためエイヴォンデルの王宮に列をなしました――それぞれに自慢の特技がありました。ヴァレリウム国からはよちよち歩きのタップダンサー、スヴェンランディア国からは〝イルカ語が話せる〟と両親が主張する赤ちゃん。ジャングルヘイム国の四歳の王子はフリューゲルホルンをとても上手に演奏しました。そしてストゥルムハーゲンの五歳の王子（グスタフの兄のひとり）は、ニワトリを蹴って三十五メートルも飛ばせる能力を見せつけました。

幼いリーアムが大勢のなかで目立たないのを心配して、ガレス王はいんちきをたくらみました。リーアムがエイヴォンデル王と王妃の前にとことこと歩み出たそのとき、覆面をしたふたりの刺客《し》客《かく》が謁見《えっけん》の間に乱入してきたのです。実は彼らはガレス王がやとった役者で、小さなリーアムが大好きなシナモンキャンディを、ブーツの回りに仕込んでいました。ふたりの〝刺客〟は幼い王子と国王夫妻の間に立ちました。大喜びのリーアムが彼らの足についたシナモンキャンディに飛びつくと、役者たちは演技の才能を申し分なく発揮しました。リーアムに突き倒された体《てい》で転び、痛みのうなり声を上げたのです。さらに転がり回り、互いに身体を打ちつけ合いました。エイヴォンデル国王には、三歳の王子が大人をやっつけてしまったように見えました。〝戦い〟の現場に王宮の衛兵たちが駆けつけてきたときには、小さなリーアムは意識を失ったらしい刺客の上に立ち、うれしそうにキャンディをなめていました。

　これ以来、ブライア・ローズ姫の婚約者に選ばれるのが誰なのか、疑問の余地はなくなりました。エリンシア王が勝ち誇って息子を国に連れ帰ると、リーアム王子に敬意を表するパレードやお祭りが開かれました。ところで例のふたりの役者は無実を証明することができず、エイヴォンデルの地下牢に一生つながれることになるのですが、ガレス王はまったく気にしませんでした。金持ちになれるという事実で頭がいっぱいだったのです（より金持ちに、と言うべきでしょう。すでに一国の王なのですから）。

　小さなリーアム王子は、注目を一身に集めながら成長しました。どうしてそうなったのか、本人にはわかっていなかったのですけれど。

「なんでみんなぼくのことをあんなに愛してくれるの？」リーアムは父王にききました。

　ガレス王は真実を教えたくありませんでした――実際、ほとんどのエリンシア国民は王と同じくらい強欲《ごうよく》で、リーアムが将来エイヴォンデルの富と結婚し、王国をこのうえなく金持ちにしてくれることを知っているからこそ、王子を慈《いつく》しんでいるのです。かわりに王はこう答えました。

「そなたが英雄だからだ」

　これこそリーアムが聞くべき言葉でした。以来リーアムは、必要とあらばすぐに救出に駆けつける、たったひとりの軍隊となることに身をささげました。適性も申し分ありませんでした。力、勇気、敏捷さ、さらに天性の剣の才能がリーアムには備わっていたのです。外見もそれに見合っていました。長身で引き締まった体つき、日に焼けた肌、明るい緑色の目。つややかな黒髪は常に風になびいているようでした。

　リーアムの日常はだいたいこんな感じです。朝食。泥棒を捕らえる。昼食。凶暴なオオカミか

4 プリンス・チャーミング、ファンを失う

ら迷子の子供を助ける。鍛冶屋《かじ》の開店記念のテープカット行事に主賓《しゅひん》として招かれる。夕食。燃えさかる建物から非力な老女を助け出す。軽い夜食。就寝。

こういうふうに過ごす必要はないのだということに、リーアムはまったく思い至りませんでした。一日中ハンモックに寝そべってココナッツジュースを片手にだらだらしていたとしても、国民は変わらず心酔していたでしょう。それに気づいていないのは幸いでした。英雄としての名声がリーアムにとってはすべてだったからです。

ただ一度だけ、リーアムは犯罪を防ぐことができませんでした――エリンシアに代々伝わる伝説の宝剣が、王室博物館の展示ケースから盗まれてしまったのです。リーアムは最悪の事態を覚悟しました。途切れることのなかった称賛もこれで終わりを告げるだろうと、市民を集めて公式に謝罪会見を行いました。ところが、「われらが愛するリーアム」と書かれた幕を掲げて集まった人々を見て、唖然《あぜん》としました。リーアムの姿のバター彫刻を作ってきた者さえいました。まじめな話、真の英雄であるかどうかは、みなにとってどうでもよかったのです。

少なくとも、眠り姫の事件が起こるまでは。もしもリーアムが救出に向かわなかったとしたら、世紀の結婚は危機に瀕《ひん》したことでしょうから。悪い妖精がブライア・ローズ姫とエイヴォンデル国すべての民に百年眠り続ける呪いをかけたとき、エリンシアの人々はリーアムが勝利を収めるのを望みました。もちろん、ことはそのとおりに進みました。

リーアムは悪い妖精の居所をつきとめ、こっそり近づいて羽を持ってつかまえると、呪いを解くにはブライア・ローズにキスをすればいいのだと白状させたのです。必要なことを聞いてしまうと、リーアムは騎士道精神から敵を放してやりました。その温情に対するお返しに、妖精は巨

大な歯をむき出した悪鬼《あっき》に変身して、リーアムの頭を嚙みきろうとしました。うしろ宙返り、ボディスラム、空手チョップ、それに愛馬による渾身《こんしん》のキックまで駆使した長い戦いの末に、妖精が化けた怪物に剣を貫いてリーアムは勝利しました。

そしてブライア・ローズのくちびるにちゅっとキスをすると、姫と王国すべてが目を覚まし、祝祭となったのです。

それに続く数週間は、リーアムにとって人生最良のときとなりました。ふたつの王国で開かれた祝賀会や凱旋パレード、尽きることのない喝采や贈り物でもてなされたのです。ただひとつだけ、吟遊詩人が広めた〝眠り姫の物語〟の唄には、いやな気分がわだかまりました。エリンシアの宮廷詩人かつ作曲家である、音色満ちるタイリースは、悪者のことを唄うのに凝りすぎているようで（〝山賊王のバラード〟〝巨人の一撃〟〝帰ってきた山賊王〟などなど）、これまでリーアムの英雄譚《たん》を題材にしてくれたことがなかったため、もともとあまり好きではありませんでした。それが今やっと唄になったというのに、リーアムの名前にはまったく触れておらず、プリンス・チャーミングとだけ出ているのです。リーアムはつくづくうんざりしましたが、祖国の民衆からそそがれる称賛で満足することにしました。

大騒ぎがとうとう落ち着いたとき、リーアムの心にある思いが浮かびました。これまでブライア・ローズとはまともに話したことがありません。「おはよう。助けに来たからもう大丈夫ですよ」と言った以外には。今、彼女のことをもっと知りたくなりました。そこでとんでもなく稀《まれ》な行動に出ました。なんと手紙を送ったのです。さらに過激なことには、会いたいと認《したた》めました。直接顔を合わせて。ふたつの王国に分かれた、結婚の約束をしているカップルが、直《じか》に会って話

4 プリンス・チャーミング、ファンを失う

をする。いやはや非常識なことですね。

リーアムが手紙に書いたのは、エイヴォンデルの王宮の庭で会い、お互いをよく知るための時間を過ごしましょう、という内容でした。姫からの返事はリーアムを驚かせました。「何のために？　あなたの名前は存じています。どこに住んでいるかも存じています。婚礼の日にお会いしましょう」とあったのですから。

リーアムはあきらめませんでした。婚礼を挙げる前にお互いをよく知り、真に理解し合うことがふたりにとってどれほど大切であるか、熱心に言葉を尽くした手紙を新たに書き、再び使者にエイヴォンデルまで届けさせました。次の返事はほんのちょっと前向きなものでした。「お好きなように」

そしてふたりは会いました。以前、リーアムが眠っているブライア・ローズを初めて見たときには、たいそう美しい人だと思ったものです（そのため、キスするのがいくらか楽になりました）。透きとおるような白い頬を、豊かな金褐色の巻き毛がふさふさと後光のように取り巻き、姫はやさしくかわいらしく、まるで天使のようでした。しかしその日、バラ園に歩み入って顔を合わせたとき、ブライア・ローズは腰に手を当てて立ち、眉をつり上げ、口をへの字に曲げてかたく結んでいたので、リーアムはたじたじとなってしまいました。なんだかやけにとげとげしいものを感じましたが、気のせいかもしれないと自らを奮い立たせ、姫に近づいて紳士的におじぎをしました。

「お会いいただけてうれしく思います。婚礼はほんの数日後ですが、わたしは実際のあなたを知るのをとても楽しみにしていました」

ブライア・ローズは、完全に無防備だったリーアムの胸を両手で押し、近くの長椅子に座らせました。「お聞きなさい、英雄さん。ちょっと魔女をやっつけたからといって、ここでえらそうにできると思わないことね」

「あれは魔女じゃなくて妖精です」ブライア・ローズの力強さに啞然としつつ、リーアムが言いました。「それに、何を心配なさっているのか、よくわからないのですが……」

「あなたが非常に高い評価を得ていらっしゃるのは存じていますわ。だからといって、わたくしがひれふすことはありません。わたくしは姫としてふさわしくあるよう育てられました。つまりわたくしは、欲しいものを欲しいときに得るということです。結婚したらわたくしに尽くしなさい」

リーアムはびっくり仰天しました。「わたしは人民のために尽くします。必要とあらば、どこへでも助けに行くでしょう」

「人民！　はっ！」美しい巻き毛を跳ね上げながら、ブライア・ローズは鼻で笑いました。「人民は、わたくしのティアラを磨いたり、わたくしのプディングを作ったりするためにいるのです。わたくしは子供時代をずっと隠れて過ごさねばならなかった。あの愚かな魔女のせいで――」

「妖精です」

「――今やっとあるべき状態に戻ったのですわ。これからは、姫として当然の暮らしをするつもり。わたくしが楽しみを欲したら、誰かがわたくしのために踊るでしょう。のどが渇いたら、誰かがおのれの水を差し出すでしょう。ケーキが欲しくなったら、誰かが残りわずかな小麦粉を使ってでもわたくしのために焼くでしょう。これをご覧なさい」

4 プリンス・チャーミング、ファンを失う

ブライア・ローズは花壇に近寄って、珍しいランの花をひとにぎり、乱暴に引き抜きました。そして貴重な花を手の中でもみくちゃにすると、ばらばらになった花びらや茎を、丸石が敷き詰められた道に投げ捨てました。「誰が秘境の果てまで旅をして、毒ヘビと戦い、わたくしのために新種のランを見つけてくるかおわかり？」意地悪そうな笑みが浮かびました。「人民です」

ブライア・ローズはリーアムのそばまで歩み寄り、花びらを顔に投げつけました。「どうなさったの、ダーリン？　口がきけなくなった？」

「わたしをダーリンと呼ばないでいただきたい」リーアムは嫌悪感に満ちた声で言いました。今まで経験してきた怪物との戦いや、逃れてきた死の罠《わな》と比べても、この会話ほどぞっとするものはありませんでした。「あなたと結婚したいかどうか、わからなくなりました」

「どういうことかしら？」

「あなたが意地悪だからです」

「えーんえーん」ブライア・ローズは泣き真似《まね》をしました。「しっかりしていただきたいわ、英雄さん」

「お願いですから、これは何かの冗談だと言ってください」

「本当のわたくしを知りたかったんでしょう。ブライア・ローズは誰かに合わせたりなどしませんわ」

「では、これ以上話しても仕方がないようですね」リーアムは悲しげに言いました。「あなたのような方を愛することなどできない」

「それは間違っていますわ。わたくしがあなたの真の恋人だというのは周知の事実でしょう」

「誰が決めたんだ？　われわれを殺そうとした悪い妖精？　確かに〝真の恋人のキス〟が呪いを破ると言ったのは妖精だ。だがそいつは怪物に変身してわたしを食おうとした。そんな者の言葉を信じろと？」

「はいはいはいはい」ブライア・ローズは、指人形がしゃべっているみたいに手を開いたり閉じたりしながら嘲笑《あざわら》いました。「それでもあなたはわたくしと結婚しますわ。両親が何年も前にそう決めたのですから。あなたは結婚相手としては最高ですもの。人気があるし、家柄もいいし、それほど見苦しくもないし。わたくしの玉座の隣に座るのにぴったりの方よ。人民たちを安心させて、わたくしが悪夢に突き落としてあげるのを気づかせないためにも」

「そんなことには絶対に加担しない」リーアムが強く言いました。

「いいこと、あなたに選択権はないのよ。現実を直視なさい。あなたはわたくしに結びつけられているの、プリンス・チャーミングさん」ブライア・ローズは、プリンス・チャー・ミング・さんと発音するリズムに合わせて、リーアムの胸を人差し指で突きました。そして向かい合った長椅子に腰をおろすと、小鳥用の水盤に足を乗せて、おびえるミソサザイを追い払ってしまいました。「さあ、わたくしのために、金柑《きんかん》の皮をおむきなさい」

リーアムは言葉もなく歩み去り、馬に乗って、エリンシアへと戻りました。そしてその日の午後、国民への会見を行うとおふれを出しました。

何千人ものエリンシア国民が王宮の外に集まり、黄金で飾られた大理石のバルコニーを見上げながら、間もなく始まる王子の会見を待っていました。ステンドグラスの扉が大きく開き、リー

4 プリンス・チャーミング、ファンを失う

アムが出てきて民衆に挨拶をすると、拍手喝采が沸き起こりました。たっぷりとひだをとった青いチュニックを身に着け、黒いパンツの裾は茶色い革の編み上げ靴の中にたくし込まれています。腰には剣を下げ、背にはワインレッドのマントが風にはためいていました。口を開く前に、リーアムは眼下に集まった熱狂的な聴衆を眺めて考えました。わたしには熱心なファンがこんなにたくさんいるのだから花嫁など必要ないだろう、と。

リーアムに続いて、両親のガレス王とガートルード王妃もバルコニーに現れました。さらに十二歳の妹、ライラ姫も走り出てきて、リーアムの頬にさっとキスをすると、隠れるようにうしろに下がりました。栗色の髪をふわふわの巻き毛にし、両親に着させられた優雅なドレスの袖をまくりたがるライラは、年若いとはいえ、リーアムがもっとも心を許している相手でした――それだけでなく、リーアムの実際の行動を高く評価している、エリンシアで唯一の存在でもあります。それでもこの会見の目的は知らされていませんでした。

王がリーアムの肩を軽く叩きました。「われわれはみな、そなたの大いなる発表を早く聞きたくてうずうずしておるぞ」ガレス王は、リーアムが新婚旅行の行き先を、自分たち夫婦がすすめたヴァレリウム国に決めたのだと期待していました。今の季節なら、とてもおいしいロブスターのサンドイッチを食べられるはずです。「タイリースも呼んですべて記録させたいのだが、どこへ行ってしまったものやら、誰も知らないようなのだ」

「父上、宮廷詩人なら必要ありません。すぐに済ませてしまいますから」リーアムはそう言うと、群衆に向き直りました。

「エリンシアの国民よ」王子が話し始めると、ざわめきが収まり、静まりかえりました。「集ま

ってくれたことに感謝する。それに、わたしとわたしの家族にささげてくれている敬愛にも感謝する」リーアムが両親を手で示すと、民衆はまた拍手喝采に沸きました。

「今日は、王家の結婚について重大な発表をしたい」

「チーズケーキは出ますか？」誰かの大きな声が上がりました。

「いや、すまない、チーズケーキはない。実は――」

「誓いの言葉は熱気球の上でですか？」ほかの誰かが大声で言いました。

「いや、もちろんしない。そんなことをする者がいるのか？　ともかく結婚は――」

「つまようじを刺したミニソーセージと、ソースはいっぱい出ますか？」さらに違う声が叫びました。

「いいや」

「チーズケーキは？」

「だからチーズケーキはないとさっきも言った！　人々よ、どうかわたしの言うことを――」

「教会への道はユニコーンに乗って？」

「結婚式は行わない！」リーアムは思わず叫んでしまいました。民衆と共に、王と王妃もハッと息をのみました。「すまない。しかし、これが今日集まってもらった理由だ。結婚はとりやめになった。ブライア・ローズ姫と話し合い、友達のままでいたほうがお互いのためだという結論に至った」どれほどブライア・ローズのことが嫌いでも、国民に向かって悪口を言うようなリーアムではありません。

動揺した民衆がざわめくと同時に、王が前に進み出てリーアムの隣に並び、みなに呼びかけま

4 プリンス・チャーミング、ファンを失う

した。「ははは、リーアムのことだ。王子は単にわれわれをからかっているのだ」

「違います、父上」リーアムが言いました。「わたしは本気です」

「この子はいつかすべてを台無しにしてしまうだろうと言ったじゃありませんか」ガートルード王妃が苦々しくつぶやきました。「本当に、くそまじめもいいところですよ」

「聞いてください。ブライア・ローズ姫とわたしは、お互いに正しい相手ではなかったのです」

「だが、そなたは彼女を愛しているのだろう！」王が叫ぶと、豊かな口ひげが揺れました。

「いいえ、愛していません」リーアムは淡々と返しました。

「キスをして、呪いを破ったではありませんか」王妃が強調しました。「真の恋人のキスだったのでしょう！」

「呪いが解けたのはそのせいではないと思います」ため息とともに、リーアムが言いました。

「誰のキスでも目覚めたのではないでしょうか。そもそも、一度も会ったことのない相手を愛しているわけないじゃありませんか」

「そのように定められていたからだ！」王が雷を落としました。「そなたはブライア・ローズ姫と結婚する。すでに決まっていることだ！」

「父上、あなたによってね」リーアムにも、両親と同じくらい怒りが沸いてきました。「わたしが三歳のときに、あなたがすべてを決めた。わたしが誰と結婚したいのか、きいてくれたことがありましたか？」

「そなたが自由に決められることではないのですよ」王妃がぴしりと言いました。

「父上、母上、聞いてください」リーアムは声をひそめました。「彼女と会ったことがおありで

すか？　いい人ではないんですよ」

「そんなことを問題にするとでも思っているのか」ガレス王が怒鳴りつけました。「姫の王国は想像もつかないほどの金持ちなのだ！」

リーアムは、父王の貪欲《どんよく》な物言いにびっくりしてしまいました。そしてバルコニーの手すりから身を乗り出すと、群衆に向かって大声で言いました。

「みんな、すまない。結婚はない！」

ふと気づくと、民衆はついさっきの喝采と同じくらい騒々しく、不満の声を上げていました。

「われらが英雄！」という掛け声は「売国奴《ばいこくど》！」という野次にとってかわりました。エリンシア国民が自分に腹を立てているなんて、リーアムにとっては初めての経験です。それはまるで、水槽《すいそう》いっぱいのかわいいペットの金魚が、いきなり怒ったピラニアに変わってしまったかのようでした。リーアムは混乱し、少し怖くなりました。

「恥ずかしいと思わないの！」

「たいした王子ときたもんだ！」

「チーズケーキが欲しかった！」

リーアムは呼びかけました。「みんな、信じてほしい。わたしは今までと変わらぬ、みなの英雄だろう？」

「違う！」誰かが叫んで、王子に靴を投げつけました。すぐにほかの物――つえ、石、サンドイッチ――が次々とバルコニーまで飛んできました。

「信じられない」リーアムがつぶやきました。「暴動だ」

4 プリンス・チャーミング、ファンを失う

トマトがガレス王の顔に当たってつぶれ、ちぢれた口ひげに赤い果肉が散りました。ガートルード王妃は懸命に王のひげから汚れを取ろうとし、「物を投げるのをやめなさい！」と怒れる民衆を叱りつけました。「わたくしたちも結婚させたいのですから！」

王妃は飛んできた古いロールパンを受け止めると、群衆に向かって投げ返しました。

「早く！　中に入って！」と言ったのは、妹ライラです。そしてリーアムの手をつかむと、王宮の中へと引っ張り入れました。

「ライラ、何がどうなっているのかわかるか？」ライラが美麗なガラスの扉を閉めると、リーアムがたずねました。「両親がエイヴォンデルの富を喜んでいることは知っていた。しかし、わたしはそれでも……」

「パパとママの頭にあるのはお金だけだったみたいだね。外のみんなも同じかも。ロイヤルウェディングをずっと楽しみにしてたのは知ってたけど……まさかって感じ」

「失望されるのは覚悟していた。しかし、わたしにあのような敵意が向けられるなんて……」

「ねえ、落ち着いたらすぐにみんなと話して、うまく収まるようにやってみるから」

「ライラ、悪くとらないでほしいんだが……。おまえはまだ十二歳じゃないか」

「わかってる」抜け目のなさそうな表情でライラが言いました。「それってつまり、中途半端な年ごろと思われるかもってことでしょ。でも今ならまだ、〝かわいい子供〟で通せると思う。これって誰かを味方につけたいときに最強だよ。信じて。そのために、ママが好きな、うざったらしい巻き毛のままにしているんだから。とにかく、兄さんがすごいことをずっとやってきてたって、外のみんなに思い出させてみせる。兄さんはいつだってわたしの英雄だよ。みんなにとって

も、またそうなるに決まってるって」

このときほど、リーアムが妹に親密な気持ちを抱いたことはありませんでした。

「おまえはしっかりしているな。父さんと母さんはどうする？　やっぱり、わたしの意思に反して、ブライア・ローズと結婚させようとすると思うんだが」

「それもまかせて。でもどうやるかはきかないで。わたしにもまだわかんないから。息子を失うより、黄金どっさりを失うほうがまだましだって説得するしかないと思う。ちょっと時間がかかるかもね。それまでは休暇をとっているといいんじゃない」

「休暇？　どこで？」

「王国の外でよ。エリンシア国民は全員、今は頭に血が上ってるみたいだし。だから、〝眠り姫の物語〟でしか兄さんを知らない人たちのところへ行くのがいいと思う」

「ふん、あの話か！　エリンシア王国の外では、誰もわたしがあの話の英雄だと気づきさえしまい――わたしの名前さえ出ていないんだからな！」

「だからいいんじゃない。ちょっとの間、ただのプリンス・チャーミングでいればいいよ。誰だってプリンス・チャーミングが好きだし。その栄光の中で、しばらくゆっくりしてみたらどう？」

「どの栄光だって？　プリンス・チャーミングは英雄じゃない」リーアムがぶつぶつと言いました。「みんなが思うプリンス・チャーミングがやったことといったら、姫にキスをして目覚めさせたというだけだ。わたしが実際にしたことはもっと名誉に値するはずだ」

「いまいちの理由でも愛されたほうが、よくない理由で嫌われるよりいいじゃない。でしょ？」

リーアムは妹の助言について、じっくり考えてみました。ライラはまだ子供ですが機知に富んだところがあります。今まで何度もごたごたを起こしては、くぐり抜けてきました。それにライラの計画は確かに筋が通っています。リーアムの思考は、ガチャンという突然の音でさえぎられました。七面鳥のローストが扉を突き破って飛び込んできて、刺繍を施された絨毯《じゅうたん》にガラスの破片や詰め物を撒《ま》き散らしたのです。

「すごい強肩《きょうけん》の者がいたようだな」リーアムが言いました。

ライラが兄を王宮の地下室へと続く階段まで押していき、そこでふたりは素早く抱擁を交わしました。「心配しないで。みんなきっとまた兄さんのことを好きになる。厨房の勝手口からこっそり外に出てね。わたしは欲張りなパパとママを助けに行かなきゃ」

リーアムを階段の上に残したまま、ライラはバルコニーまで走っていきました。

「ありがとう、ライラ」リーアムが階段を降り始めると、暴徒と化した外の群衆に姫が大声で言うのが聞こえました。「鳥を投げたのは誰ー?!」

リーアムは静かに地下の厨房を抜け、王家の厩に入りました。国民のほとんど全員がバルコニーの外に集まっていたので、馬丁も厩番の少年もおらず、リーアムが自分の黒馬に飛び乗って王宮の裏門から出立するのを見た者はありませんでした。

5

プリンス・チャーミングは最低最悪の人物

リーアムはシルヴァリア王国を目指しました。あそこなら充分遠く離れているので誰も自分のことを知らないでしょうし、人気のない国なので(とんでもなく風変わりな王家によって治められているせいです)、探しに来る者もいないでしょう。あいにくシルヴァリアへたどり着くにはエイヴォンデルを通り抜けねばなりません。エイヴォンデルで待っていたのは、とめどない罵倒《ばとう》や嘲弄《ちょうろう》、熟《う》れすぎのメロンでした(頭にぶつけられたメロンは、つぶれて果肉を撒き散らしました)。誰もかれもが自分を嫌っているのはブライア・ローズのせいに違いない、とリーアムは思いました。そのとおりです。眠り姫は、リーアムが見抜いたとおり、意地悪な人だったのです。ものごとが自分の思いどおりになるのはブライア・ローズにとっては当然でした。いくら王女だといっても、いささか度を越しているほどでした。育て方が間違っていたとしか言えません。

5 プリンス・チャーミングは最低最悪の人物

ブライア・ローズが誕生すると、ほどなく国王夫妻は祝賀会を開いて妖精の一団を招きました（そのころは何人の妖精が出席したかで祝賀会の成功がはかられたのです）。しかし、あるひとりの悪い妖精――しかもやけに傷つきやすい――をうっかり招き忘れてしまいました。つまはじきにされたお返しに、悪い妖精は赤ちゃんに呪いをかけると脅しました。しかしブライア・ローズを見つけられなければ、呪いをかけることもできません。

そこで王と王妃は魔法で守護された安全な家に娘を隠しました。姫の気まぐれの世話をする、ごく限られた召使いたちとともに。ブライア・ローズは甘やかされたなんてものではありませんでした。決して家の外に出たがらないようにするため、召使いたちは姫の言うことをなんでも聞きました。なんでも、です。

たとえばブライア・ローズがゾウに乗りたいと言えば、召使いが奥深い山を何千里も越えてゾウを探しに行きました。それでもゾウは見つからなかったため、かわいそうな執事が一か月間大食いをして太り、肌を灰色に塗って、長いストッキングを接着剤で鼻につけ、背中に姫を乗せるはめになりました。ブライア・ローズはばかではありませんでしたから、もちろんそれが本物のゾウでないことはわかっていました。しかし、こんな恥ずかしいことを人にやらせるのは、本物のゾウに乗るよりもずっとおもしろい気分でした。

誰もがいつも自分を喜ばせるために一生懸命だったものですから、リーアムに初めて「ノー」を突きつけられたとき、ブライア・ローズがいかに驚いてショックを受けたかおわかりでしょう。ブライア・ローズは突然の婚約破棄に激怒し、〝無礼で心の冷たい〟リーアム王子がつれなく自分を捨てたと自国民に知らしめて、仕返しをすることにしました。

エイヴォンデルの宮廷詩人――韻律の公爵レイナルド――は何週間も行方知れずだったので、王国の吟遊詩人たちは新しい題材が欲しくてやきもきしていました。そこでブライア・ローズは彼らを呼び集め、最新のおもしろい話を広めるよう言い渡しました。その中では、リーアムはトロール霊が憑《つ》いたかのようにわめきたてながら城へ押し入ってきて、彼女にキスして以来いやな味が口に残っていると言いがかりをつけたことになっていました。さらに、腐れジャガイモみたいにくさい国民ばかりのエイヴォンデルなどには住めないと毒づいて、ミルクの入ったグラスにつばを吐き、壁にかかった姫の肖像画を破り捨て、召使いの足を踏んづけて出ていった……という脚色も施されていました。

「最高です、姫さま」吟遊詩人のひとりが言いました。「でも、それは唄ではありませんね。どちらかというと講談のようですね」

「では歌わずに、話して広めなさい」ブライア・ローズが言いました。「人々は新作を求めています。これを与えておあげなさい」

吟遊詩人たちはそのとおりにしました。一度話が知れわたってしまうと、エイヴォンデル国民はリーアムに釈明するチャンスを与えませんでした。リーアムが通りかかると、侮辱の言葉および食べ物を投げつけたのです。

「わたしが助けなかったら、あんたら全員まだ眠ったままだったんだぞ」ひと房のブドウが顔に当たって落ちると、リーアムがぼやきました。

「見下げ果てた男だよ」ある女が言い放ちました。

「悪党」別の声で、野次がとびました。

5 プリンス・チャーミングは最低最悪の人物

「姫がどんな人間か、ちょっとでも知ってさえいれば……」リーアムは口の中でもごもごと言いました。

「この化け物！」不機嫌そうな学校教師が出てきました。「われわれの国から出ていけ！」

「いや、そうしようとしてるところなんだが……」

リーアムは拍車をかけて馬足を速めようとしましたが、人混みから逃れることができず、投げつけられたクスクスが雨あられのように降りかかりました。この状況は簡単に収まりそうもないようです。人生で今ほど孤独を感じたときはありません。それに正直なところ、ブライア・ローズには心の底からうんざりしてしまいました。親に決められた結婚ですから、彼女が完璧な女性であるという幻想を抱いたことはありませんでしたが、せめて一緒にいてもいやではない人を望んでいました。

リーアムにはいささかロマンティストの傾向があります。いつの日か、美しい乙女が自分に心を奪われるという夢をずっと思い描いてきたのです。その想像における未来の花嫁は、なんというか、リーアム自身に似たところのある人でした――目をみはるくらい勇敢な女性で、スリルに満ちた冒険の供になってくれるような人です。話に聞くラプンツェルのように賢く機知に富んでいるとか、シンデレラのように勇敢で向こう見ずであるとか。間違ってもブライア・ローズのような人ではありません。しかし英雄としての自分を見失ってしまった今、そんな夢想もすっかりどこかへ消え失せてしまいました。今後どうすればいいのか見当もつきません。ただ自分を知る人々からできるだけ遠ざかりたいとの一心で馬を走らせました。

シルヴァリアにたどり着くと、解放感で大きく息をつきました――非難する人々から逃れられただけでなく、とても素敵な国だったからです。明るくみずみずしい緑の中でアライグマやシマリスが跳ね回り、そこかしこに鮮やかな野生の花が咲いていました。親しげに枝を広げたカシやニレの木の上では、アオカケスやマネシツグミがさえずっていました。シルヴァリアは、平和と心地よさを感じられる国だったのです。しかし、何ごとも見た目そのままとは限りません。

シルヴァリアに入ってからさほどたたないうちに、道の脇で木を切っている三人のドワーフに出会いました。彼らは実に豊かなあごひげを持ち、大きな荷物を背負っていました。リーアムが近づいていってもまったく関心を示さず、ミニサイズの手斧でひたすら木を切り続けています。

さて、シルヴァリアのドワーフにはきっと会ったことがないでしょうね。よそのドワーフとは違います。シルヴァリアのドワーフは、気難しい偏屈者《へんくつもの》で知られているのです。あなたがもっとも不平を言いたくなる瞬間を思い浮かべてください——たとえば、そうですね、足の小指をしたたかぶつけて、あまりの痛みに泣き叫び、それを誰かに「もう、うるさいな、たいしたことないでしょ」と言われて、怒りがふつふつと沸き上がってきている状態——そのぐらいがシルヴァリアのドワーフがご機嫌なときです。

また、細かいことを気にする性格なので、怒らせるのはとても簡単です。かつて、からかってきたエルフたちと戦争になったこともありました。

リーアム王子は今までシルヴァリアのドワーフに会ったことがなく、その評判にも明るくなかったので、この三人に道をきくことにしました。

「もし、おたずねしたい。この近くに宿屋があるかご存じか?」

「わしらにきいてんのか?」ひとりめのドワーフが、耳当てつき帽子の下からちらっと見上げて

5 プリンス・チャーミングは最低最悪の人物

言いました。

「そうだ。わたしはこの辺りには不案内なのだ。休めるところを探している」

「ああ、そんであんたは、わしらのことを足のついた地図と見間違えたようだな」ひとりめのドワーフが言いました。

「忙しいのが見てわかんねえのか」ふたりめが怒鳴りました。

「失礼した」リーアムが言いました。「ただ、近くに宿屋がないかどうか伺いたいと思ったので」

「やまびこが聞こえるぞ」ひとりめが言い、三人は仕事を続けました。

「質問を繰り返したのは、答えていただけなかったからだ」むっとしたようにリーアムが言いました。そもそも最初からあまり機嫌がよくなかったし、へそ曲がりの相手をしているとますます苛々がつのってきます。

「頭にえらく汚いもんがついてんな」ふたりめのドワーフが言いました。

「これはメロンだ」リーアムが答えました。

「そうだと思った」三人めが言いました。「メロンは大嫌いなんだ」

「わたしだって好きではない。それで、宿屋は……」

「ああ、すまんすまん」ひとりめのドワーフが皮肉っぽく鼻で笑うと、三人は木を切るのをやめました。「気取ったよそ者が近づいてきて質問したら、わしらは何をやっていても中断しなきゃならんということを忘れていたよ。ところであんたは何者だというんだ?」

「ご存じないようだから教えてしんぜるが、わたしはリー……」リーアムは途中でやめました。ドワーフたちに対する苛立ちが高じたあまり、王家の名乗りを上げようとしたのですが、正体を隠しておくようにという妹の助言を思い出したのです。もしブライア・ローズの嘘がシルヴァリアまで広まっていたとしたら、ドワーフたちに本当の身分を名乗るのはもっとも避けねばならないことです。

「いや、チャーミングだ」リーアムは歯を食いしばってから言いました。「わたしはプリンス・チャーミング」この言葉を口にするのは痛みがともないました。

ドワーフたちは互いに顔を見合わせると、リーアムに向き直り、「いや、あんたは違うだろ」と声をそろえました。

「いいや、本当だ。おそらく物語を聞いたことがあると思うが……」

「ああ、もちろん知っている」ひとりめのドワーフが言いました。「そしてあんたはあの話に出てくる男じゃない」

「本当にわたしなんだ。眠りの魔法をかけられた姫にキスをして目覚めさせた」

「だから、さっきも言ったが、話は知ってる。プリンス・チャーミングがそうしたってな。だがそれはあんたじゃない」

「いったいなぜあなた方は、わたしがプリンス・チャーミングじゃないと言い張るんだ?!」

「わしらはプリンス・チャーミングに会ったことがあるからだ。そしてそれはあんたじゃない。さっさとあっちへ行って、別人のふりをするのはやめることだ」三人はおどすように斧を振り上げました。

なるほど、わけがわかった、ブライア・ローズの息がかかっているに違いない、とリーアムは思いました。今回に限っては違うのですが。前にも言ったように、ドワーフたちは単に気難しい

5 プリンス・チャーミングは最低最悪の人物

のです。いずれにしろリーアムは立ち去りました。

一キロほど道を進むと、静かで感じのいい場所が見つかったので、リーアムは馬を止めて大きなカシの木の下に座りました。つぶれたメロンまみれの髪はマントの裾で拭きました。なぜこんなにあっという間に落ちぶれてしまったのだろうと考えましたが、疲れ切っていたため、失意のまま眠り込みました。

しばらくすると、おずおずとした「すみません」という声で起こされました。

まだ半分眠ったまま薄目を開けると、ふたりの人影が立っているのがぼんやりとわかりました。ひとりは仕立てがいいけどぼろぼろになった白いスーツを着ていて、ゾンビの鼓笛隊《こてきたい》のリーダーに見えます。もうひとりは二倍も体が大きく、半分バイキング、半分クマに見えます。「おい、あんた！　起きるんだ！」大きいほうが乱暴に言いました。

リーアムはぱちっと目を開け、さっと立ち上がると剣の柄《つか》に手をかけて警告しました。「近寄るな！」

武装した大男はひるまず、「本当にこいつが必要なのか？」と仲間にききました。「見てみろ。マントをつけているぞ」

小さいほうの男が話し始めました。「驚かせてごめんなさい。危害を加えるつもりはありません。あなたはもしや、プリンス・チャーミングではありませんか？」

「なんだって？」その質問にリーアムはびっくりしました。剣をすぐ抜けるよう、手は柄に置いたままです。

「眠り姫のプリンス・チャーミング。それはあなたでは？」

リーアムはなんと答えればいいのかわかりませんでした。「なぜそんなことをきく?」

「ぼくたちはあなたを探しに来たからです。助けを頼みたいんです」

「わたしの助け?」

「そうです」汚れたスーツの男が言い、もうひとりの男は威圧的ににらんでいます。「若き乙女を魔女から救うのに、あなたの助力が必要なんです。あなたは、えーと、経験者なんですよね?」

「わたしが倒したのは妖精だ」リーアムが苦々しく言いました。「ふん。頭が悪くてろくに事実確認もできない宮廷詩人がいなければ、世の中はもっとよくなるだろうに」

「わあ!」男が笑みを浮かべました。「ではやっぱりあなたがプリンス・チャーミングですね」

リーアムはちょっと気を許しました。「そうだ。だがその名前は気に入らない」

「ぼくたちもです」小さいほうの男が熱意を込めて言い、大きい男も賛成するように鼻を鳴らしました。

「どういう意味だ?」リーアムがききました。

「ぼくもプリンス・チャーミングなんです」そして連れを指差しました。「彼もです。とはいえ、今はあまりチャーミングとは言えないですけど。説明させてください……」

フレデリックとグスタフは、これまで自分たちに起こったことをすべてリーアムに話して聞かせました。リーアムはその物語に啞然とし、興味をそそられました。

「しかし、いったい全体どうやって、わたしがここにいるとわかったんだ?」リーアムがききました。

「そうですね、まず〝眠り姫〟の物語の舞台はどこの国なのか、知っている人がいないかきき回

5 プリンス・チャーミングは最低最悪の人物

るところから始めたんです」フレデリックが説明しました。「あるおじいさんがフロストヘイムだと言ったんですが、全然違っていて、ずいぶん時間を無駄にしてしまいました。でも偶然会った燭台のセールスマンから、プリンス・チャーミングがいるのは間違いなくシルヴァリアだと聞くことができたので、ここに来たんです。国じゅう当てもなく探し回っていたら、とんでもなく無礼なドワーフたちに出会いました。プリンス・チャーミングを知らないかきいたら、ドワーフのひとりが『どこにいないかなら教えてやるよ。そこの道を進んだところには確実にいない。さっきそこを行ったばかりのやつは、確実にプリンス・チャーミングじゃないからな』と言ったんです。あんまりおかしな答えだったから、彼らが話していた人を探してみることにしました。そして！　あなたを見つけたというわけです」

「ああ、あのドワーフたちはいったい何なんだろうな」リーアムは身体の中に、以前のようなエネルギーが戻ってくるのを感じました。自分の英雄譚がこんなに遠く離れた国々までとどろいていることを知り、元気づけられたのです。「ではきみたちの国でも、わたしの唄は人気があるんだな？」

「あんたの唄？」グスタフが片頬をゆがめました。「女の子についての唄だろ」

「そのとおりだ」リーアムは認めました。「だが、どうしてそんなことになったんだろう？　わたしは悪い妖精を打ち負かし、みんなを助けたのに、それがなぜだか彼女の唄になった」

「ぼくたちも同じ扱いを受けたんです」フレデリックが言いました。「ぼくに言えるのはただひとつ、みんなお姫さまが好きなんですよ。きらびやかなドレスのこととか」

「わかってる。しかし〝眠り姫の物語〟だなんて、そんなにおもしろそうにも聞こえないが」リーアムは目をむいて、ばかにするように指をひらひら動かしました。「なんだって？　女の子が眠る話？　わあー、もっと聞かせて！　もっと聞かせて！」

ふたりが笑うと、リーアムも微笑みました。プリンス・チャーミングであるというのがどういうことか、理解してくれる人と出会えるとは思ってもみませんでした。

「では、ぼくたちと一緒にストゥルムハーゲンまで行って、エラを魔女から助けるのを手伝ってくれますね？」

リーアムはちょっと考えるふりをしましたが、実際、心はすっかり決まっていました。ほんの数分前までは、引退して山に身を隠し、ヤギ飼いでもして生計を立てようかと考えていました。もしくは道端で手作りのドングリ人形を売るとか。しかしそのどちらにも魅力を感じられませんでした。それが今、まるで運命づけられたかのように、自分のような英雄の王子がふたり現れて（少々普通ではないように見えましたが）、さらわれた乙女を助けるという大いなる冒険に誘ってきたのです――これこそ飛びつきたくなる話でした。それに、英雄としての評判を立て直すのにもずいぶん役立ちます。「きみたちは正しい王子のところに来たようだな」

三人は馬の背にまたがりました。「ひとつだけわからないことがある」出発すると、リーアムが切り出しました。「きみたちが会ったという燭台のセールスマンは、なんでまた、わたしがここにいると知っていたんだろう？」

「ぼくにわかるのは、シルヴァリアにプリンス・チャーミングがいると彼が言い、そのとおりだったということです」フレデリックが言いました。

「ちょっとした謎だな。グスタフ、きみはどう考える？」

5 プリンス・チャーミングは最低最悪の人物

「あんた、メロンくさいな」グスタフが答えました。

「ありがとう。役に立つ意見だ」

6 プリンス・チャーミングは方向音痴

シルヴァリアの深い森を進む道すがら、リーアムは、いかにして悪い妖精を打ち負かしたかの成り行きを事細かに──「妖精が左に大きく振り、わたしは右へひらりと身をかわした。妖精が頭を狙って殴りかかり、わたしは低くかがんでよけた」──ふたりに話して聞かせました。フレデリックは真剣に聞き入って、細部のひとつひとつに感嘆しました。リーアムはまたたく間にフレデリックの尊敬の的《まと》となったのです──グスタフはおもしろくありませんでした。

「妖精を殺すくらい、たいした手柄じゃない。おれはいつも

6 プリンス・チャーミングは方向音痴

馬から降りるとき、四匹か五匹は踏んづけてるぜ。だが、エリンシアみたいなお茶とお菓子の国では、それくらいでもすごい脅威なんだろうな。ストゥルムハーゲンへ来てみろ。本当の危険とはどんなものかわかるはずだ。巨人、人食い鬼、オオカミ男。ストゥルムハーゲンのビーバーに打たれても、あんたは気絶してしまうかもな」

「あそこへ戻るのは、どうにも気が進まない……。こういう森のほうが、ぼくは気が休まるんです」フレデリックは、気持ちのいい周囲の風景を指し示しました。

「おまえのようなおしゃれ男は、ちょっとした戦いもこなすことができないから、ストゥルムハーゲンがいやだって言うんだろ」

「反論はしません。でも正直なところ、トロールにプチフールを奪われるんじゃないかって心配することなく、ピクニックできるところに住みたいとは思わないんですか？」

「冗談だろ」

「見てくださいよ、グスタフ」フレデリックは続けました。「人食い鬼やゴブリンより、小さくてふわふわしたリスのほうが好きではないんですか？　ぼくは、人食い鬼って口にするだけでも恐ろしくてたまらない。リスだったら、ちょっとドキドキするくらいで済むけど」

　グスタフが首を振りました。「もうおしゃべりはやめろ」

「この場所の美しさにだまされるな」リーアムが言いました。「思っているより危険が潜んでいるかもしれない。エリンシアの森だってのどかに見えるが、以前、そう数年前だ、わたしは残忍な盗賊に待ち伏せされたことがある。七人もいて、本来だったらひとりも生きて返さないところだった。しかしわたしは気づいた。暴漢どもの頭目《とうもく》は、右目に奇妙なひきつりがあって――」

「おしゃべりはやめろ」

「しかしここからがいいところなんだが」

「おしゃべりはやめろ、マント野郎！」グスタフが怒鳴りました。「茂みの中に誰かいる！」

そのとき、ほど近い低木の茂みのうしろから、ひとりの男が飛び出してきました。三人の王子たちは驚きましたが、見知らぬ男も同様で、キャッと叫び、ダンスのような身ぶりでぴょんと飛び跳ねました。しかし馬上の三人が犯罪者でも怪物でもなさそうなことに気づくと、気を落ち着けてにっこり笑いました。背が低く痩《や》せ型で、袖がふくらんだ青いベルベットのチュニックを着ており、首の回りにはフリルいっぱいのひだ襟《えり》がついています。腰にはベルトを巻いていたので、チュニックの裾はスカートのように広がっていました。肩には短い緑色のマントをつけ、羽根飾りのついた緑色の帽子からは黒いちぢれ髪が覗《のぞ》いています。脚には、しましま模様のタイツを穿《は》いていました。縦じまのタイツです。青と緑の縦じま模様のタイツです。

「あ、こんちは〜」見知らぬ男が言いました。「きみたちに会えてとってもうれしいよ。いやぁ、森で散歩を楽しもうと出てきたんだけど――へへっ――どこかで曲がるのを間違ったみたいで、ちょっぴり道に迷ってたんだ」

「あなたが山賊ではないという証拠は？」フレデリックがたずねました。

グスタフが鼻を鳴らしました。「山賊だったら、死んでもこんな服着ないだろ」

「あれっ、ぼくのこと知らない？　どうやらこの辺の人たちじゃないね。ぼくはダンカン、この国の王子だ。たぶん、この国で合ってると思うけど。ここってまだシルヴァリアだよね？　とにかく、きみたちに会えてよかったよ〜」

6 プリンス・チャーミングは方向音痴

さて、読者のみなさんが考えていることはわかっています――えぇーっ、本当に？　白雪姫《スノー・ホワイト》の王子がたまたま深い森の中をさまよい歩いていて、ほかの三人の王子たちと偶然出会ったなんて、ありえないでしょって。

ところが、ありえない出来事が起こるのは、ダンカンの人生ではいつものことなのです。五歳のときには、大きな丘をそりで滑り下りていて進路がそれ、何百年も前に失われていた金貨いっぱいの宝箱の上に偶然着地しました。十一歳のときには、水が飲みたくなって夜中に起き、うっかり階段を踏みはずして、王冠の宝石を盗みに入っていた泥棒の上に偶然転げ落ちました。そしてあるときは、日課の散歩に出かけたら、眠り続ける魔法をかけられたきれいなお姫さまを偶然見つけました。このように驚くべき偶然に満ちた人生を送ってきたため、ダンカンは、自分には不思議な〝ラッキーパワー〟が備わっていると信じるようになりました。もちろん、そんなものはないのですが。偶然は誰にでも起こるものですし、幸運は完全にランダムな現象です。しかしダンカンは、自分の幸運は魔法のようなものであると心から信じ込んでいました。

ダンカンについて、もうひとつ理解していただきたいのは――すでにお気づきかもしれませんが――変わっているということです。王子たちはみな、それぞれ問題を抱えています――フレデリックは怖がりだし、リーアムは自尊心を少々抑制したほうがいいときがあるし、グスタフは衝動のコントロールが必要です――しかしダンカンは、完全無欠の変人なのです。誰にでもいくらか風変わりな知り合いがいますよね。ひとり言を言ってばかりの女の子とか、消しゴムをグミか何かのように食べてしまう男の子とか。彼らは素敵な人たちかもしれませんが、その奇矯《ききょう》なふるまいのおかげで、友達をつくるのが簡単とは言いかねます。ダンカンもそうでした。

もしダンカンと友達になったら、ポジティブなエネルギーを毎日たくさんもたらしてくれることでしょう。うんと笑わせてくれるし、おそらくほかでは経験したことがないほど忠実な友情を示してくれます。けれども今まで誰ひとり、ダンカンとそこまでの仲になった人はいませんでした。首をひねってしまうようなファッションセンスや、奇妙な癖（歯をピアノに見立てて弾こうとするなど）は、みなを敬遠させました。

ダンカンが八歳のときのことです。ふたりの棒人間がジャガイモにキスしている落書きを描いて、美術コンクールに出品しました。優秀作品が選ばれる直前、おかしな風が吹いてろうそくを倒し、王宮の美術室に火が燃え広がってダンカン以外の作品すべてを燃やしてしまいました。そこで落書き〝おいもの愛〟がいやおうなく最優秀賞を取ったのです。さて、ダンカンはほかの参加者たちがことの成り行きに腹を立てているだろうと思いめぐらせ、新しい美術プロジェクトを企画して誘ってはどうかと考えました。悪くないアイデアです。しかしダンカン――過度に興奮しやすく、とどまるところなく熱狂的なダンカン――には、まるきり逆効果になることを言ってしまう才能もありました。賞の授与式が終わると、ダンカンはジャガイモの絵を頭上に掲げて、歌いながら出てきました。「いやっほぅ！　ぼくはクレヨンの王さまだぁ～！　もっとすごい美術の冒険に飛び出したい人はついておいでよ～！」誰もついてきませんでした。それ以後、ダンカンを誕生日パーティに呼ぶ人もいなくなりました。それにダンカンが王子だったことも事態を悪くしました。

ダンカンの家族は、彼と同じくらい〝ちょっと違う〟人たちだったのです。ダンカンの両親、シルヴァリアの王と王妃は、国じゅうでもっとも人気のない夫婦でした。食事にはアスパラガス

6 プリンス・チャーミングは方向音痴

とキドニービーンズ以外出さないので、晩餐の誘いを受ける人はいなくなりました。宮廷道化師さえも辞めてしまいました。というのも、王がいつも曲芸——皿回しや卵投げ——の途中で、「うぉー！　わしにもやらせてくれ！」と叫んで邪魔をするからです（王のやる気のおかげで、玉座の間は割れた皿やつぶれた卵で散らかりました）。ダンカンの姉、メイヴィスとマーヴェラは、ほとんどいつも互いの爪先《つまさき》を塗って過ごしていました——足の爪《つめ》ではなく、爪先です。ひとつの誇張もなく、彼らは変な家族でした。

　十代の中ごろには、ダンカンはあきらめて孤独を受け入れました。友達とはほかの人たちのためのもので、彼には縁がありませんでした。長い長い間、ひとりぼっちのときを過ごしてきました。森の中でスノー・ホワイトを見つけるまでは。美しい姫がガラスの棺《ひつぎ》に横たわり、むせび泣くドワーフたちに取り巻かれていたのです。ダンカンが現れると、会葬者たちは驚きました。

「うわっ！　女の子が死んでる」ダンカンは思わず口走りました。「水玉模様のベリーでも食べちゃったの？　危ないってパパがいつも言ってるけど」

　ドワーフたちは最初、悲しみのときを邪魔したダンカンをののしりましたが、ダンカンが立ち去ろうとすると、ひとりが何かを思いついたように呼び戻しました。「待て、おまえは人間だな。使えるかもしれん」

「そうだよ、ぼくは人間だ」ダンカンは明るく笑って答えました。「きみたちってすごく賢いね～」もしかして友達になれるかもしれないと思い、ドワーフをほめてみたのですが、まるでばかにしているように聞こえました。

「ふん、ありがとよ。痴《し》れ者め」ドワーフが鼻であしらいました。皮肉を込めていたのですが、ダンカンには通じませんでした。

「どういたしまして。ところで、ぼくの名前はダンカンだよ」

「おい人間、ぺちゃくちゃしゃべるのはやめろ」ドワーフが怒鳴りました。「わしらを助けるのか、助けないのか」

「助けるって、どうやって？　棺を持ち上げる助けがいるの？　ぼくはあんまり力持ちじゃないから……。でもお葬式の音楽がいるんだったら、フルートを持ってきてるよ」

「姫は死んじゃいない、このとんま。魔女に呪いをかけられたんだ」

「じゃあどうして棺に入れてるのさ。まさに終わってるって感じなんだけど。違う？」

ドワーフのひとりがこぶしを振り上げ、ダンカンにきつい一発をお見舞いしようとしましたが、ほかの者が押しとどめました。

「呪いの魔法は解けるんだ」比較的冷静なドワーフが言いました。

「オッケー」ダンカンが言いました。「それならできるかも。で、どうすればいいの？」

「彼女にキスをしろ。こういう眠りの魔法について聞いたことがある。キスで破ることができるんだ」

「なら、どうしてきみたちがキスしないの？」

ドワーフたちは不快のあまり、鼻にしわを寄せ、つばを吐き、舌打ちしました。「無理だ。彼女は妹のようなもんだ。できるもんか」

「どっちにしろ、それじゃ効かない」まとめ役と思《おぼ》しきドワーフが言いました。「これは常識だ――おまえは持ち合わせていないようだが――邪悪な魔法は、真の恋人のキスでしか破れない」

6 プリンス・チャーミングは方向音痴

「え、でも、ぼくが真の恋人であるわけないよ〜。ちゃんと会ったことだってないんだし」

「そこはこじつけでいいんだ」

「怖いのか？　もしかして、今まで女の子とキスしたこと、ないんじゃないのか？」別のドワーフが冷やかしました。

「ははは！　いや、まさか、まさか、まさか。そういうことじゃないよ。ばか言わないでよ」ダンカンは嘘笑いをしました。「ただ単に、女の子が眠っているところにキスするっていうのは、ね、ちょっとよくないんじゃないかと。でも、なんだ、命を救うためだ。だよね？　それに彼女はかわいいし」

「やれ！」何人ものドワーフが声をそろえて叫びました。

りんごのように赤い頬をした少女の上にかがみ込み、くちびるとくちびるを触れ合わせると、少女の目がぱちぱちとまばたいて開きました。

「すごい」ダンカンが笑い声を上げました。

またもやラッキーパワーが発揮されたのです。スノー・ホワイトはダンカンに恋してしまいました。後にわかったのですが、ふたりには共通点がたくさんありました。どちらも背が低くて、バードウォッチングと、首の回りにかけるひもと、長々しいフルートの独奏曲が好きでした。すぐにふたりは結婚しました。

スノー・ホワイトはお姫さまで、王子さまと結ばれたのですから、結婚式は盛大で華々しいものであったと想像したかもしれませんね。しかし出席者はほんの少数でした。教会の片側に列席したのは、ダンカンの両親とふたりの姉、無理に連れてこられた家来たち数人だけでした。もう片方には、年老いてしわだらけのスノー・ホワイトの父王、無表情のドワーフ七人が座りました。なぜならスノー・ホワイトも変人だったからです。それに、ひとりでいるのが好きなタイプでした。ほとんどの時間を森で過ごし、人よりも動物と触れ合ってきたのです。スノー・ホワイトは、ダンカンと同程度に人気者ではありませんでした。少なくとも、シルヴァリアの宮廷詩人、ウォレス・フィッツウォレスの作った唄が彼女を伝説に変えるまでは。

婚礼のすぐあと、〝白雪姫《スノー・ホワイト》の物語〟が吟遊詩人たちによって広められると、シルヴァリアじゅうの人々が城に立ち寄って、有名なお姫さまとプリンス・チャーミングを見ようとしました。噂のプリンス・チャーミングがダンカンのことだとわかると、当然のごとく、失望の声が上がりましたけれど。「ダンカン王子だって？　笑えない冗談だ。〝チャーミング〟の意味を知ってるのか？」

誰も話しかけてくれないかつての生活も相当につらいものでしたが、プリンス・チャーミングとなった今では、人々は、どうしてダンカンと話したくないのかを話しかけてくるようになったのです。

じきにダンカンとスノー・ホワイトは王宮から出て、人里離れた領地に越しました。そこでならわずらわしい訪問者もなく、のびのびと自由に変人でいることができます。つまようじのコレクションをアルファベット順に整理し（全部「T」の項に入れられました）、逆さまに座る練習をし、庭にやって来た動物すべての名前を大声で叫びました（動物の種類ではありません。それぞれにふさわしいとダンカンが考案した名前です。たとえば〝チェスター〟〝スキッピー〟〝J・P・マクウィギンス〟など）。スノー・ホワイトはダンカンのどんな奇行もおもしろがりました。

6 プリンス・チャーミングは方向音痴

一緒にいて楽しいと感じられる、初めての人間だったのです。

それでも限界はありました。スノー・ホワイトはひとりの時間を大事にするタイプだったので、ほかの人と一緒に暮らすのは、どうしてもストレスがたまりました。それに、ダンカンのようなハイテンションのおしゃべり人間と一緒にいるのは、サーカス芸人の一団と暮らしているようにも感じられました。ときが過ぎるうちに、スノー・ホワイトは窮屈さを覚えてきました。そしてとうとう我慢ができなくなったのです。

ある朝、スノー・ホワイトは心地よい平和と孤独を楽しもうと、ひとりで庭に出ました。いつものようにダンカンがあとからついてきて言いました。「ぼくのほうが絶対、きみよりたくさんの虫を見つけられるよ〜」

また別の日、スノー・ホワイトはダンカンの挑戦を受け入れてスプーンをつかみ、土を掘り始めようとしましたが、神経が限界に近づきました。

「もういや！」スノー・ホワイトの突然の逆上に、ふたりともが驚きました。「ごめんなさい、どうしてこんなこと言っちゃったのか、わからないわ。ちょっと静かに過ごしたほうがいいみたいねえ」

「もちろんだよ」ダンカンは両手を組み合わせると、周囲の森を覗き込んで、ゆらゆら揺れながら口笛を吹きました。

「えと、ダーリン？」

「ごめん」ダンカンは口笛をやめ、三十秒間だけ黙ってから叫びました。「キャプテン・スポールディング！」

スノー・ホワイトは卒倒してしまうかと思うほど驚きました。「何？　誰？」

その声に苛立ちを感じとって、ダンカンはひやりとしました。「あそこのアライグマ……。キャプテン・スポールディングという名前をつけたんだ」

「ねえ、ダンカン」スノー・ホワイトは深く息をつきました。「こんなこと言ったからって悪くとらないでほしいんだけど、わたしがドワーフたちを好きだった理由は、ほとんど話しかけてこないというのも大きかったのよねえ」

「オッケー、了解」ダンカンはびくびくしながら言いました。「しばらく口をきかない。それくらいできるから。ちょっとフルートを取ってくる」

「だめ。何かほかのことをして。ひとりで」

「ひとりで？」

「そうよ。ひとりでもできることあるでしょ。どこかへ散歩に行ってもいいし、一緒に遊べるほかの王子を見つけるのもいいし。信じて。それはあなたにとっても、いいことなのよ」

「うん」スノー・ホワイトがダンカンに対して否定的な反応を示したのは、これが初めてでした。かつての、あらゆるつらい感情がよみがえってきました。突如として七歳の男の子に戻り、「王子お断り」と張り紙をされたクラブ会館の扉の前に、ひとりたたずんでいたときのような気持ちになりました。スノー・ホワイトは自分を本当に好きになってくれた唯一の人だったので、愛想を尽かされるのは怖くてたまりません。もちろんダンカンが過剰に感じすぎなのですが、ほどよく常識的な反応というのはダンカンには無縁のものでした。

「わかった。それじゃ、森を散歩してくる」大きな声で言いながら出発し、しばらく自分と離れ

6 プリンス・チャーミングは方向音痴

ていることで、スノー・ホワイトが寂しく感じてくれるといいなと思いました。「ひとりでも、すっごく楽しんでみせるよ〜」

なんの心配もなく呑気《のんき》な様子をよそおって、ダンカンはスノー・ホワイトに投げキスをすると、口笛を吹きながらぶらぶらと庭を出ていきました。二十分後には、どうしようもなく道に迷っていました。二日後には、どれほど森の中をさまよい歩いたか知れず、その間食べたものといえばベリーだけでした（ただし水玉模様のではありません）。そして、フレデリック、リーアム、グスタフの三人に出会ったのです。魔法のラッキーパワーがこの人たちを連れてきてくれた、とダンカンはうきうきと考えました。いちばん落ち込んで寂しかった瞬間に、三人の新しい友達！

ダンカンはみんなに自分の話をすっかり聞かせました。

「では、きみがシルヴァリアのプリンス・チャーミングか」燭台のセールスマンがフレデリックとグスタフに探すよう言ったのはダンカンのことで、自分ではなかったというのをリーアムはとうとう理解しました。

「残念ながら、そうなんだ」ダンカンが答えました。「あまり世間では歓迎されてない事実だけど」

「ええと、きっと信じてもらえないような偶然の一致があります」フレデリックが言いました。

「言ってみてよ。ぼくはほとんど何でも信じるから」

フレデリックとリーアム、グスタフは、自分たちが何者か、そしてどのような経緯で共に行動するようになったか、ダンカンに説明しました。正確に言うと、話したのはほぼフレデリックとリーアムで、グスタフは基本的にうなっているか、「こんなことしてる時間はないんだ」というようなことをぶつぶつつぶやいていましたが。ダンカンは聞けば聞くほど活気づいてきて、三人の王子たちの話が終わったときには、その場で激しく肩や腰をくねらせて踊っていました。

「きみは、そのう……そろそろ行くかい?」リーアムがききました。

「いや！　行かない」ダンカンが大声を上げました。「こんな途方もなくすごいことがあるなんて！　ここに四人のプリンスたち・チャーミング。ひとつの場所に集まった！」

「プリンス・チャーミングたち、だろ」グスタフが言いました。

「違う、プリンスたち・チャーミング」ダンカンが楽しげに訂正しました。「プリンスは名詞で、チャーミングは形容詞。〝たち〟をつけるのは名詞でしょ」

「ばかみたいに聞こえるぞ」

「とにかく、ぼくの答えはイエスだ！」ダンカンが満面の笑みを浮かべました。

「何に対する答えだ?」リーアムがききました。

「ぼくも一緒に行くよ！　シンデレラを救いに。すごくおもしろそうな冒険だもん」

「いいや、来なくていい」ぶっきらぼうにグスタフが突き放しました。

「いや、行く」ダンカンが言い張りました。

「本気か?」リーアムがききました。「つまり、特に誘おうとは――」

「もちろん本気だ」ダンカンはにっこり笑って宣言しました。「こうなる運命だったんだ。きみたちと一緒に行く」

「おいおい、頼むぜ」グスタフがうめきました。「マントつきの奴がもうひとり?　しかもちんちくりんマントときた」

6 プリンス・チャーミングは方向音痴

「ぼくはむしろ、おしゃれだと思いますけどね」フレデリックが言いました。

「えへ、ありがとう。登場するときかっこいいように、肩でひらめく何かが欲しかったんだ――しかも扉に挟まれなくて済むようなやつ」

「よし、承知した」リーアムが言いました。「味方はひとりでも多いほうがいいかもしれない。剣はどのくらい使える？」

「ははっ！」ダンカンが笑いました。

リーアムは眉をひそめ、「その『ははっ』というのは、『なんと愚かな質問だ。天下一の剣豪であると誰でも知っている』という意味か？」と、期待を込めてききました。

「ううん。『ははっ』と笑ったのは、『ぼくは剣を握ったことさえないよ』という意味。でも、いつでもフルートを演奏してあげることができるよ。リーロイ！」

三人は当惑して、ダンカンを見つめました。

「リーロイって誰ですか？」フレデリックがたずねました。

「ああ、あそこの木の間にウサちゃんがいたんだ。リーロイって名前に見えたんで」

気まずい沈黙が落ちました。

「さて、そろそろ出発したほうがいいだろう」リーアムが言い、ダンカンに手を差し出しました。

「わたしの馬のうしろに乗るといい」

「ちょっと待ってもらえるかな。スノーちゃんが心配しているかもしれない。だって、さっき説明したように、数日前にいなくなってしまったままだから。手紙を残していかなきゃ」

「そりゃうまくいくといいな」グスタフが片頰をゆがめました。「道に迷ってたんだろ。忘れたのか？」

「そうなんだよ。ここからどうやって家に帰ればいいのかまったくわからない」ダンカンはベルトに下げた小さな鞄を開けて中身を探り、「あったかな……あ、あった」と羽根ペンと紙切れ、インク瓶を取り出しました。

「文具一式を持ち歩いてるんですか？」フレデリックが感心したように言いました。

「いつもじゃないけど。でもちょっと前、シマリスの目録を作ったときにペンとインクを鞄に入れていたんだ。そのまま持っていてラッキーだった～」

リーアムの馬の尻に紙切れを押しつけて、ダンカンは短い手紙をさっと書きとめました。

大好きなスノーちゃんへ
きみの言ったとおりだった！
森でほかの王子たちに会ったよ。
一緒にシンデレラを救いに行く。
じゃあね。いつか戻るよ。
D

「どうやって彼女のもとに届けるつもりだ？」リーアムがききました。

「わからない」ダンカンは紙を丸めて細長い草の葉でかたく結び、地面に投げ落とすと、肩をすくめました。「さっきも言ったけど、ぼくには魔法のラッキーパワーがある。こうしておけば、

6 プリンス・チャーミングは方向音痴

手紙はどうにかしてスノーちゃんのところに届くはず」

「なんでこんなやつを一緒に連れてかなきゃならないんだ」グスタフがぼやきました。

そのとき突然、近くの木にとまっていた一羽のコマツグミがさっと飛んできて、鉤爪《かぎづめ》で巻き物をつかみ上げるると、羽ばたいて飛び去りました。ダンカンはにっこり微笑《ほほえ》みました。数秒おいてから、リーアムが言いました。「なるほど。とはいえ、さっきの手紙がスノー・ホワイトのもとへ無事に届くとは限らないが」

「うん」笑みを浮かべたまま、ダンカンも同意しました。「でも、それっぽいというのは認めるでしょ。じゃ行こっか」ダンカンは馬によじ登ってリーアムのうしろにまたがりました。最初、うしろ向きになりましたが、リーアムに助けてもらって前を向きました。

「考え直すなら今だぞ」少々期待を込めながらリーアムがダンカンに言いました。「やめておけば、大変な思いをすることもない」

「でもひとり残されたらどっちに行けばいいの？　道に迷ってたのに」

「けっこう」リーアムを先頭に、四人は出発しました。

「ええと、ぼくとしては、きみが一緒に来てくれてうれしいです、ダンカン」フレデリックが話しかけました。「さっきのコマツグミ、すごいですね」

「へっ！　魔法じゃないんだぞ」グスタフがフレデリックに言いました。「こいつがやったことといったら、鳥に巣作り材料を与えただけだ。それがなんだというんだ。おまえのほうが王子としてまだましだ」

フレデリックが目を見開きました。「グスタフ、もしかしてぼくをほめてくれてるの？」

「少なくともマントをつけてないからな」

「で、ダンカン」話題を変えようと、リーアムが言いました。「きみはスノー・ホワイトと結婚しているんだったな?」

「うん、そう。ぼくたち、愛し合っているんだ〜」ダンカンは、新しい仲間に自分たちの小さないさかいを知られないようにしなきゃ、と思いながら答えました。

「ということは、眠りの魔法にまつわる、あの話を信じているのか? 呪いを破るには、真の恋人のキスが必要だという」

「もちろん信じてないよ」ダンカンは笑っていなしました。「だって、スノーちゃんにキスした時点では、まったく知らない人だったんだから。うん、誰のキスでも効いたんだと思うな」

「ありがとう!」リーアムは意気揚々とした声を上げました。「わたしもずっとそう言っていたんだ。しかし誰も信じてくれなかった。頼むから、わたしの国の愚かな民衆にもそう教えてやってくれるだろうか」

「いいよ。でも、誰が愚かな人なのか、ちゃんと指差して教えてよ。間違えたらいやだからね。ねえ、アルファベットを逆順に口笛で吹くのを聞きたい人〜?」

王子たちが世間話を続けながら森を進む道中、ダンカンはほかの三人が自分をどう思っているのか、はかろうとしていました。他人がおもしろがっているのか、うんざりしているのか、見極めるのは得意ではないほうでしたが。でも確かに、フレデリックとリーアムは数回、笑みを浮かべました。グスタフを笑わせようとするのはいくらか困難でした。

今まさに、世にも邪悪な魔女と手下の巨人との戦いに向かっているというのに、ダンカンには

6 プリンス・チャーミングは方向音痴

まったく不安はありませんでした。何が起ころうと、すべてうまくいくはずと信じていたのです。なぜなら魔法のラッキーパワーがあるのですから。本当はそんなもの、ないんですけどね。

しかし、人の気を散らすことにかけては、ほとんど超自然的ともいえる力がダンカンには備わっていました。指ぬきのもっとも有効な使い方、お気に入りの麺の形状について、ダンカンがぺちゃくちゃしゃべっている間、道端の木に貼られていた「行方不明者を探しています」というポスターに気づいた王子はひとりもいませんでした。そのポスターには、羽根飾りのついた大きなつば広帽子をかぶり、リュートを抱えた人物の似顔絵が描かれていました。

7

プリンス・チャーミング、何が起きているのかわかってない

四人の王子たちが意気盛んに救出へと向かっている一方、囚《とら》われの乙女は、とっくに自力で逃げ出していました。少し時間を巻き戻してみましょう。魔女の塔が崩壊したあと、エラは巨人リースの麻シャツのポケットに入れられて、ストゥルムハーゲンを横断して運ばれました。自分自身の行く末だけでなく、フレデリックのことも心配でした――いったいあそこで何をやっていたのでしょうか？　とにかくできるだけ早く逃げ出さなければなりません。がたがた揺れる（かつ、ちくちくむずがゆい）道中ずっと、エラは大きなポケットの底からゆっくりと糸を引き抜いていきました。かつて継母《ままはは》に家族全員の縫い物を強《し》いられていましたから、こういった作業はお手の物です。しゃかりきになって布を解きほぐしていると、魔女ザウベラが、ばかでかい手下を叱りつけているのが聞こえました。

7 プリンス・チャーミング、何が起きているのかわかってない

「この、うどの大木」ずんぐりしたリースのてのひらに座っているザウベラが、大声で言いました。「愚鈍なぶきっちょ。脳みそが筋肉でできたうすのろ」魔女は類語魔法を自分にかけていて、あらゆる言葉を使って罵倒《ばとう》しました。

巨人は、だいたいは黙ったまま、毒舌に耐えていました。しかしときどき小声でつぶやき、それは意外なほどきちんとした言葉づかいでした。「そのようなおっしゃりようは、あまり気分よくないんですが」対してザウベラはこう答えました。「おまえの気分をあたしが気にするとでも思ってんのかい。不細工な惚《ほう》け者め」

ザウベラの根城へたどり着くまでに、巨人のポケットに人ひとりがくぐり抜けられるだけの穴を開けることはできませんでした（なんといっても巨人の移動スピードは迅速です。歩幅が大きいのですから）。しかし、めっぽう口の悪い女主人にストレスがたまっているのを感じとったので、それを利用することにしました。

巨人リースのポケットからつまみ出されたとき、周りの様子がちらりと見えました。そこは山の中で、堅固な黒石で造られたとてつもなく大きな城塞のそばでした。あらゆる出っ張りや雨どいからグロテスクな花崗岩《かこうがん》のガーゴイルが突き出ており、気味の悪い紫色のツタが壁を縦横無尽に覆っていました。なかでも際立った特徴をなしているのは、八十メートルもの高さの展望塔です。血のように赤く尖《とが》った屋根を持つ塔は、天を突き刺す巨大な槍《やり》のようにも見えました。

ザウベラが指を打ち鳴らすと、木製の大扉が左右に開きました。魔女はエラを突いて中に入れ、十の階段を上るように指図しました（それでも空まで伸びる塔の半分ほどです）。そこでエラは、粗末な木の寝台とすりきれた毛布以外には何もない狭苦しい部屋に閉じ込められました。

ほどなく独房にただひとつだけ開いた窓から、魔女が城塞を出ていくのが見えました。その背後に浮いているのは大きなエネルギーの玉で、内部には複数の人間がめちゃくちゃに積み重ねられているのが見えました。それが誰なのか、また何人いるのかすらわかりません。なんとか見分けられたのは、もつれた腕や脚、きらきら光るたくさんの布地、大きすぎるつば広帽子でした。

「よく見張っとくんだよ、リース」ザウベラが言いつけました。「そのうちさっきのふたりが、救出しようと現れるだろうからね。ああいう輩《やから》のことはよく知ってる。痩せのほうは助けを呼びに行きたがるだろうが、でかいほうはまっしぐらにここへ向かおうとするだろう。恐るるに足らずだが、油断は禁物だ。あのふたり組は別々の独房に分けて入れるのがよかろう。少なくとも計画がフィナーレを迎えるまではね」

「賢明ですね、奥さま」

「もっとも重要な人質がここにいるのを忘れるんでないよ、リース。おまえの手伝いとなるものを連れて戻ってくるからね」

「えっ、そんなの必要ありませんよ、奥さま」

ザウベラの目つきが険しくなりました。「リース、あたしが怖いかい」

大きな喉ぼとけが上下に動き、「はい」とリースが答えました。

「それが正しい答えだよ、リース」そう言うと、魔女は指を曲げて小さなエネルギー玉を放ち、怪我をしている巨人の向こうずねに当てました。痛みの咆哮《ほうこう》が峰々に響きわたりました。

「しくじるんじゃないよ」うずくまって火傷《やけど》をした足をさするリースに言うと、魔女は行ってしまいました。

7 プリンス・チャーミング、何が起きているのかわかってない

エラは巨人を見ていました。並外れて大粒の涙が目じりからこぼれ落ちそうでした。

魔女が声の届かない距離まで離れてしまうと、エラは窓から身を乗り出し、巨人の目の高さから話しかけました。「どうしてあんな仕打ちに耐えているの」

リースが驚いて身じろぎしたので、地面が鳴動《めいどう》しました。エラは窓敷居をつかみました。

「すみません」揺れが収まると、リースが言いました。「人質が話しかけてくることなんて、ないものですから。特に有名人の場合」

「有名人？　まあ、やめてよ、普通のありふれた人質と同じだと思ってちょうだい」エラは、番人がちょっぴりミーハーなタイプだということに気づきました。「でもわたしの質問に答えてくれてないわね。あの魔女、本当にひどい。あなた、どうして——こんなこと言っちゃいけないかもしれないけど——握りつぶしてしまわないの？」

「ええっ、そんなことできませんよ、お嬢さん。握りつぶすなんて失礼すぎて。そんなふうには育てられてません。母にはいつも、女性を傷つけてはならないと言われてますから」

「でも、女の子を誘拐するのはいいのかしら？」

「ママは誘拐については特に何も言ってなかったから。でも、ほら、あなたを傷つけてはいないでしょう？」

「そうね、そのとおりだわ。人さらいにしては完璧《かんぺき》な紳士ね」

「えへっ、ありがとうございます。ママが聞いたら喜びます」

「番人さん、教えてほしいんだけど——」

「ああ、お願いです、お嬢さん」巨人がさえぎりました。「リースと呼んでください」

「ありがとう。リース、教えてちょうだい。お母さまはとても上品な方のようだけど、あなたが仕えているあの魔女のことをどう思ってらっしゃるの？」

「それは興味深い質問ですね」リースが頭をかくと、大きな白いふけが時ならぬ吹雪《ふぶき》のようにひらめき落ちました。「思うに、あの人には何らかの問題があるのは間違いありませんね。特に言葉づかいに。ママはああいうのは好きじゃないですね」

「それならどうして、あんなに無作法な人に仕えるようになったの？」

「ママはずいぶん長い間、ぼくの就職のことを心配してくれてたんです。だから広告を見たとき、やらなきゃいけないと思ったんです」

「魔女って、広告を出して手下を募集するの？」

リースはうなずきました。「どこに求人広告が出るか、知ってる人は知ってますよ」

「すごい。それで、魔女のために何をしてるの？」

リースは心配そうな顔つきになりました。「ええっと、それは秘密の陰謀に関わってくるんですよね。だから、すみません、言っちゃいけないと思います。少なくとも魔女にきいてみないと」

「いいのよ、リース」エラは、できる限りやさしく聞こえるように言いました。「でも、わたしは囚われの身で、ここからどこへ行くこともできないんだし。話したいことがあったら、言っちゃっても大丈夫なんじゃないかしら」

「確かにそうですね、お嬢さん。あなたがほかの誰に秘密をもらせるというのか？　少しくらい話しても問題なさそうですね」

エラは微笑みました。

7　プリンス・チャーミング、何が起きているのかわかってない

「ええっと、魔女は、あの唄歌い――宮廷詩人たちを誘拐したんです」

ペニーフェザー！　エラはぞくぞくする胸のうちを隠そうと努力しました。

「五人もさらったんです」リースが続けました。「それで、重大な陰謀を進めている間、人質を監視する者が必要だったんです。魔女はその陰謀を究極悪名計画って呼んでます」

「それを手伝うために、あなたが雇われたのね」考えながら、エラが言いました。

「いえ、最初は違ったんです。始めに雇われたのはグリムズビーという名前の人食い鬼だったんですが、人質をひとり逃がしてしまったから、魔女がベーコンの塊《かたまり》に変えてしまいました。逃げた唄歌いを連れ戻すのに何日もかかりました」

「そうなの。それであなたが雇われたの？」

「いいえ。グリムズビーの次はふたり組の犬男でした。でも彼らはシマリスに気をとられすぎて、それで……ベーコン」

「そのあとに、あなたなのね」

リースはうなずきました。

「魔女は宮廷詩人たちをどこへ連れていったの？」エラがききました。

「たぶん、ほかの塔でしょうね」リースが肩をすくめて言いました。「あちこちに塔を持ってるんですよ」

「まあ、それじゃあ、具体的にどこの塔なのかはわからないのね」

「残念ながらわかりません、お嬢さん。魔女はおそらく、そちらのほうでも新しい番人を雇うでしょうね。ぼくはここであなたを見てなきゃならないから」

「ところで、あなたの仕事って、すごくエキサイティングで大変なのね」エラが尊敬を込めて言いました。

「わあ、恐れ入ります、お嬢さん」巨人は腕を組むと、隙間だらけの歯を見せて、にっこりと笑みを浮かべました（巨人の歯を衛生的に保てる、適切なサイズの歯ブラシを見つけるのは難しいのです）。

「それで、リース、さっき言っていた計画のフィナーレってどんなものなの」

「ああ、はい、破滅のグランドフィナーレです。この呼び方はちょっと気取ってますけど、華々しい殺戮《さつりく》になるだろうって魔女が強調してました。ぼくじゃなくて、魔女が言ったんですよ」

エラは、〝殺戮〟という言葉にひるみました。魔女は宮廷詩人たちを殺そうとしている。宮廷詩人がいなければ、吟遊詩人たちに新しい素材が供給されることはない。そうしたら何について歌えばいいのか？　どうやって人々は新しい話を聞けばいいのか？　誰も何も知ることができなくなってしまうのでは？　それは想像するのも耐えられないほどひどい話でした。

巨人は続けました。「この計画を進めるには、いやになるほど煩雑な準備が必要なんです。いつ何が起きる予定かの一覧表を見せられましたが、ちゃんとは理解できませんでした。光る稲妻、飛び交うどくろ、なんでもあります。図の一部には、魔女がカノン砲で人々にクマを打ち込むように見える絵もありました。ぼくとしては、ちょっとやりすぎだと思います。『どうして岩を落とすだけじゃだめなんですか』ときいたんですが、発想が小さいと言われてしまいました。『演出のセンスがない』って」

「とても有益な情報だったわ、リース」

7 プリンス・チャーミング、何が起きているのかわかってない

「ありがとうございます、お嬢さん。お役に立てるよう全力を尽くします」

宮廷詩人を殺すという少しばかりの部分を別にすれば、会話はとてもなごやかで楽しいものでした。巨人が礼儀正しい魅力を備えていたので、実のところ、フレデリックとのおしゃべりを連想させられました。そしてフレデリックのことを思うと、もうひとつの考えも心に浮かびました――自分自身の脱出計画です。「でもね、リース、もっと大切なことをお願いできればと思うんだけど」

「何をして差し上げましょう、お嬢さん。なんといってもあなたはぼくの人質なんだから、快適に過ごしていただくために何でもやります」

「この塔の中に入ったことある？」

「えっ、いいえ、お嬢さん。実は城塞の中はまったく見たことがありません。下の大きな扉から頭を突っ込むことはできるでしょうけど、肩がつかえてしまいます。それにさっき塔を壊しちゃったことを考えると試す気にはなりませんね」

「ここがどんなにじめじめしてカビくさいかわかる？」

「そうなんですか？」リースがいくらか恥じ入るような声を出しました。「それは大変失礼いたしました。魔女が帰ってきたら、掃除がどうなっているか確認します」

「ありがとう。でも、それまで耐えられるかどうかわからないわ。わたし、ひどいカビアレルギーなのよ」エラは、フレデリックが紙で指を切ったときの様子を思い出して真似《まね》しながら、ふらふらと弱々しい調子で言いました。「ここにいると、とても具合が悪いわ。ちょっとめまいもするみたい。窓から落ちて怪我してしまわないか心配」

「えっ、そんなことになったら大変だ。しばらく座って休んだほうがいいですよ」

「ここにはなんの家具もないのよ。もし座ったら、湿ってカビのはえた床にもっと近くなっちゃう。やっぱりだめ、立っていなくちゃ。きっと意識を失ってしまうけど」エラは声をか細く震わせました。「わたし、倒れて怪我をしてしまいたくないわ。まるであなたがわたしをここに閉じ込めたせいでそうなってしまうみたいで悪いもの。だってあなたは決して女性を傷つけない紳士でしょ。ああ、息をするのも苦しくなってきた」

「でも、どうしてあげればいいんでしょう、お嬢さん」おろおろしてリースがききました。

「新鮮な空気を吸えばきっとよくなるわ。お願い、ちょっとだけ外に出してくれないかしら」

「でも、それはできません、お嬢さん。魔女が――」

「魔女？　あんなひどい言葉であなたをののしった人のこと？　あの人の言ったことが自分の名誉よりも大切なの？」

「すみません、お嬢さん。できません」

「ねえ、リース、わたしはなにも自由にしてほしいと頼んでいるわけじゃないのよ。ただ空気が必要なだけなの。またあなたのポケットに入れてもらえない？」

「ああ」リースはその提案にほっとしました。「それならいいでしょう。うん、礼儀にもかなっていると思うし」大きなてのひらが独房の窓のそばへ差し出されました。「さあ、お乗りなさい」

手に乗ったエラをリースはそっと運び、さっきと同じポケットに入れました。数時間前に開きかけていた脱出用の穴があります。

「どうぞ、お嬢さん。これでよくなるといいんですが」

7 プリンス・チャーミング、何が起きているのかわかってない

「ずっといいわ、ありがとう」エラは返事をすると、すぐさま糸を引き抜いてほぐし始めました。「そんなにひどい独房へあなたを入れたなんて信じられない」リースが言いました。「除湿の魔法をかけるべきだって、魔女に言ったのに」

エラは作業をしながら、聞こえよがしにあくびを装いました。「ああ、カビのせいですっかり弱ってしまったみたい。ひと眠りしたほうがよさそう」

「いい考えです、お嬢さん。ゆっくりお休みなさい。お邪魔しませんから」

巨人は塔に背をもたせて座ると、やさしくハミングを始めました。二十分後、糸は充分にほぐれ、リースのポケットに人ひとりがくぐり抜けられる大きさの穴が開きました。エラはそこから素早く抜け出ると、巨人の丸々と大きな腹を滑り下りて、見つからないように近くの木立の間へ逃げ込みました。脱出できたことを喜びましたが、最重要人質がいなくなったことに魔女が気づけば、おそらくリースは山盛りのベーコンに変えられてしまうと考えると少し胸が痛みました。

リースも、やがてポケットの中を覗いて空であるのに気づいたとき、ベーコンの塊になることを心配しました――そこで、近くに生えていた松の木のてっぺんを折り、なんとなく女性らしい形に彫って髪のかわりに藁《わら》を突き刺し、ドレスに見えるよう切り裂いたシーツを巻きつけ、エラの独房の中に入れておきました。ザウベラが気づかないようにと願いながら。

その間、エラはよく知らない国の、怪物に満ちた深い森を走り抜けていました。どんな危険が潜んでいるかは考えていませんでした。見つけるべき、五つの監獄塔があります。救うべき、五人の囚われ人がいます。エラの心臓は、恐れからではなく高揚のために、早鐘のように打っていました。

8

プリンス・チャーミング、暗闇を怖がる

ダンカンの晴れやかで陽気な性質をもってしても、シルヴァリア中央部を襲ったものすごい嵐を避けることはできませんでした。どしゃ降りの雨でずぶ濡れになった四人の王子たちは、不機嫌な馬をギャロップで走らせて森を駆け抜けました。数秒おきに雷鳴が地を震わせ、荒々しい風が木の枝をしならせて、行く手を邪魔します。みるみるうちに暗闇が広がり、さっきまでは親しげな様子だった森林が、恐ろしい雰囲気にとってかわりました。

「真っすぐ先だ！」先頭をきっていたリーアムが叫びました。「家がある！　あそこの木の向こうだ」

一同は小さな田舎家の前で、泥をはね飛ばして滑るように馬を止めました。そこはギンガムチエックの服を着た小柄なおばあさんが、お粥《かゆ》やポタージュみたいなどろどろした料理の鍋をかき

8 プリンス・チャーミング、暗闇を怖がる

混ぜていそうなたたずまいの家でした。裏側に小さな厩《うまや》も見つかったので、王子たちは馬を入れ、干し草が散らばった地面に身を投げ出しました。真っ暗だったので互いの姿は見えませんでしたが、すぐに何かの音がして明かりがひらめきました。

「こんなの見つけた～」誇らしそうなダンカンの手にはランタンがありました。

「またラッキーですね？」フレデリックが微笑みました。

「待て、何をたくらんでる、ちびマント！」グスタフが咎《とが》めるように怒鳴りました。「なぜおまえだけ濡れてない？」ほかの三人からは雨のしずくがしたたっているのに、ダンカンだけは――湿ったタイツは別として――まったく濡れていなかったのです。

「風のせいで、リーアムのマントがぼくの頭にかぶさったんだ」ダンカンがすまなそうに言いました。

グスタフは、まったくもって王子にふさわしくない言葉づかいでマントについてぶつぶつ文句を言うと、ダンカンに指図しました。「ランタンを持ってついてこい。母屋《おもや》のほうに行くぞ」

家の扉は開いており、王子たちは中に足を踏み入れることができました。ランタンのやわらかな光に照らされて、ひとつきりしかない部屋が完全に空っぽであることがわかりました。むきだしの床板に、ところどころ死んだハエが落ちているだけです。

「とんぼ返りがいっぱいできるくらい広いね」ダンカンが言いました。

「ベッドはなしですか」フレデリックが不満そうにつぶやきました。「今夜こそは気持ちよく眠れるかと思ったのに」

「暖炉もないな」リーアムが言いました。「服を乾かすのに時間がかかりそうだ」

「女みたいなことをぬかすな」グスタフがぶつくさ言いました。

「一夜をしのぐのに最適な場所とは言えないが、この嵐の中で過ごすよりはましだろう」リーアムが言いました。

グスタフは甲冑《かっちゅう》を鳴らしながらドスンと床に腰をおろしました。リーアムは座る前に、雨に濡れたマントを絞りました。ダンカンが「おやすみ、王子のみんな」と言ってランタンの炎を吹き消すと、部屋は真っ暗闇に包まれました。

フレデリックは小さく身体を丸めました。「まあ、快適じゃない夜なんて、これが初めてというわけでもないし。グスタフ、きみと一緒に旅するようになってからね」

「そのとおりだ。もっとひどい場所でも眠ってきた」グスタフが答えました。「おれが不平を言うのを一度も聞いたことないだろう」

「顔についたスグリを拭《ふ》いてあげたとき、不平を言っていたような」

「それは、余計なお世話だったからだ」

「ごめんなさい。でも、どろどろした大きなスグリが頰にくっついていたから。そのままにしておいたほうがよかったということかな？　まるで『優美なバートラム卿ともじゃもじゃ公爵』の一場面みたいだった。もじゃもじゃ公爵の歯の間にほうれん草が挟まって――」

「ぼくもバートラム卿大好き！」ダンカンが興奮気味に割って入りました。「晩餐会のお客がロブスターを食べ始める前に、バートラム卿が、消えた汚れ防止エプロンを見つけなきゃいけない話は読んだ？」

「『摩訶《まか》不思議な肉汁ソース入れの謎』ですね」フレデリックがうれしそうに言いました。「その

8 プリンス・チャーミング、暗闇を怖がる

話、ぼくもお気に入りなんです」

フレデリックとダンカンは、楽しそうにバートラム卿についてのおしゃべりを続けました。どちらも今まで、バートラム卿のおしゃれな冒険譚《たん》への熱狂を分かちあえる相手に出会ったことがなかったのです。

「長い夜になりそうだ」グスタフがうなりました。

「不平は言わないんじゃなかったのか」リーアムが言いました。

「黙れ、マント王子。でないと、ぺちゃくちゃうるさいふたりの間で眠らせるぞ」

疲れには勝てず、ほどなく四人の王子たちは眠りに落ちました。


リーアムは、エリンシアの国民が『われらの王子、お帰りなさい』という幕を掲げたカーニバルを開いている夢をみていました——女たちが花を投げかけ、踊り子たちがリーアムと邪悪な妖精の戦いを再現して演じ、両親は行列の先頭で満面に笑みをたたえています。ブライア・ローズの姿はどこにも見当たりません——そのとき、突然の明るい光で起こされました。

「火を消してくれ、ダンカン。眠るところなんだ」目を半分閉じたまま、リーアムがもごもごと言いました。

「ダンカンって誰だ」ランタンを持ったでかい図体の男が、野太い声で言いました。「だがそいつもおれの家に入り込んでんなら、きさまと一緒に叩きのめしてやるぞ」

ランタンがもうひとつ掲げられ、尖《とが》った鼻と薄く細長い口ひげの痩せた男が鼻にかかった声で言いました。「よお、こいつはどうだ、ホーレス。お客さんが何人もいるようだぜ」

ほかの王子たちも身動きし始めました。

「待ってくれ」リーアムは立ち上がると、呼びかけました。「迷惑をかけるつもりはない。説明させてくれれば――」

「お待ちかねだ」グスタフがうなり声を上げ、筋骨たくましいホーレスに飛びかかりました。

「だめだ、やめろ、グスタフ！」リーアムが叫びました。「不法侵入しているのはこっちなんだ。釈明しなければ」しかし、すでにグスタフはホーレスにこぶしを打ち込んでいました。

「ネヴィル、やっちまうか」がっしりしたホーレスが、グスタフのパンチを止めながら仲間に言いました。

タカのように尖った鼻のネヴィルが、うしろを向いて呼ばわりました。「野郎ども！　入ってこい！」

突如として、黒ずくめの男たちがさらに八人、部屋に飛び込んできました。「山賊だ」リーアムが剣に手を伸ばしながら、息をもらしました。

「縛り上げろ」ネヴィルはそう命じると一歩下がって、部下の一団が仕事にかかるにまかせました。いつだってなかなか起きられないフレデリックは、もごもごと「あと五分、レジナルド」と言ったかと思うと、ふたりの襲撃者に縄を巻きつけられました。

ダンカンは跳ね起きると、興奮してぶるぶる震え始めました。「うわっ、なんだ！　これ戦い？　ぼく本物の戦いを見たことないんだ！　これ戦い？」

ふたりの山賊が、大きな袋をダンカンの頭の上からかぶせて引き倒し、「いいや、戦いじゃあないぜ」と笑いました。

8 プリンス・チャーミング、暗闇を怖がる

その間、剣を手にしたリーアムは、一度に四人の山賊たちと向き合っていました。ひとりめが突進してきて、木の棍棒《こんぼう》を振り回しました。リーアムはその攻撃を刀身で受けてそらしつつ、ふたりめを蹴って壁に叩きつけました。脚にくらいついてこようとした三人めを、すんでのところで飛び上がって避けます。その背中を靴で踏みつけて着地すると、棍棒を持った男の脳天を剣の柄《つか》で殴り、床に転がしました。近づくのを警戒した四人めが短剣を投げつけてきましたが、リーアムは剣を振って打ち返し、短剣の柄が額《ひたい》にガツンと当たった山賊は気を失いました。

リーアムは肩で息をしながら部屋を見回しました。フレデリックは両手両足を縛り上げられ、床の上で震えています。ダンカンは大きな袋の中に入れられているようです。しかし、あとひとりはどこに……。

グスタフが空中から飛んできました――筋骨隆々のホーレスに、槍のように投げられたのです。甲冑《かっちゅう》をつけたグスタフの大きな身体がリーアムにぶつかり、床に倒れました。手と足がからまったふたりの王子が目を上げると、周りを山賊たちに取り巻かれていました。

「片をつけてしまおう」とグスタフが言うやいなや、ホーレスがふたりの王子の頭を打ちつけました。そしてすべてが闇に沈みました。

9 プリンス・チャーミングはお尋ね者

ライラは姫であることが不満というわけではありませんでしたが、両親が理想としているプリンセス像は心の底からいやでした。ガレス王とガートルード王妃は、娘を〝しとやかで高雅な淑女〟に育てようと教育してきました。将来、とてつもない金持ちの王子に見初《みそ》められて、自分たちに富をもたらしてくれることを想定してです（ふたりとも思い込みの強い性格だったんですね）。しかし祝典や宴、アクセサリー、ワルツなどといったものはほとんどライラの興味を惹きませんでした。姿勢のレッスンに現れないときはたいてい、王家の書庫にあるいちばん高い本棚の上に寝そべって、ドラゴンの解剖についての本や著名な縄抜け師の伝記などを読みふけっていました。ある日などは、コサージュの正しいつけ方の小テストから逃げるために、勉強室の窓の鍵をこじ開けて格子垣を伝い降りたこともありました。ライラの反抗的な態度に両親は激怒しま

9 プリンス・チャーミングはお尋ね者

した。社交ダンスのレッスンをさぼって渓流歩きに行き、ドレスをぼろぼろにして帰ってきたあと、堪忍袋《かんにんぶくろ》の緒が切れた両親は、罰として結婚するまで外出禁止を申し渡したのです。

ライラの窮地を救ったのは兄リーアムでした。王と王妃に向かって、ライラはまだまだ幼いし、旺盛な好奇心を伸ばす時間を与えてやってはどうかと、とりなしたのです。ライラはよその姫たちとは違っていました。錬金術の教本を読んだり、バッタを解剖したり、精巧な小鬼トラップを作り上げたりするのが好きな女の子だったのです。

「明らかに合っていない型に無理やりはめ込むよりも、ライラがどんな大人に成長していくのか見守るほうがおもしろいじゃありませんか」リーアムが言いました。

それは婚約破棄の騒動が起こるよりずっと前のことで、まだ王と王妃はリーアムの言葉に重きを置いていました。花嫁修業から完全には解放しなかったものの、罰を取り消し、ライラが自分で選んだ趣味――化学、時計修理、ツリーハウス造りなど――を許しさえしたのです。

そのうちライラの動向はしばしば見過ごされ、忘れられるようになりました。王も王妃もエリンシア国民も常にリーアムばかりに注目していたからです。

ライラは、エイヴォンデル国でブライア・ローズ姫のいる玉座の間へと歩を進めながら、兄リーアムのこと、それに今まで自分がどれほど兄に助けてもらってきたかを考えていました。エリンシア国民の騒ぎは収まる気配もありません。実のところ、リーアムが婚約破棄の際にとったとされる不埒《ふらち》な行いの噂は国境を越えて広まり始め、リーアムの評判はますます悪くなっていたのです。市民による抗議行動としてマントが燃やされました。誤解を解くことができるのはブライア・ローズしかいない、とライラは考えました。そこで助けを請うために、ひとりエイヴォンデルまで馬に乗って旅してきたのです。

婚約解消を認めるような計画に両親はいい顔をしないだろうとわかっていたので、母親には、爬虫類の腸粘膜を比較する実験をしたいから部屋にこもると言いました（「食べものはいっぱいあるから、夕食には呼ばないで！　朝食にもね！」）。これで少なくとも数日はごまかせます。

「御用の向きをお示しくださいますか」入口の両脇に直立不動している、衛兵のひとりが言いました。

「ええ、わたし、ブライア・ローズに会いに来たんだけど」ライラはカナリア色のドレスの襟を正し、目にかかる巻き毛を払って整えながら言いました。

「ブライア・ローズ姫ですね？」衛兵が返しました。

「あ、そうそう、ごめんなさい。ブライア・ローズ姫」ライラがそう言い直しても、衛兵はぴくりとも動かず、それ以上言葉も発しません。ただ何かを待つようにライラのことを見ています。

「もっとも気高く……えーと、麗しいブライア・ローズ姫？」と、ライラは言ってみました。「偉大で権勢《けんせい》著しいエイヴォンデル王国の、えーと、慈愛に満ちたブライア・ローズ姫殿下？　眠りの森の美女として伝説にもなり、それから、髪形もとても素敵だという噂の姫？」衛兵はまだ何かを期待しているような顔をしています。ライラはため息をつきました。どうやらブライア・ローズを見もしないうちから、しくじってしまったようです。「ごめんなさい、これ以上何を言うべきかわからないの」

もうひとりの衛兵がライラを指差しました。ライラも自分を指差し首を傾けると、衛兵がうなずきました。何をほのめかされているのか見当もつかず、ライラは肩をすくめて頭《かぶり》を振りました。

9 プリンス・チャーミングはお尋ね者

「ご自身の名乗りを」衛兵がひそひそ声で教えてくれました。

「ああ！」ライラは背筋を伸ばしました。「わたくしはライラ。エリンシア国の王女であり、国際科学フェアの現チャンピオンでもあります。そしてエリンシア国、リーアム王子の妹です」リーアムの名前が出ると、ひとりめの衛兵が顔をしかめました。「でもそれは全然関係ありません、ほんと」ライラは慌てて付け加えました。「血のつながりはありますが、それだけのこと。今回の訪問はリーアムとはまったく関係がありません。単に、えーと、王女として隣国の王女に……んーと、ティアラのことで相談に来たと思ってもらえれば。そう、ブライア・ローズ姫に、ティアラについて意見を伺いに参りました」

ふたりめの衛兵が忍び笑いをし、「お待ちください」と言うと、玉座の間へ入って扉を閉めました。ひとりめの衛兵は相変わらず、口いっぱいに唐辛子が詰まっているけど吐き出せない、というような顔をしています。ライラは目を合わさないようにしながら待ちました。

ほどなく親しみやすいほうの衛兵が現れて、「姫はお会いになります」と言い、扉を押し開けて中へ進むよう身ぶりで示しました。大理石の壁で囲まれ美術品にあふれた玉座の間に入り、赤い絨毯に足をつけた瞬間、ライラはまくり上げていた袖を急いで下ろしました。ドレスの袖がしわだらけになっているのに気づくと身がすくみました。うぇー、まともな姫というには汚すぎる……リーアム兄さんのために、ちゃんとしなきゃいけなかったのに――ライラは心の中でうめきました。

袖をもう一度まくり上げたほうがまだましかとも考えましたが、今さら遅すぎます。深紅の長い絨毯《じゅうたん》の向こう端には、宝石がちりばめられたビロード張りの玉座があり、きらきらと光沢を放つすみれ色のドレスを身にまとったブライア・ローズが座っていました。ライラが近づくのを無言で見ているブライアは、思慮深く落ち着いて見えます（まさしく王族にふさわしい態度です）。うん、髪形は確かにリーアム兄さんの言ってたとおりだ、とライラは思いました。この上なくふわふわと盛り上がっていて目が離せません。

ライラが玉座の五メートルほど手前まで進んだとき、衛兵が口の端から「そこでストップ」と小声をもらしました。

「ありがと」ライラはささやき返すと、もう始めてもいい？と目顔で問いかけました。

衛兵はうなずき、持ち場へと戻って扉を閉めました。

ライラはブライアを見据え、正式なおじぎをぎこちなく済ませると、まとまらない巻き毛を振り払いながら話し始めました。「おお、世にも高貴で崇敬を集める姫の中の姫、ブライア・ローズさま、わたくしは姫殿下のみがお与えになることができる恵みを求め、ここまで参りました」うん、なかなかうまくできた感じ、とライラは悦に入りました。

「かわいい幼き娘、わたくしの妹姫」ブライアが口を開きました。「あなたの望みには、ふさわしき真心をもって応じましょう」そこまで言い終わると突然、ブライア・ローズが笑い出しました。ひとしきり、けたたましく高笑いをすると、甲高《かんだか》い声で「ふさわしき真心ですって！　そんなもの！」と吐き捨てました。

ライラはたじたじとなり、半歩ほど後ずさりました。

「わたくしの恵みを求めに来たですって？　助けてほしいってことかしら？」ブライアは見下すように言うと、立ち上がってライラに近づきました。「わたくしを裏切って恥をかかせた男の妹

9 プリンス・チャーミングはお尋ね者

が？　まあいったいどれだけ図太ければ、わたくしに助けてもらえるなんて思えたものかしら？」

「でも、わたしが何をお願いしたいのか、まだ聞いてもいないじゃない」ライラが口を挟みました。

「あなたの兄君と結婚してほしいとでもおっしゃるおつもり？　ご親切に鎖につないで廊下まで引っ張ってきてくださったのかしら？　いずれにしても、わたくしの答えはこうですわ。ノオオオオオオオオオオオ！」

その「ノー」の力強いことといったら、ライラを吹っ飛ばしてしまいそうなほどでした。

「彼を連れていらしたのではないわね？」ブライアが確認しました。

「いえ、わたしひとり」ライラはなんとか態勢を立て直そうとしながら言いました。「兄さんに対してもこういう態度だったわけ？　だとしたら婚約解消も納得」

「あなたの兄君は腰抜けですわ」ブライアが巻き毛をもてあそびながら言いました。「ありのままのブライア・ローズと対峙《たいじ》できるだけの強さがなかったのでしょう。実はそれこそ、わたくしが伴侶となる方に求めるもの。わたくし、リーアムと結婚しますわよ」

「えーっと、わたしがここに来たのもその件なんだけど。もしまだ少しでも兄さんと結婚したい気持ちがあるのなら、みんなに話して、ひどい噂は全部誤解だってはっきりさせて」

「あら、なぜわたくしがそんなことを？　その噂を広めたのはわたくしなのよ」ブライア・ローズが笑いました。

「ひどい！　兄さんは本当の英雄なのに、評判がめちゃめちゃになったんだよ」ライラが怒りをにじませました。

「それがお似合いですわ。危うくわたくしの人気を超えようとしていましたもの。今はもうその心配はありませんけど。それにしても愚かな方だこと。何を手放そうとなさっているのかおわかりなのかしら」ブライアは精巧なステンドグラスの窓を指し示しました。「ゴージャスでしょう？　あれほど美しいものを作り上げるのに、どれほどの時間と手間をかけさせたか想像がつくかしら？　あら、そうよ、これもご覧になって」ブライアはサイドテーブルに歩み寄ると、置かれていた皿から銀の蓋《ふた》を取りました。中に入っているのはミニチュアのような目玉焼きです。

「絶滅の危機に瀕《ひん》しているシルヴァリアのハチドリの卵ですわ」そう言うと、美しい色の爪で黄身をつぶし、なめて味わいました。「まああ、聞いていたとおりだわ。こんなにコクがあってなめらかな卵を食べたのは初めて。世界にあと十羽しか残っていないなんて残念ですこと」

「ここに来たのは間違いだった」ライラがつぶやきました。ブライアとは交渉する余地もなさそうです。「ではこれで」と挨拶し、出口へ向かいました。

「あら、だめよ、クソガキ姫さん。あなたの役立たずの兄君みたいに、わたくしから去るなんて許されないことよ」ブライアがつかつかと歩いてきましたが、ライラはすでに廊下へとダッシュしていました。

啞然《あぜん》としている衛兵たちに「さっきはありがとー！」と声をかけ、ライラは城から飛び出していきました。

ブライアが扉まで来たときにはすでに小さい姫の姿はどこにもなく、はらわたが煮えくり返りました。「どっちに行ったの！」ふたりの衛兵はどう答えたらいいかもわからず、あたふたとし

9 プリンス・チャーミングは お尋ね者

ています。「いいわ。わたくし自らが動き出さなきゃならないようね。でないとこの結婚は立ち消えになる。〝蒼《あお》のラフィアン〟をここへ」

ライラは城の外にいた衛兵たちからも身をかわし、ずらりと並ぶ動物形に刈り込まれた植木のうしろを走り、さらにキリン形の生垣の長い首をよじ登って、十分後にはブライアがいる玉座の間の窓枠に張りついていました。ステンドグラスの窓をわずかに開けて中を覗き込むと、ブライアが頭巾《ずきん》つきマントをまとった男と話しているのが見えました。苦虫を噛みつぶしたような顔のこの男こそ、蒼のラフィアン、三国一と噂される賞金稼ぎです。誰かの足跡をたどって捕らえることにかけて右に出る者はいません。とはいえラフィアンは世渡りのうまいタイプではありませんでした。人物捜索の仕事を始めたときには、〝黒のラフィアン〟もしくは〝赤のラフィアン〟と名乗るつもりでいました。どちらも恐ろしげな響きがあるからです。しかし陰鬱《いんうつ》な性格のラフィアンは、常に青ざめた顔でふさぎ込んで見えるという評判が立ち、いつしか〝蒼のラフィアン〟と呼ばれるようになったのです。

「……自発的に戻ることはなさそうですわ」ブライアが不機嫌そうに話しています。

「必ずやそれがしが連れて参りましょう」ラフィアンが低く暗い声で言いました。

「当然です。そのために大金を支払うのですから」

「いちいち噛みつくこともありますまい」

「あら、仕事が惜しくないのかしら？　ほかに何百人もいる賞金稼ぎに頼んでもよくってよ」ブライアはさくらんぼを口に放り込んでモシャモシャと噛みつぶし、種を吐き出して男にぶつけました。種が胸に当たって跳ね、床に転がるのをラフィアンは見ていました。

「その必要はない。それがしが連れて参ると申した」

「ぐだぐだ言ってないで、さっさと王子狩りに行きなさい！」

賞金稼ぎは物憂げにうなずくと、大きく息を吸い、おもむろに吐き出しました。そしてうつむいたまま、足を引きずるように部屋から出ていきました。

ブライアは、うしろに立っている衛兵に向き直りました。「あれが〝蒼のラフィアン〟なの？確かに本物？」

衛兵がうなずきました。

「なんて愚痴っぽい男！」ブライアが吐き捨てました。

外では、ライラが窓枠から飛び降りて城の正門まで走り、蒼のラフィアンが黒鹿毛《くろかげ》の馬に乗って出発するのを外灯の陰から見ていました。リーアムに警告するなら道はひとつしかありません。あの頭巾をかぶった気味悪い男のあとを追うしかない、とライラは決心しました。

ONCE UPON A TIME,
THERE WERE A PRINCE AND A PRINCESS...

10

プリンス・チャーミング、王の機嫌を損ねる

山賊の隠れ家で拉致《らち》された翌朝、四人のプリンスたち・チャーミングは隙間風の吹き込む汚い牢屋の中で目を覚ましました。寝台もマットレスもなく、過去の囚人たちの垢《あか》が染みついた石床が冷たくむきだしになっています。リーアムの剣、グスタフの斧、ダンカンのフルートはどこにも見当たりません。

最初に意識を取り戻したリーアムは、ぐったり横たわっている仲間の姿をしげしげと眺めました。昨夜のあの体《てい》たらく……胸に不安がくすぶります。しかし寝込みを襲われたのだから、と理屈をつけて納得しようとしました。誰にだってうまくいかないときがあります。きっとそれだけのことなのです。

「みんな起きろ。われわれはつかまってしまったぞ」

10　プリンス・チャーミング、王の機嫌を損ねる

「ああー」フレデリックがうめきました。「ぼく、どうなっちゃったの……」

「わたしもちょうど、同じ疑問を抱いていたところだ」リーアムが低い声で言いました。

「あのね、ちょっとがっかりだった」ダンカンは凝り固まった手足を伸ばしました。「ぼくの初めての戦いだったのに、あっという間に終わっちゃったから」

「お望みなら今すぐ戦ってやろうか」グスタフが立ち上がり、ダンカンをねめつけました。

「戦いは敵が出てくるまでとっておくんだな」リーアムもさっと立ち上がって、部屋にひとつだけある小さな鉄格子つきの窓から外を見ました。「今第一に必要なのは、ここがどこか特定することだ」

「特定するって？　牢屋にいるのに」フレデリックがため息をつきました。そして自分の発した言葉が胸に落ちて息をのみました。「そうだ、ぼくは牢屋にいる。牢屋だなんて！」

「そうだ。われわれは牢屋に入れられている。だが、どこの牢屋だろう？」リーアムが言いました。「まず、この部屋があるのはおそらく三階くらいだ。窓の外には深い松の森が広がっていて、北の方角には山々が見える。ひとつ際立った山がある――湾曲したような形で山頂が鋭く尖っている。その山の手前には尖塔らしきものがあるが、断定はできない」

「鉄格子の内側に閉じ込められているのに、ここがどこの国なのかに意味があるんでしょうか」フレデリックは意気消沈し、もう二度とエラに会えないような気がしていました。またレジナルドに。または父王に。やはり父の言っていたことは何もかも正しかったようです。魔女と巨人の攻撃からはなんとか逃げ延びられました。なのにどうしてその時点でやめておかなかったのでしょう？　エラの救出はリーアムに頼めばよかったのです。ぼくはここにいるような人間じゃない、

ぼくがいるべき場所は城だ、泡風呂の中なんだ、とフレデリックは思いに沈みました。

自己憐憫《れんびん》にひたっていたフレデリックは、窓に駆け寄るグスタフに突き飛ばされて、思案を中断させられました。

「こりゃすげぇ、やったぞ！」グスタフが大声を上げました。

「きみとぼくとでは『やったぞ』の定義が違うみたいですね」フレデリックが言いました。

「あそこに見える曲がった山――あれはバットウィング山だ！　おれたちはストゥルムハーゲンにいる！」

「確かか？」リーアムがききました。

「ああ、あの山なら千回も見たことがある。間違えようがない。断じてここはストゥルムハーゲンだ」

リーアムはほっとして息をつきました。仲間として頼りにならないわけではなさそうです。「ということはつまり、あの山賊どもはご親切なことに、われわれを目的地に連れてきてくれたというわけだな」

「どういたしまして！」ダンカンが叫びました。

「おまえは何もしてないだろ」グスタフがにらみつけました。

「言ったでしょ、ラッキーパワーだよ。どんなやり方だったとしても、とにかく来られた――結果オーライでしょ？　ぼく、ずっとストゥルムハーゲンに来てみたかったんだよね～。ねえグスタフ、ストゥルムハーゲンではこの時期、ズッキーニ祭りをやっているんじゃない？　ズッキーは大好物なんだ～」

10 プリンス・チャーミング、王の機嫌を損ねる

「ダンカン、ぼくたちはまだ牢にいるんですよ」フレデリックが冷めた声で言いました。「この部屋以外、どこにも行けませんよ。クモはいるけど……。クモに気づいてました?」

「もちろんだよ。カルメン、ジッピィ、それからドクター・T」

グスタフは再度、窓からバットウィング山のほうを見ました。麓《ふもと》の辺りで木々が揺れ動き、何か大きなものが動き回っているようです。枝の上から突き出ているのは……頭? 巨大な手が持ち上がって大頭をかくのが見えたとき、グスタフには答えがわかりました。「おいマントマニア、あれを見てみろ」

グスタフに言われてリーアムが窓の外を覗こうとした瞬間、外の廊下に足音が響きました。やって来たのはネヴィルとホーレスです。ふたりは部屋の前で立ち止まると、鉄格子の向こうからしたり顔で王子たちをじろじろ眺め回しました。したり顔はこのコンビの得意分野です。山賊学校の卒業時には〝もっともいやな感じのしたり顔で賞〟をふたりで分け合いました。

「で、おまえが言ってたのはどいつのことなんだ、ホーレス」痩せのネヴィルがききました。

「あいつだ。窓のそばの長髪野郎だ」でかい図体のホーレスが、角ばったあごをしゃくりながら言いました。「やつはストゥルムハーゲンの王族だぜ。ちょっとばかし前、例のあれのために城に張り込んでたときに見たんだ」

「おやおやなんとまあ、王子が手に入ったとはな」ネヴィルがくつくつと笑いました。「お頭《かしら》が喜ぶ顔が目に浮かぶぜ、ホーレス。おれらの覚えもよくなるってなもんだ」そしてグスタフに向かって言いました。「シルヴァリアくんだりで何をなさってたか知りませんがね、殿下、ありがたき幸せですぜ。あなたさまのために、いかほどの身代金を請求させていただくといいですか

ね？　王子さま？」

「身代金だと？」グスタフがはねつけました。「ストゥルムハーゲン全軍を相手にしてから言え。それにエリンシア軍も、シルヴァリア軍も、ハーモニア軍もだ！」

リーアムが首を振り、ぼやきました。「なぜ今それを言う？」

「シルヴァリア？　ハーモニア？　ちょっと待て。どういうことだ？」ネヴィルが探るようにききました。何か秘密が隠されていることに気づいたのです。

「なんでもありません！」フレデリックが跳ね起きて、会話に加わりました。「彼は単に、とんでもなく地理に疎《うと》いんですよ。自分がどこの国出身かもわかってないみたいで」

「おまえらは四人いる」ホーレスが考え込みながら言いました。「たぶん四つの国それぞれから、ひとりずつ来たんだな」

「だが単なる一般人のために、王は軍隊を送らないだろう」ネヴィルが言いました。

「うん、ぼくのパパは絶対送ってこない」ダンカンが朗らかに断言しました。「そもそもシルヴァリアには軍がないもん」

ホーレスが笑いました。「ネヴィルよ、どうやらおれたちがつかまえたのは王子四人らしいぜ」

「いや、それは早とちりだ」リーアムが必死に否定しようとしました。

「それ以上おっしゃらなくてもけっこうですよ、殿下」ネヴィルが含み笑いをしました。「お仲間から充分うかがいましたから。来いよ、ホーレス。王子を四人捕らえたとお頭に報告に行こう」

「おまえたちの頭とは誰だ」リーアムがききました。

「お頭が誰かって？　聞いて驚け、ディーブ・ラウバーさまだ」歩き去りながらホーレスが言いました。「通り名のほうが有名かもな。それは——」

「山賊王」リーアムがうめくようにあとを引き取りました。「われわれは山賊王につかまってしまったのか。これはまずい事態だ」

四人とも顔をうつむけました。山賊王のことなら誰でも知っています。泥棒やならず者たちから成る軍隊を率いて、各国津々浦々に脅威をもたらしている存在です。山賊王とその手下たちは、物乞い一家から最後のパンをかすめ取るのと同じくらいたやすく、国宝の美術品を盗み出します。子分たちは性根の腐った卑劣漢ぞろいでしたが、ディーブ・ラウバーのたちの悪さはその比ではなく、邪悪なふるまいは伝説となっていました。六歳のとき、幼いディーブは両親を食糧庫に閉じ込め、財産の黄金をすべてポケットに詰めて、プロの盗賊になるために家を出ました。

二年後、まだたったの八歳でしたが、百三歳のヴァレリウム王のみぞおちに蹴りを入れ、身体を折って苦しむ王の頭から宝石のついた王冠を分捕りました。老人に対するこの残忍な仕打ちによって少年の悪名が高まると、凶悪でならした大人の男たちさえもその下に集い、頭目《とうもく》としてかつぎ上げるようになりました。近年では、ディーブ・ラウバー率いる山賊たちの軍隊は、七つの国をまたいで好き放題やるようになっていました。強盗の獲物は大きいも小さいもありません。あるときは五つの大聖堂の鐘楼から釣り鐘を盗み、翌日には泣きわめく幼児から縫いぐるみをひったくりました。ディーブ・ラウバーが通り過ぎた村にはコインひとつ残されません。こういった極悪非道の行状により、山賊王という名が冠せられました。その名を耳にした者には、全身の血管が凍りつきそうな悪寒《おかん》が走ります。四人の王子たちも例外ではありませんでした。

しばらくすると武装した番人の一団がやって来て、王子たちを牢屋から出し、腰の回りを鎖でつないで山賊王のところまで引っ立てました。王子たちは八本足の芋虫《いもむし》のように足をもつれさせ、いかにも値が張りそうな手織りの絨毯を踏みしめ、山と積まれた盗品のそばを通り過ぎました。壁に掛けられた豪華なタペストリー、金縁の額に入った油絵、まるで生きているような大理石の胸像などがあります。

いつものフレデリックなら、これら傑作を目にした途端にうっとりと酔いしれたことでしょう。しかし今日は見えてもいないような状態です。鎖の最後尾にいるフレデリックは、グスタフを飛ばしてリーアムにささやきかけました。「リーアム、ぼくたちを助けてくれますよね?」

「うぉーい、おれは透明人間か?」グスタフが言いました。

先頭にいるダンカンが振り向きました。「わぁ、リーアムが助けてくれるの。いいねいいね、それって最高だね」

「最高じゃないですよ、ダンカン」フレデリックがぴしりと言いました。ダンカンのポジティブぶりにつきあいきれない気持ちになってきていました。「状況をよく見てください。これのどこが最高なんですか」

「ははっ! 苛々《いらいら》することないって」ダンカンが言いました。「ぼくら友達じゃない。だって昨日はとても楽しくやってたでしょ。きみがフクロウを怖がって馬から落ちたときのことを思い出してよ。おもしろかったよね〜。批判するわけじゃないけどさ、きみ、悪い山賊たちにつかまって以来ちょっとひねくれ気味なんじゃない」

「言ってる言葉の意味、自分でわかってんのか」グスタフがダンカンに向かって鼻を鳴らしました。「そもそもなんで一緒に来たんだよ」

10 プリンス・チャーミング、王の機嫌を損ねる

「楽しいかと思って」と口に出してすぐ、まずい発言だったとダンカンは気づきました。「とにかく、ぼくも役に立つよ～。腹案《ふくあん》だってあるし」

「ふん、その筋肉ゼロの薄い腹ん中に、さぞやたいそうな案が詰まってんだろうな」

「グスタフ、そんなこと言っても始まらないでしょう」フレデリックが注意しました。

「なんだよ、シンデレラマン、おまえ教師かよ」

リーアムがシッとみなを黙らせ、厳しい声で言いました。「みんな、いいか、つまらない口喧嘩をしている場合じゃない。わたしにまかせてくれ。なんとか脱出できるようにしてみせる」

廊下の端まで来ると厚い木の扉が左右に開かれ、王子たちは番人に囲まれて広々とした部屋に入れられました。きらきら光る金貨や宝石、さまざまな宝物が床一面に散らかっています。盗賊史上最大の、盗品の隠し場所といえるでしょう。王子たちは四人とも目をみはりました――宝の山を見たせいばかりではありません。百人もいようかという武装した悪漢《あっかん》どもが立ち並び、にらみをきかせていたからです。

その中心に鎮座しているのが山賊王、ディーブ・ラウバーでした。毛皮の張られた黄金の玉座にだらりと身をもたせかけ、ブーツを履いたまま片足を肘掛けに乗せています。頭の上で傾《かし》いでいる大きすぎる王冠のほかは、着古した灰色のシャツに黒いベスト、紺色のズボンと至って普通の格好です。王冠の下からは汚れた黒髪がめちゃくちゃに飛び出ており、右目は王子たちを鋭くにらんでいます（左目は赤い革製の眼帯で覆われていました）。しかし何より目を引く山賊王の特徴は、その年齢でした。ディーブ・ラウバーは十歳の少年だったのです。

「ガキじゃねえか！」グスタフが口走りました。

「うわぁ、驚き桃の木」ダンカンが言いました。「山賊王が子供のときの活躍は聞いたことあったけど、もっと古い話なんだと思ってたよ~。ねぇ?」

「ガキじゃねえか!」グスタフが繰り返しました。

「信じがたい」リーアムもつぶやきました。

山賊王はますます目をすがめました。「客人たちは、若さと子供の違いを理解してないようだな。年齢はただの数字だ。どれほど長生きしていようと、一目置かれるかどうかはそいつ次第ってことだ。そらよ!」冷静にそう言うと、王子たちに向かって食べかけのラズベリーを吹きかけ、舌を突き出したので、手下たちがやんやの喝采《かっさい》を浴びせました。

「ぼくたちはただ感銘を受けたのです!」フレデリックが叫びました。仲間の誰かが取り返しのつかない失言をする前に、なんとか駆け引きに持ち込めないかと思ったのです。「山賊王の数多《あまた》の偉業について聞き及んでいたので、もっと年長の方だと思い込んでいました。あなたの若さは、並外れた手腕の証左《しょうさ》なのですね」

「本物の王子みたいなしゃべり方だな。おうよ、てめえらが誰だか知ってるぜ。ひとり残らずな」山賊王はそう言うと、傍らに立っているネヴィルとホーレスのほうを向きました。「言ってたとおりだな。王子が四人。褒美《ほうび》は期待していいぞ」

「人違いをされているんじゃないですか」リーアムが言いました。「わたしたちはただの旅人で、たまたま――」

「てめえは」山賊王がさえぎりました。「エリンシア国のリーアム王子だ。知ってるぜ。お宝をいただいたことがあるからな。つか、てめえら全員から盗んでんだよ。リーアム、てめえの親父

10 プリンス・チャーミング、王の機嫌を損ねる

が大事にしていた、エリンシア王家に代々受け継がれてきた宝石つきの剣、去年なくなったんだよな——盗んだのはおれだ」

リーアムは殴られたかのように蒼白《そうはく》になりました。

「シルヴァリア国のダンカン王子」山賊王が続けました。「城の書庫へ行く廊下に、巨匠の名画がずらりと並んでいたのを覚えているか？　あれは今、全部うちの離れに掛かってるんだよ」

「ずいぶん大きな離れなんだね～」ダンカンが言いました。

「そのとおりだ」ディープ・ラウバーはさらに続けます。「ハーモニア国から来た雄弁なる友、フレデリック王子。世界のスプーンのコレクションが無くなって、さぞ悲しい思いをしていたんじゃねえか？」

「この鬼畜《きちく》め」フレデリックが声を震わせました。

「それからグスタフ」ラウバーはまだ続けます。「グスタフ、グスタフ、グスタフよ！　おれがてめえのおふくろの玉座に座っているのにまだ気づいてねえのか？」

グスタフはこぶしを握りしめ、山賊王に飛びかかろうとしましたが、番人たちに押しとどめられました——王子たちが鎖でつながれたままなのは言うまでもありません。

「よかろう」リーアムが言いました。「われわれの正体はつかまれていると。で、何が欲しいんだ？」

山賊王は両手を上げて、呆《あき》れたように目をぎょろつかせました。「こりゃたまげた。どんだけとろいんだ？　金だよ！　てめえらの超、超、超金持ちの親から身代金をいただくんだよ！　大事な息子が無事に帰ってくるんだったら、いくらでも喜んで払うだろうからな。それとも何か？　てめえら親に見放されてるとでも言いてえのか？」

「あなたのご両親はどうなんですか?」フレデリックがききました。「あなたがこんな生活を送ってるって、ご両親が知ったらどう思うか……。今のあなたに、ご両親はなんて言うと思いますか?」

「なんて言うかわかってるぜ」山賊王は含み笑いをしました。「『助けて! ここから出して! 何年も食糧庫に閉じ込められているんだ』ってな」手下の一団が爆笑しました。

フレデリックは口を尖らせてうなずき、黙り込みました。

「まじな話」笑いすぎたラウバーが涙を拭きながら言いました。「てめえら愚図王子は、おれがどうすると思ったんだ? おれは山賊王だぜ。期待には応えないとな。四つの王国から四人の王子を手に入れて、快適な牢にぶち込むことができたとは大当たりだ。そう思わねえか? 宮廷詩人が次におれのことをどんな唄に歌うか待ちきれねえぜ」

「ろくでもない宮廷詩人め……」リーアムがひとりごち、顔を上げてラウバーを見ました。「なぜわたしたち四人とも、おまえがどういう人物か知っているのか? なぜおまえの名前は知られているのに、わたしたちのことは誰も知らないのか? なぜ宮廷詩人はあんなにおまえに注目するんだ?」

「おれがワルだからだよ、リーアム」至極当たり前という顔でラウバーが言いました。「恐怖と憎しみ、それがいちばんウケるんだよ。真の敬意を集めたければ、こっち側に来るといいぜ」

「胸くそ悪くなる、ラウバー」リーアムが吐き捨てました。

「陛下と呼べ」山賊王が命令しました。「この城の中ではおれが王だ。実際、聞くところによると、今のおまえよりおれのほうが忠誠を集めてるよな。エリンシア国民との関係があまりうまく

10 プリンス・チャーミング、王の機嫌を損ねる

いってないんだろ？」

「なぜそれを……」リーアムは呆然《ぼうぜん》としました。

「あちこちにスパイを送り込んであるんだよ、リーアム。情報はばっちりつかんでる」

あるアイデアが浮かび、リーアムは咳ばらいをしました。「では陛下、家来のみなさん方に偉大さを見せつけてやっては？　わたしと一対一で決闘をしよう。わたしが勝てば、四人を自由にしてもらう。おまえが勝てば、要求どおりの身代金を払うようそれぞれ自国に話す」

「ばかを言え」ラウバーは口でブーとおならのような音を立て、悪臭を払うようなしぐさをしてみせました。「そんな口車に乗ると思うか？　てめえはおれの倍もでかい。おれは悪者だがまぬけじゃないぜ。野郎ども、こいつらを牢に入れとけ。おっとそれから、逃げられないように足を切っとけ」

リーアムは再び言葉を失ってしまいました。

「待って！　ぼくならどう？」ダンカンが割って入りました。「ぼくはリーアムより十センチ以上も低いし、運動といったら蜂《はち》から走って逃げ回るくらいしかしてないし、生まれてこのかた剣を持ったこともない。代わりにぼくと決闘してみるってのは？」

「気でも違ったのか？」リーアムとフレデリックが同時に声を上げました。

「大丈夫だよ」ダンカンがひそひそと言いました。「こういうとき、ぼくに都合よくいくようになってるんだから」

「ふーむ」山賊王が思案しました。「いいかもな、おもしろそうだ。やろう」部下たちが割れんばかりに喝采しました。

「やったぁ。じゃ、ぼくが勝ったらみんなを自由にしてくれるよね？」

「もちろん、だめだ。てめえら四人は人質だ。てめえらの家族からうなるほどの金を手に入れるまではな。だが決闘はやろうぜ。余興だよ。もちろん死んじまったら身代金がパアだから、殺しはしない。だが身体がちょっとばかり欠けたりすれば、手下どもが喜ぶだろうな」ラウバーは興奮して、椅子の上で身体を弾ませました。「はっはぁー、おれが何を考えてるかわかるか、リーアム？　てめえの親父の剣で、ダチを切り刻んでやるぜ」

ダンカンはつばを飲み込みました。胃の中で、何やら初めて感じるような震えが起こっています。これは不安でしょうか？　いや違う、魔法のラッキーパワーは必ずぼくを助けてくれるはず、とダンカンは自分に言い聞かせました（魔法のラッキーパワーなんてものはないのですが）。それに、危険を冒す価値はあります。新しくできた友達に、いい印象を与える絶好のチャンスなのですから。

「ところでその眼帯、すごくかっこいいね」ダンカンが言いました。

「ありがとよ」そう言うとラウバーは眼帯を外し、隠れていた左目でウインクしてみせました。「両目とも絶好調だぜ。眼帯はファッションで着けてただけだ。よし、野郎ども、こいつらを連れてけ。それからダンカン王子に決闘の用意をさせろ」

「いつもみたいに、屋根の上ですかい？」ホーレスがききました。

「そうだ。よぉ、いい考えを思いついた。ネヴィル、あのばあさんから音楽係をひとり借りられねえかな？　この余興を唄にして永遠に残しておきてえ」

「えっ……そうですね……でも冗談ですよね？　お頭」ネヴィルが不安そうな面持《おもも》ちで言いまし

10 プリンス・チャーミング、王の機嫌を損ねる

た。「本当にあの人にききに行けとは言いませんよね？　直接訪ねて行くとか……ないですよね？」

一瞬ラウバーは無言になり、ネヴィルの額からは汗が玉となって噴き出ました。

「ふん、ばあさんの城はここから遠すぎるか」やっとのことでラウバーが言いました。「長く待ちたくねえからな。よぉダンカン、てめえフルートを持ってたな？　ちょっとは音楽の才能があるんだろ。おのれの四肢切断をテーマにして唄を作れ。だが歌詞は簡単にしろよ――まぬけぞろいの手下どもでも覚えられるようにな」

その提案にダンカンはわくわくして、笑みを浮かべました。「わぁー、ぼく作曲って初めて！」

そして四人とも鎖でつながったまま引きずられていく間、ダンカンは熱心にハミングをしていました。

「おかしいと思わないか」リーアムが小声で言いました。「ラウバーが話していた『ばあさん』って誰だ？」

「おふくろのことじゃないか？」グスタフが推測しました。「どうでもいい。それよりここから逃げる方法を考えないと」

「いや、やつの母親は閉じ込められて――」リーアムが言いかけたところで、フレデリックがさえぎりました。「彼のお母さんとか関係ないですよ。ぼくたち、足を切られるんですよ。わかってますか？　足を切るって……ぼくの特技はダンスなのに！」

そのとおりだ、山賊王の言葉をいちいち解読している時間などない、とリーアムは考えました。今現在、より差し迫った問題があります。ダンカンに死の危険が迫っているのです。

11

プリンス・チャーミング、空へ飛び出す

山賊王の城の屋上は、本丸に侵入しようとする者がいるとき、上から煮え油を浴びせるのに便利な造りとなっていました。同時に決闘や日光浴にもうってつけの場です。忠実な部下たちに両サイドから声援を送られつつ、ディープ・ラウバーはダンカン王子を切り刻もうと待ち構えていました。

四人の王子たちはいまだ鎖につながれたまま、石造りの屋上まで番人たちに引っ立てられてきました。山賊の一団が野次を飛ばして騒ぎましたが、山賊王が片手を上げると静まりかえりました。そしてラウバーは中央に歩み出ると、そこにいる誰も今まで目にしたことがないほど豪奢《ごうしゃ》な剣を抜いて、みなに見えるようぐるりと回しました。刀身の根元から先まで、ダイアモンド、エメラルド、ルビー、サファイアがふんだんにちりばめられており、空いっぱいに広がる花火のよ

11 プリンス・チャーミング、空へ飛び出す

うに光り輝いています。これこそがエリンシアの伝説の宝剣です。リーアムは歯を食いしばり、いつの日か必ず取り戻すと胸に誓いました。しかし目下の最優先事項は、愚かなダンカンが命を落とさないようなんとかすることです。次から次へと問題が起こってばかりじゃないか、とリーアムは思いました。英雄であるのは、なかなかストレスがたまることです。

山賊王が手下たちに剣を見せびらかすのを見ている間、ダンカンの全身にアドレナリンが駆け巡っていました。十歳の少年王はじきにふざけるのをやめ、あの美しい凶器で襲いかかってくるでしょう。魔法のラッキーパワーはいったいどうやって助けてくれるんだろう、とダンカンはいぶかしみました。番人がダンカンの鎖を外してほかの三人から引き離し、日の光が降り注ぐ屋上の中央、山賊王の眼前に押しやりました。

「よぉ、唄はできたかい?」ラウバーがききました。

「こんなふうに始まるのはどうかな、と思ってるんだけど」とダンカンは答え、歌い出しました。

「山賊王がダンカン王子を誘い出した屋根の上~。めったためたに叩き切るつもりだ承知の助~」

「ひどいな」

「ごめんね、初心者だから。たぶん、決闘が終わってから直せば、もう少しよくなるんじゃないかな。そのときには結末もわかっているわけだし」

「結末はもうわかってるぜ」ラウバーが歯をむき出して笑い、エリンシアの剣を片手から片手に放ってもてあそびました。「やられる覚悟はできたか?」

「できてないって言ったら?」

「だーめだー」ラウバーはにやにやしながら首を振り、空をジグザグに切りました。

「じゃ、ぼくにも剣をくれない？　だって、これ決闘なんでしょ？　処刑じゃなくて」

「おお、そうだな。山賊王がズルして勝ったと思われちゃまずいからな。ホーレス、王子におまえの武器を貸してやれ」

どでかい両手剣をたずさえたホーレスが、一団から歩み出ました。刀身は百八十センチほど、重さはダンカンの体重以上です。

ダンカンはひきつったように笑いました。「できれば、もっと小さいのない？」ラッキーパワーが現れるのが遅すぎます。もうとっくに助けてくれていてもいいはずなのに、魔法は休暇旅行か何かにでも行ってしまったのでしょうか？

次の瞬間はまるでスローモーションのように過ぎました。ホーレスが巨大な剣をダンカンのほうに投げました。刃《やいば》が飛んでくる間、百人もの山賊たちの嘲笑《ちょうしょう》がダンカンの耳にこだましました。ダンカンは手を伸ばし——自分でも驚いたことに——剣の柄を握りました。しかし、屈強な男とはとても言えないダンカンにとって、大剣を受け取るのはカノン砲を当てられたも同然です。重い武器の勢いを止めることができず、ダンカンはうしろによろよろと足をもつれさせ——屋根の端から落ちてしまいました。

そのときリーアムが行動に出ました。ダンカンを助けようととっさに身体を投げ出し、なんとか足首をつかむことができたのです。しかしダンカンは止まらず、リーアムも道連れになりました。腰に巻かれた鎖でリーアムとつながっていたグスタフとフレデリックも引っ張られ、悲鳴を上げながら城の壁の外へ飛び出していきました。

山賊たちの笑い声がぱたっとやみました。

11 プリンス・チャーミング、空へ飛び出す

「おれの王子たちが！」山賊王は大声を上げ、ホーレスとネヴィルに向き直りました。「おまえらぼんくらどものせいで身代金がパアだ！　覚えてろよ――褒美どころか、今までに見たことがないほどの罰を与えてやる」

「だけどおれぁ何もしちゃいませんぜ！」ネヴィルが抗議し、ホーレスはばかでかい身体を縮こまらせました。

そのころ何メートルも下では、四人の王子たちが宙にぶら下がったまま、激しくもがいていました。ホーレスの剣のとがった先端が、城の壁の石ふたつの間にちょうど突き刺さって止まったのです。その柄にダンカンが必死になってしがみつき、その下にはリーアム（まだダンカンの足首をつかんでいます）、グスタフ、フレデリックが連なっていました。

「もう無理だ」ダンカンが食いしばった歯の間から言いました。「運動不足って言ってたのは嘘じゃやないんだよ～」

「放せ」リーアムが言いました。

「何だって？」フレデリックが叫びました。「放せって？　正気なの？」

「フレデリック、下を見るんだ」

フレデリックは下に目をやりました。爪先のたった十五センチ先に地面がありました。

「なんだ」

そこでダンカンは手を放し、雨に濡れてべちゃべちゃの芝生の上へ、折り重なるように四人が落ちました。ダンカンは指が痛くなっただけでまったくの無傷です。王子の山から這《は》い降りると、自信を取り戻して言いました。「ほらね、やっぱりラッキーだった！」

「おい妄想博士、そのラのつく言葉をおれは聞きたくないんだ」グスタフは毒づくと、べたべたの泥に埋まっていたフレデリックを引き上げました。「無事か?」

「なんとか生きてます。ありがとう」

「ふん、足手まといになったら困ると思っただけだ」

「急げ。誰かが上から覗いてわれわれが死んでいないと気づく前にここを出よう」リーアムが言いました。

「あいつら、おれの馬をどこにやりやがった?」グスタフが辺りを見回しながら、ぶつぶつ言いました。

「時間がない。とにかく今は急いで逃げないと」リーアムが急《せ》かしました。「どっちにしろ、鎖につながれたままじゃ馬に乗れない」四人は足が動く限りの速さで、山賊王の城から離れて丘を降りました。

「で……次はどこに……行くの?」ダンカンは早くも息を切らしています。

リーアムとフレデリックの真ん中で鎖につながれているグスタフは、突然走り出してほかのふたりをよろめかせました。

「おれについてこい!」

「グスタフ、気を悪くしないでほしいんだけど」フレデリックが言いました。「でもきみ、前に、道に迷ってましたよね。どこへ向かっているか本当にわかってるんですか?」

グスタフがにやりとしました。「おうよ、白パンツ王子。どこに行けばいいかばっちりわかってる。バットウィング山だ」

11 プリンス・チャーミング、空へ飛び出す

「なぜかきいてもいいか？」リーアムが疑わしそうにたずねました。

「おれたちの友達が待ってるのが見えたからだよ。巨人だ」

12 プリンス・チャーミング、友を見捨てる

「つっ、つぎどっ、どっ、どっ、うすっ」

「はんっ?」グスタフがうなりました。

森の中を走るグスタフとリーアムの背後に、フレデリックが引きずられていました。鎖からひとり自由なダンカンは、数メートルうしろをマイペースでスキップしています。

「つぎっ、どっ、どうすのっ」息も絶え絶えのフレデリックが繰り返しました。まるでアコーディオンの中に閉じ込められてしまった、ぜんそく持ちの猫のような声です。

「グスタフ、少し休もう」リーアムが言い、三人は止まりました。「ラウバーの城からこれだけ離れれば充分だろう。休憩が必要な者もいるようだし」

「ぼくなら大丈夫」小走りで追いついてきたダンカンが、元気いっぱいに言いました。「フェル

12 プリンス・チャーミング、友を見捨てる

トのブーツだと泥道はちょっと歩きにくいけど、ぺたぺたと愉快な足音がするんだ。スノーちゃんとたまに行く湿原散歩を思わせるな～。湿原ってね、あんまりおもしろそうなところと思わないかもしれないけど、それににおいもあまり気持ちよくないけど、でもね、コケを観察してみたら――」

「おいネイチャー派、黙れ」グスタフがさえぎりました。「このゼエゼエ男が何か言おうとしている」

フレデリックは落ち葉の山に顔から倒れ込んでいましたが、頭を上げ、口から松ぼっくりを吐き出すとやっとのことで言いました。「次はどうするの?」

「何よりもまず、この鎖を外さないと」リーアムが言いました。

「何を待ってんだ?」そう言うとグスタフは大きな石を拾い上げ、自分とリーアムをつないでいる鎖に打ちつけました。しかし金属の鎖は傷つきもせず地面にめり込んで、引っ張られたグスタフとリーアムはしたたかに頭をぶつけました。

フレデリックが首を振りました。「うーん、それじゃやだめなのは、ぼくにだってわかりますよ。石で打つときには、鎖を岩の上に置かないと。『不吉なかぎたばこ入れの秘密』でバートラム卿が懐中時計を壊そうとしたときみたいに。ダンカン、ちょうどいい岩を探すのを手伝ってください」

フレデリックは四つん這いになって、近くの茂みをかき分けました。見つかったのは岩ではなく、こちらを凝視する六つの目でした。

「怪物だ!」フレデリックは金切り声を上げて飛び上がると、彼に似合わぬスピードで駆け出し

ました。引っ張られたグスタフとリーアムもつられ、三人の王子たちはぬかるんだ森をひとつになって走りました。

「なんで逃げてんだよ?」倒木《とうぼく》の幹を飛び越えながら、グスタフが叫びました。「戻っておれに戦わせろ!」

「ダンカンはどこだ?」次から次へとかがんで枝をよけながら、リーアムが大声で言いました。「ついてきてないぞ!」

しかし恐怖という強力な燃料が満タンになったフレデリックの耳には、何も聞こえていません。二本の細い松の木の間を通り過ぎるとき、グスタフとリーアムはそれぞれ幹をつかみ、無理やり止まらせました。突然の停止にフレデリックは足がもつれ、泥を跳ねながら尻もちをつきました。「怪物は行ってしまった?　ダンカンはどこ?」

ふたりが自分を見る目つきから、フレデリックはここで初めて、友達を置き去りにしてきてしまったことに気づきました。「ぼくは恥ずかしい……」

フレデリックがよろよろと立ち上がると、三人とも急いでダンカンを探しに戻りました。しかし、さっきの場所に来ても、ダンカンの影もかたちもありません。

「怪物にやられたか」グスタフが言いました。

「どんな生き物だったんだ?」リーアムがききました。

「わかりません」フレデリックが答えました。「見えたのは目だけだったから……目は六つでした」

リーアムは怒りをにじませながらフレデリックのほうを向きました。「いったいなぜダンカン

12 プリンス・チャーミング、友を見捨てる

を置いていった？　慣れてないのは仕方ないが、仲間が危険にさらされているときに背を向けるべきではない」

「わかってます」フレデリックが弱々しく言いました。「ぼくがどれほど心苦しく思っているか……」

「おい英雄、そのへんでやめとけ」グスタフがリーアムを制しました。「そいつが恐縮しきっているのは見てわかるだろ」

「そうだよ、お願いだからフレデリックにきつく当たらないで」ダンカンが木の向こうからひょいと出てきて言いました。そのうしろにはしかめっ面《つら》のドワーフが三人います。「この人たち、ときどきすっごく怖く見えるんだから」

フレデリックはまた泥の中に顔から倒れました。

「ダンカン！　無事だったのか」リーアムが声を上げました。

「心配させたんだったらごめんね～。きみたちが走っていったとき、ぼくも追いかけようと思ったんだけど、ふと振り返ったらこの三人が茂みから出てくるのが見えたんだ。だから挨拶しなきゃと思って。王子のみんな、友達を紹介させてもらってもいいかな。右からドワーフのフリック、フラック、フランクだよ」

「もう会ったことある」三人の中でいちばん大きいフランクが言いました。もちろん〝大きい〟というのは、ドワーフの中では、という意味です。それでもダンカンの腰くらいまでの身長しかないのですから。「それから正確に言うと、わしらはこのプリンス・チャーミングの友達じゃない。スノー・ホワイトの友達だ」

リーアムはあごひげを生やしたドワーフたちをしげしげと見ました。それぞれ重そうな荷物を背負い、耳当てつき帽子をかぶっています。「あなた方はシルヴァリアで、わたしにひどく失礼な態度をとったドワーフだな」

「そうだ」グスタフも会話に加わってきました。「おれと甘党王子も、あんたら三人の気難し屋と会った」

「恥ずかしくてたまらない……」フレデリックは誰にともなく、もごもごつぶやきました。茂みの中に怪物などいなかったことに気づいたからです。「目が六つ、ドワーフが三人……」

「なんでまた、ストゥルムハーゲンまで来たんだ?」リーアムがききました。

「おまえら三人は、プリンス・チャーミングについて変なことを言ってきて、かなり怪しかった」フランクが王子たちをにらみつけました。「だからあとをつけた。そしたら大胆不敵のダンカンも一緒になって行くのを見た」

「大胆不敵のダンカンだと?」グスタフが笑いました。「それ、皮肉で言ってんだな?」

「そうだ」おもしろくもないという顔で、フランクが言いました。「とにかく、ダンカンのことは別にどうでもいいんだが、わしらはスノー・ホワイトが気にかかる。どういうわけかこいつのことが好きみたいだからな。だからおまえらが山賊どもに連れ去られたとき、アホ王子が殺されるようなはめにならないか見張るため、尾行を続けることにした」

「山賊につかまったのを見てたの? ならどうして助けてくれなかったの?」信じられないというふうにダンカンが言いました。

「わしが何に見える? おまえの母親か?」フランクがぴしりとはねつけました。

12 プリンス・チャーミング、友を見捨てる

「誰かが何をしたとかしなかったとか、気にするのはやめよう」リーアムが言いました。「今、助けてもらえるだろうか？　この鎖を外したいのだ」

「ドワーフは金属細工の専門家だ。鎖なんか何ほどのこともない」ほんのかすかに微笑《びしょう》の気配を漂わせながらフランクが言いました。

フリックとフラック、フランクは小さな輪になって、それぞれ前にいるドワーフが背負った荷物をごそごそ探りました。木槌《きづち》とのみを取り出すと、王子たちのところに駆け寄り、削岩機《さくがん》のようなスピードで鎖を打ち始めて、ものの数秒もたたないうちに重い金属の塊が泥の中にどさりと落ちました。

「こりゃすげぇ」グスタフが嘆息しました。

「どうやるか教えて、フランク！　どうやるか教えて！」ダンカンが興奮してせがみました。

「だめだと何回言われれば気が済む？」フランクが厳しい声で言いました。

「ぼくがドワーフじゃないから？」

「そのとおりだ」

自由になったフレデリックは、感激のあまりフリックとフラックを抱きしめましたが、ギョッとしたふたりに押しのけられました。「おまえ、自分がどんだけ汚いかわかってんのか？」

「で、われわれの会話を陰から聞いていたのなら、シンデレラを救出に行く計画だというのは知っているな？」リーアムがフランクにききました。

「ああ、だいたいわかってる」

「一緒に来てくれないか？」リーアムは上半身を傾け、ひそひそ声で続けました。「仲間たちの

状態を見ただろう。もっと助けが必要なんだ」

「当然だ。それについてはすでに相談済みだ。おまえらはみじめすぎて、黙ってうしろで見ちゃおれん。だからついていってやる。命知らずのダンカンから目を離すわけにいかんからな」

ダンカンが駆け寄ってきて「だめ、だめ、だめー！」と反対しました。「それは禁止する。きみたちは一緒に来てはならない」

「本気じゃないですよね、ダンカン」フレデリックが唖然として言いました。「助けるって言ってくれてるのに、来ちゃだめって？　頭が本当にどうにか――」

リーアムが片手を上げて、フレデリックの発言を押しとどめました。「フレデリックがききたいのは、どうしてドワーフたちを追い払おうとする？　ということだと思うが」

「この立派で勇敢な三人には、もっと大事な仕事をしてもらわなきゃならない」そう言うと、ダンカンはしゃがんでドワーフたちに話しかけました。「ね、お願い、やってほしいことがあるんだ」

「立ちな、ダンカン」フランクが声を荒らげました。「そんなふうに話されるのが嫌いだとわかってんだろ。失敬だ」

ダンカンは立ち上がりました。「ごめんごめん。とにかくさ、シルヴァリアのぼくの領地までの帰り方を知ってるのは、きみたちだけでしょ」

「まあな。ドワーフは方位の専門家でもあるからな」

「だよね。もしちょっとでも教えてくれてたら、ぼくも道に迷わなくて済んだのに」

「おまえはドワーフじゃない」

12 プリンス・チャーミング、友を見捨てる

「そっか。まあとにかく、その方位に関する才能を使って、家に戻ってよ。そしてスノーちゃんにぼくが無事だって伝えてほしいんだ。心配で死にそうになってると思うんだよ」

「本当にそれでいいのか?」リーアムがききました。「一緒に来てもらったほうがありがたいと思うのだが」

「わしも賛成できんな。こいつら王子どもにおまえのことをまかせて大丈夫かどうか信用できん」フランクは王子どもという言葉を特に強調して言いました。

「フランク」ダンカンは、彼にしてはこの上なく真剣で厳しい表情をたたえながら——それでもたいして説得力はなかったのですが——言いました。「ぼくはきみたちの国の王子だ。これはお願いじゃない。命令だ。シルヴァリアに戻って、スノー・ホワイトにぼくの消息を知らせるように。そして彼女にこの小枝を渡してほしい——見て、これポニーの形みたいじゃない?」

「わかったよ」フランクが小枝を受け取りながら、不満そうに言いました。「どのみち長くこの辺にはいられないようだ。おまえがリーダーぶってるのを見るのは耐えられん。みんな行くぞ、出発だ」

「待ってくれ。本当に行くというなら——」リーアムが厳しい目つきでダンカンを見ながら言いました。「その前に、もうひとつ頼んでいいか?」

「何だ?」フランクが苛々とききました。

「荷物の中に武器を持ってないか? 魔女と巨人との戦いに素手で臨んでも勝ち目はない」

フランクは目をむきました。「信じられんやつらだな。ああ、わしらの剣を持っていけ。具合はいいはずだ。ドワーフは刀鍛冶《かたなかじ》の専門家だからな」

リーアムが礼を言うと、ドワーフは背負った荷物の中から四本の剣を探し出し、王子ひとりひとりに渡しました。

「こりゃまたちっぽけだな」グスタフが声高に言いました。ドワーフ向けに作られた剣は、どれも三十センチほどの長さしかなかったのです。

「おい、おまえ。ドワーフに文句でもあんのか?」フリックがうなりました。

「さっきまではなかったよ」グスタフが怒鳴り返しました。

「すばらしい剣ですよ」フレデリックが木にもたれかかりながら言いました。「帰国の道中、気をつけてください。帰ってしまうなんて、まだ信じられないんですけど……」

「本当に感謝する」リーアムも言いました。

「あまりすぐ殺されんようにな」と捨て台詞《ぜりふ》を残し、三人のドワーフは森の中に消えていきました。

「まじめな話、これでどうやって戦えってんだ?」グスタフが文句を言いました。

「ぼくには不満はないよ。さっきの剣よりずっと使いやすいサイズだし」ダンカンが言いました。

「見ろ、この剣は確かに小さめだが、極めて鋭利で頑丈だ」リーアムは新しい武器を試すように振ってみました。「後々きっと感謝することになるだろう。ドワーフの鍛錬の腕前は有名だからな」

「そうかい、ドワーフはあらゆる分野で有名みたいだな」グスタフが頭を振りながら、ぶつぶつこぼしました。

「そろそろ出発したほうがいいだろう」ベルトに下げたさやにミニ剣を収め(ずいぶんぶかぶか

12 プリンス・チャーミング、友を見捨てる

でしたが）、リーアムが言いました。

「すみません、ぼくはまだドワーフたちを行かせてしまったことから立ち直れないんですが」フレデリックが不機嫌そうに言いました。「ダンカン、何を考えているんですか？　ザウベラに立ち向かうのがどれほど危険なことか、よくわかってないんじゃないですか？　もっと危機感を持つべきなのに、新しいタイツか何かを買いに行くみたいな調子ですよね」

「危険だとぼくもわかってるよ！　だからドワーフを帰らせたんだよ——危険な目にあわせたくないから」ダンカンがとりつくろいました。

「じゃあ、ぼくたちはどうなるんですか？　ぼくたちのうち誰かが死んでしまってもかまわないと？」

「うーん、そんなふうに言われると困るけど……」

「そういえば、自分にあまり友達がいないのはなぜなのか、気にしてましたよね」

フレデリックの険《けん》のある発言がダンカンの神経を逆なでしました。

「ふーん、ドワーフがぼくを食べちゃうかもと思いながら置き去りにして逃げたのは、誰だったっけ？」ダンカンが声を強めました。

「ドワーフがきみを食べちゃうなんて思ってませんでした！　ドワーフじゃなくて怪物が、ぼくを食べちゃうと思ったんです！」フレデリックが言い返しました。

「もう充分だ！」リーアムが大声を上げました。「内輪もめしてるようなら、シンデレラを助けることなどかなわない」

「あーあ、なんで邪魔するんだよ。おもしろかったのに」グスタフがにやにやしながら言いまし

た。

　フレデリックとダンカンはしゅんとして足下に目を落としました。

「ダンカン、なぜドワーフたちと一緒に帰らなかったんだ?」リーアムがききました。

「だって、きみたちが戻ってきてくれたから。今までの人生で、ぼくから逃げた人が戻ってきてくれたことなんてなかったんだもん」

　リーアムはフレデリックのほうを向きました。「まだダンカンに怒っているか?」

　フレデリックは頭を振り、めそめそと泣き始めました。「いいえ」

「よし。さあ行くぞ」リーアムが言うと、フレデリックが手を上げました。「フレデリック、あー、何か質問が?」

　フレデリックははなをすすり上げながらうなずきました。「ぼくは剣の使い方がわからない」

「あっ、そうそう。ぼくも!」ダンカンが言いました。

「コンビだな」グスタフが楽しそうに揶揄《やゆ》しました。

「いいか。今はフェンシング・レッスンをしている時間はない。とにかく剣の柄をしっかり握って、悪いやつに向かって振り回せ。まあ、もしわたしの計画どおりにいけば、きみたちふたりは敵の注意をそらす役目だけで済む。直接戦うようなことにはならないだろう」

　フレデリックがまた手を上げました。

「別に上げなくていいんだぞ、フレデリック」リーアムがため息まじりに言いました。

「すみません」それでもフレデリックは手を上げたままで続けました。「えーと、これだけききたいんですが。計画というのは具体的にどういう内容なんですか?」

12 プリンス・チャーミング、友を見捨てる

「それは今気にするな」リーアムが言いました。正直なところ、自分の計画にほかの三人をあまりからませたくないと思っていました。ひとりで行動するのに慣れていたのもあります。巨人の目を盗んで敵陣に忍び込み、牢の壁をよじ登って乙女を救い出し、必要なら魔女と戦うのは自分だけだと考えていました。ほかの三人には茂みの中に隠れて鳥の鳴き真似でもしてもらい、巨人の注意を引きつけさせようという腹づもりでした。しかし、そんなことを言えば彼らは――特にグスタフは――不満に思うだろうという気がしたので、説明を先延ばしにしたのです。「ザウベラの隠れ家にたどり着いたら、わたしの言うとおりに動いてくれ」

ダンカンが手を上げました。

「何だ、ダンカン、何なんだ?」リーアムが苛々と言いました。

「剣を使わないときは、どこに入れておけばいいの?」

「ベルトに下げておけ」

「でも足を刺しちゃったらどうすればいい?」

やれやれ、前途多難だ、とリーアムは思いました。その予感は的中することになります。

13

プリンス・チャーミング、完全にお呼びでない

蒼《あお》のラフィアンが休息のために馬を止めると、ライラはほっとしました。この数日、賞金稼ぎのあとを追ってきましたが、ほとんど休息を取る機会がなく、すっかりお腹が空いていたのです。ラフィアンはときどき馬から降りて足跡を調べたり、おびえた農民に質問したりしましたが、いずれのときも食べ物を手に入れられるほどの時間はありませんでした。ラフィアンの食事の仕方がだらしないのに助けられ、パンのかけらや半分かじったりんごがあとに残されているのを素早く拾い上げてしのぎました。ブライア・ローズの城を出てからというもの、ライ

13 プリンス・チャーミング、完全にお呼びでない

ラが口にしたのはそんな食べ残しばかりだったのです。

ライラも馬から飛び降りると、賞金稼ぎが食糧袋を開けるのを数メートル離れたところから見ていました。目を閉じて、袋の中から大きなチョコレートケーキが出てくるのを想像してみます。彼がひと口だけ食べて、甘すぎるからと残りを切り株の上に残していったらいいな……ちゃんとフォークも一緒に。あーたまらない、と口中につばが湧いてきました。

「なぜ、それがしのあとをつける?」

蒼のラフィアンの陰気で緩慢な声を聞くやいなや、ライラはぱちっと目を開けました。すぐ正面に賞金稼ぎが立っています。まったく気配も感じさせずに、どうやってこんな近くまで寄ってこられたのでしょうか? ライラは短く息をもらし、自分の馬まで駆け戻ろうとしました。

「おや、逃げるつもりかね」ラフィアンが小さな石を拾い上げて投げつけました。ライラがたどり着く前に、尻に石を当てられた馬は荒々しくいなないて駆け去りました。

「わたしの馬が!」恐れと怒りが入り混じってライラは叫びました。振り向くと、ラフィアンが近づいてきています。頭巾をかぶっているので顔はほとんど陰に隠れ、いまいましそうにゆがんだ口元だけが見えました。

「怒っているのかね?」ラフィアンがうめくような声で言いました。「貴重な休息を好んでこんなふうに過ごしていると思うかね?」

ライラは逃げました。あたう限りのスピードで砂利道を走りながら、母親が選んだガラスのハイヒールを履いていなくてよかった、と思いました。背後に何の音も聞こえなかったので、一瞬、なんとかラフィアンから逃れることができたのだと安心しました。しかしそのとき、軽快なひづ

めの音が響きました。馬で追ってきていたのです。もはや追いつかれるのは時間の問題です。ライラは走るのをやめ、近くの木に登りました。その真下にラフィアンも馬を止め、嘆息しました。「いやはや。面倒をかけさせるつもりか」

ラフィアンは手を伸ばしてライラの足をつかもうとしましたが、ライラは敏捷《びんしょう》に隣の木へ飛び移って逃れました。ラフィアンはため息をつき、馬上でげんなりとしました。「小わっぱめ」そしてライラの下へと少し馬を歩かせると、またライラが隣の木に飛び移りました。

「遊んでいるんじゃないぞ」ラフィアンが不平たらしく言い、一メートルばかり移動して再度手を伸ばすと、ライラはまた隣の木に飛び移りました。

細い松の枝に危なっかしくつかまりながら、ライラはラフィアンが腰の小袋を探るのを見ていました。そこから出てきたのがぎらぎら光る短剣だったので、ライラは息をのみ、危うくバランスを崩すところでした。どうしよう。怒りっぽい親やうすぼんやりした家庭教師のもとからは抜け出してきましたが、プロの賞金稼ぎから逃げるほどの準備はできていません。

次の木を見やりましたが、ジャンプするには少し離れすぎています。ラフィアンは狙いを定めて、短剣を放ちました。ライラは恐怖で凍りつきながら、光る刃が弧を描いて飛んでくるのを見ていました。軌道がずれてる、わたしには当たらない、と自分に言い聞かせつつ、息を止めて祈ります。

願ったとおりになりました。短剣の的はライラではなかったのです。代わりにライラの立っている枝に深々と突き刺さると、ふたつに割ってしまいました。

一瞬宙に浮いたような感覚があったかと思うと、ライラは枝と一緒に転落して、蒼のラフィア

13 プリンス・チャーミング、完全にお呼びでない

ンの腕の中にすっぽりと受け止められました。「子供は嫌いだ」

「でしょうね」ライラはわれに返り、手を伸ばしてラフィアンの頭巾を目の下まで引き下げました。ラフィアンがわずかにひるんだ隙に、ライラは腕から抜け出して、またもや地面を走り出しました。

「うぬ」ラフィアンはうめくと、馬を走らせてあとを追います。

ライラは息を切らしながら、全速力で道を曲がりました。もうこれ以上走り続けられそうにありません。そのとき突然、どこからか現れた手で口をふさがれ、身体を押さえられました。そのまま悲鳴を上げることもできず、ライラは暗く湿っぽい木のうろに引きずり込まれました。「シーッ、わたしは味方よ」耳のそばで女性の声がささやきかけてきました。

ラフィアンが曲がり角の辺りを探し回り、そのまま駆け去っていく音に耳をすませながら、ライラと見知らぬ誰かは身動きひとつせず隠れていました。ほどなく賞金稼ぎの足音は遠くなりました。ライラがどこに消えたのか不思議に思っていることでしょう。

女性はライラの手を取ると、光の下へ連れ出しました。ライラは助けてくれた人の顔を初めてまじまじと見ました。年はおそらくリーアムと同じくらい、髪をうしろでひとつにまとめて、すり切れた青いワンピースを着ています。その溌剌《はつらつ》とした笑顔は、ライラが国際科学フェアで優勝したときに感じたのと同じような、荒々しい活力にあふれていました。

「助けが必要なように見えたものだから」救い主の女性が言いました。

「大正解。ありがとう」そう答えつつ、ライラはまだ少し警戒していました。

「わたしはエラよ」

「わたしはライラ。初めまして」

「この二日間、本当にとんでもなかったわ。あなた、お腹へってる？」

「お腹と背中がくっつきそう」そう言ったものの、正直に答えてよかったのかどうかライラは迷いました。

「座ってひと息つくといいわ」エラは小さな袋からパンとチーズを取り出し、ライラに手渡しました。

「ありがとう」ライラは食べ物のにおいをかぎました。毒入りの証《あかし》であるアーモンド臭はしません。もちろん、においのない毒だってあります。しかしライラは空腹すぎました。チーズを少しかじってみると、今までに食べたどんなチョコレートケーキよりおいしい味がしました。今度はもっと大きくかじると、エラが水の入った水筒も差し出してくれました。

「わぁ、どうもありがとう」

「いいのよ。この水と食べ物は、謝礼としてもらったようなものなの。とっても小さな――わたしのてのひらくらいのサイズの人と会ったのよ」

「地の精のノーム？」

「ああ、そうかも、もしかして」

「とんがり帽子だった？」

エラがうなずきました。

「ノームだ」ライラは満足そうに得心し、ぱりぱりと香ばしいパンをちぎって口に入れました。

「そうね、そのノームだけど」エラが続けました。「二匹の紫っぽい生き物に襲われていたの。

13 プリンス・チャーミング、完全にお呼びでない

その生き物は鼻が大きくて、コウモリみたいな羽があって――」

「それ小鬼だよ」

「きっとあなたの言うとおりね」

ライラは微笑みました。

「知らないなんて、あんまり外に出たことないんでしょ？」

「そうね、つい最近まで全然。とにかくその小さい人――ノームには助けがいりそうだったから、紫の生き物を川に蹴り落としてやったの。そのお礼として、ノームから食べ物をもらったというわけ」

「うわー、じゃ、小鬼だと知らないで二匹も相手にしたの？」ライラが感心したように言いました。「だって小鬼って毒があるんだよ」

「知らなかったわ」エラは今さらながら背筋がぞっとしました。「でも今後のために聞けてよかった。パンもっと食べる？」

「ううん、もういい。ありがとう。全部食べ尽くしちゃうといけないし。本当にもうお腹いっぱい」

ライラとエラは、興味と称賛が入り混じった思いでお互いを見つめました。

「それで、あの気味悪い頭巾男は何なの？」エラがききました。「なぜ子供を追いかけるなんてことを？」

「あれは蒼のラフィアンといって有名な賞金稼ぎだよ」ライラが言いました。「本当の標的はわたしの兄さん。わたしは危険を知らせるために、ラフィアンを追い抜こうとしてたんだ」

「それは確かに大事な用ね。でもわたし自身もすごく重要な任務を負っているの。信じてくれるかどうかは別にして、あなたにも手伝ってもらえないか頼もうと思ったんだけど。伝言してくれる人が必要なの――王か、いえ軍隊がいいかしら？　よくわからないけど、とにかく助けを呼ばないと。バットウィング山というところに魔女が住んでいて、わたしはさらわれたあとに逃げ出すことができたものの、まだ五つの国の宮廷詩人が囚われたままなの。群衆の眼前で殺す計画を立てているのよ」

「うわー、それは半端なく重大だね。そっか、音色満ちるタイリースもそこにいるんだ」ライラは目にかかる巻き毛を払うと、エラの依頼について考えました。このような切実な願いにノーと言うことができるでしょうか？　リーアムならどうするか、疑問の余地はありません。

「えっと、まだ言ってなかったけど、実はわたしのパパってエリンシア国王なんだよね。宮廷詩人を救うために軍隊を送ってもらうのは難しくないと思う。わたしはこっぴどく叱られるだろうけど。まだわたしがいなくなったのにも気づいてないんじゃないかな」

「やってくれるってこと？」エラが期待を込めてききました。「あの蒼のナントカって人には追いつけないかわりに、五人の命を助けることになるわ。言うまでもなく、退屈している何千人もの人々にとってかけがえのない娯楽の提供者よ。わたしは魔女が宮廷詩人を閉じ込めている塔を探すつもり。それと、ここって正確にはどこなのかしら？」

「塔って言った？」ライラは興奮した声を上げました。「ラフィアンを追いかけてたとき、数キロ前で奇妙な塔のそばを通り過ぎたんだよ。狭い草地の中にぽつんと建ってて、周りには何もなかった」

13 プリンス・チャーミング、完全にお呼びでない

「ライラ、そこに連れていってくれる？」エラは年下の少女の肩に手を置いて言いました。

「わかった。チーズの残りを袋に詰めて。今すぐ行こう」

14

プリンス・チャーミング、地面に叩きつけられる

「うひゃー！　でっかいな〜！」ダンカンが叫びました。

即座にリーアムが手でダンカンの口をふさいで黙らせました。雲を突く巨大な塔を擁《よう》したザウベラの城塞から矢が届きそうなほどの近さまで来ているのです。

「ごめん」ダンカンが声をひそめました。「でもあれ、本当に大きいよね」

バットウィング山の麓、点在している岩の陰に四人の王子たちは隠れていました。そこから、草地の中に建っている石造りの城塞の様子をうかがうことができます。

「あれ、ストゥルムハーゲンでいちばん高い建物じゃない？　そうでしょ？」うっとりとした調子でダンカンが言いました。

「厳密に言うと、ここはもうストゥルムハーゲンじゃない」グスタフが言いました。「バットウ

14 プリンス・チャーミング、地面に叩きつけられる

ィング山のこちら側は〝みなしごの荒野〟と呼ばれている。どの王国にも属しておらず、誰も欲しがらない、不毛の地だ」

「変なの〜。みなしごの荒野と聞いたら、こんな青々とした草地だとは思わないけど」

「あの観覧席みたいなものは何でしょう?」城塞に面して半円状に設置されたたくさんの木の長椅子を、フレデリックが指差しました。

「確かにおかしい。何かたくらんでいるのかもしれない」リーアムが言いました。

「入口はあそこのようですね」フレデリックが次に、大きな両開きの扉を指し示しました。

「ゾウの群れだって通れそう〜」ダンカンが言いました。「なんであんなに大きいんだろう?巨人のためかな?」

「いや。魔女は間違いなく、巨人を外に住まわせていると思う」リーアムが指差した城塞の左側では、リースが地面に転がって居眠りをしています。

フレデリックが息をのみ、「あの巨人だ!」とか細い声を上げました。

「ああ、やはりそうか」

「うわ〜、巨人もでっかい」ダンカンが呆気《あっけ》にとられたように言いました。「いやね、巨人と呼ばれているのは知ってるけど、実際にはどれくらい大きいんだろうっていつも思ってたんだよ」

「そばを離れないようにしろ、ダンカン」リーアムが注意しました。「みんな、よく聞いてくれ。今こそわたしの作戦を実行するときだ。巨人が寝ているのは好都合だった。ずっとやりやすくなるからな。わたしは城に向かう。きみたち三人は巨人を見張り、注意を引きつけて――」

リーアムが話し終える前に、グスタフが剣を抜いて草地に飛び出し、叫びました。「起きろ、

巨人！ 女を救いに来たぞ！」

「冗談だと言ってくれ……」唖然としたリーアムがつぶやきました。

リースは目を開き、突進してくるグスタフに気づきました。そして刺されるぎりぎりのところでグスタフを平手打ちし、観覧席の向こうまで飛ばしてしまいました。グスタフはすさまじい音を立てながら木々の中に落ちました。

「ああ、なんてことだ。もうやられてしまった」フレデリックが言いました。

「違う、見て！」ダンカンが指差して叫びました。グスタフは森から飛び出し、雄叫《おたけ》びを上げながら、また巨人に向かって真っすぐ走りました。リースはよろよろと立ち上がると、驚きで目をみはりました。「ちょっと待て、もしかしてこないだと同じちび人間か？ ぼくの足の裏を怪我させた」

「そうだ！」グスタフが叫びました。「今度は足裏以外の全部を刺してやる！」

「彼はもう少し、戦いの口上《こうじょう》を練習したほうがいいんじゃない？」ダンカンがひそひそとフレデリックにささやきました。

巨人はグスタフの胸を蹴り上げ、またもやうしろに飛ばしてしまいました――しかし蹴られる瞬間、グスタフは巨人の大きな爪先に剣をぐさりと突き刺したのです。グスタフは草の上で、巨人が痛みの咆哮を上げるのを待ちました。しかし何も聞こえません。

リースは剣を刺された爪先を見下ろすと、ぴくぴく動かしました。「なぜつまようじでつつく？」

グスタフは仲間が隠れている岩のほうを向き、怒鳴りました。「だからあんな剣、小さすぎて役に立たんと言ったんだ！」

　リースはぽかんとし、どうしてこの襲撃者は岩に向かって話しかけているんだろう？　と不思議に思いました。さらにグスタフがミニ剣をにらんで「使えないやつめ！」と叫ぶや、また自分に向かって突進してきたので混乱しました。

　リーアムは早くなんとかしなければと焦りました。「よし、作戦変更だ」

「まだ最初の作戦も聞いていませんが……」フレデリックが不安そうに言いました。

「きみたちふたりはグスタフを援護しろ。わたしは城塞の中に入ってシンデレラを見つける。一緒に戻ってくるまで巨人の目をそらし続けてくれ」

　フレデリックもダンカンも異議を唱えようと口を開きかけましたが、リーアムはすでに飛び出してしまっていました。ドシンという音に振り向くと、グスタフが三たび（もしかして四たび？）、背中から地面に打ちつけられているところでした。

「どうします？」フレデリックがききました。

「巨人の目をそらさなきゃ……と思うけど」ダンカンが言いました。

「まさしく。グスタフはピンチだし、ぼくは二度と仲間を見捨てられません」

「その意気だ！　ぼくはきみについていくよ」ダンカンが元気づけました。数秒後、ダンカンがききました。「行かないの？」

「だめだ、できない」フレデリックが泣き声を上げました。「怖い、ぼくには無理です。ぼくなんか巨人にペシャンコにされてしまいます。ペシャンコになるのはいやだ。わかりませんか？　ぼくはこういうことに向いていないんですよ」

「わかった、よくわかったよ」ダンカンが真剣な面持ちで言いました。「じゃあぼくがやる。ぼくが友達でよかったとみんなに思ってもらいたいからね。あっ、今の忘れて——そこは口に出して言うつもりじゃなかったんだ」

そしてダンカンは草地に進み出ていきました。

リースがグスタフの脚を持って、まるで布団叩きのように草地に打ちつけているとき、ダンカンの大声が聞こえました。「おぉーい！　巨人！　こっちだよ〜！」

そちらを見下ろすと、腰に手を当てて堂々と威圧的に見せようとしているダンカンが立っています（どちらかというと、まぬけな印象を与えるポーズでした）。

「そう、こっちこっち、こっちだ、巨人め〜。ぼくの友達を下ろしてもらおうか。見てのとおり、ぼくもミニ剣を持っている。いや、ミニじゃない、ミニと言うつもりじゃなかった——剣を持っている！　ドワーフの鍛造《たんぞう》による、たぶん名剣だ。だから、えーっと、とにかく、覚悟しろ！」

ダンカンが剣を抜いた瞬間、一緒にベルトも切ってしまいました。ベルトは地面に落ち、チュニックの裾がナイトガウンのようにふわりと広がりました。「わっ、しまった」

巨人が笑いました。グスタフはその隙をついて、リースの親指にこれでもかと嚙みつきました。巨人はキャッと叫んでグスタフを取り落としました。

「今だ！　やっちまえ！」地面に転げ落ちながらグスタフが叫びました。

「やっちまうって、どうやって？」ダンカンは手に持った剣を見て、どうすべきかよくわからないまま、巨人に向かって投げてみました。剣は空を切り裂き、数メートル先の草地へぽそっと落ちました。

14 プリンス・チャーミング、地面に叩きつけられる

「ここまでひどいのは見たことがない」グスタフが言いました。

ダンカンは剣を拾い上げようと一歩前に踏み出しましたが、落ちていたベルトに足をとられ、転んで額を強打してのびてしまいました。

「さっきの台詞はまだ早かった」グスタフが言いました。「ここまでひどいのは見たことがない」

「ダンカン！」フレデリックが悲鳴を上げながら走り出てきました。

「まだいるのか？」うんざりしたようにリースがぼやきました。

「おいタッセルマン、何をしている！」グスタフが叫びました。「岩のうしろに戻れ！」

巨人はフレデリックに向かって大きく一歩を踏み出し、かがんでつまみ上げようとしています。

グスタフはなんとか阻止しようと焦り、ミニ剣で刺しても効き目がないので、巨人の土踏まずに沿って長々と斬《き》りつけました。これは効果がありました。

「いてっ！　やっぱり靴を履かなきゃ！」巨人はわめき、一本足でぴょんぴょん跳ねると、ちょうど前に塔を壊したときと同じようによろめいて倒れました。しかし今度は塔のほうにではありませんでした。

巨人はフレデリックの真上に倒れたのです。

15

プリンス・チャーミングから目を離してはいけない

そのころシルヴァリアでは、スノー・ホワイトが平和な静けさを心ゆくまで楽しんでいました。森林の中にある広々とした庭園で、リボンのついた靴を脱ぎ捨て、リボンで飾られた青緑色の身頃のレースをゆるめ、裾がリボンで縁どりされたスカートをふわりと広げて、草のクッションに寝転びました。仰向けのまま雲や木々の枝を眺めて、スノー・ホワイトは充足のあまり笑い声を立てました。子供のころからこんなふうに過ごしてきたのです。

ガンの群れが空を横切り、隣では好奇心いっぱいの仔ウサギがふんふんと髪のにおいをかいでいます。ウサギに向かっておかしな名前を叫ぶ人はいません。

「こんにちは、おちびちゃん」スノー・ホワイトがささやきかけると、仔ウサギの長いひげが頬をくすぐりました。

15 プリンス・チャーミングから目を離してはいけない

スノー・ホワイトは深く息を吸って吐き、うつぶせになってあごを手で支え、ルリツグミが舞い降りてきて木の長椅子に止まるのを見ていました。

「こんにちは、木曜バード。今週もまた会ったわね」

そしてハミングしながら細長い草の葉を引き抜いて、四角い形に編み始めました。このまま続ければ素敵な鍋つかみができるはずです（すでに何千枚も編んでいました）。しかし、スノー・ホワイトは大変なことに気づき、はたと手を止めました。

「木曜バードですって？」草の編み物を取り落とすと、心配そうに立ち上がりました。「待って——木曜バードのはずがないわよね？　だってダンカンが出かけた日に、日曜バードが水盆で水浴びしているのを見たもの」

しかし木曜バードに間違いありません。スノー・ホワイトは非常識なほど顔を近づけて確認したので、怒ったルリツグミにつつかれてしまいました。一歩下がって痛む鼻をさするうち、スノー・ホワイトの胸に不安が広がり始めました。木曜バードは今までスケジュールを守らなかったことはありません。

スノー・ホワイトは思い出そうとしました。ダンカンがいなくなってから、夕日を何回見たでしょうか？　一回目は、フルートのＢＧＭなしで月が昇るのを見るのはなんて気持ちいいのかしら、と感じたのを覚えています。それと、空飛ぶ仔猫を見た日もあります（実際は単なるコウモリでしょう）。それから風の強かった日。それから何も起こらなくて、のどかでいいわね、と思った日。

「なんてこと。ダンカンはもう五日もいないんだわ！」スノー・ホワイトは神経質そうに手を打ち合わせながら、そわそわと歩き回りました。単に散歩に行っただけと思っていましたが、ただの散歩なら五日もかかるはずがありません。なぜこんなに時間がたつまで気づかなかったのでしょうか？

実のところ、上の空になるのはスノー・ホワイトにとっていつものことでした。単純なことで楽しめる無邪気な少女なのです。今までの人生のほとんどを、木々をほれぼれと眺めたり野生動物と触れ合ってくすくす笑ったりしながら、ひとりで愉快に過ごしてきました。ダンカンの躁《そう》的なエネルギーに集中をそがれることがなければ、容易に孤独な状態に陥ります――そして夫の消息を見失ってしまったのです。

にわかに心配でたまらなくなってきました。スノー・ホワイトがダンカンを愛しているのは確かですが、彼の能力を過大評価してはいません。ダンカンをひとりにしておいたら起こりそうな、あらゆる珍妙なこと、悲惨なことを思い浮かべました。どこかの家の屋根に上がって降りられなくなっているかもしれません。眠っているオオカミの歯がいくつあるか数えようとしているかもしれません。息を止めたまま百万まで数えられるか試そうとして気絶してしまったかもしれません。ダンカンに関して、惨事の可能性は果てしなくありました。

スノー・ホワイトは怒ってこぶしを振り回しました。「月曜バード、どこにいるの？　どうして一日たったときに教えてくれなかったの？」

ちょうどそのとき、近づいてくる足音が聞こえました。心臓がドキンと飛び跳ね、スノー・ホワイトは庭の出入口まで走りました。

「ダンカン！」

15 プリンス・チャーミングから目を離してはいけない

「いや、わしたちだ」ドワーフのフランクが言い、フリックとフラックと共に庭に入ってきました。彼らを見ると、スノー・ホワイトはがっかりして崩れるように座りました。

「熱烈な歓迎をありがとう」フランクが言いました。

「ごめんなさい、そういうつもりじゃなかったの」スノー・ホワイトが暗い声で言いました。「あなたたちに会えるのは、いつだってうれしいのよ。わかってるでしょ。でもダンカンだったらって思ってしまって……。もう五日も行方不明なの」

「なんだと、もうそんなになるのか。うんざりするわけだ」フリックがむっつりと言いました。

「どういう意味？　彼がいなくなったって知ってたの？」

「心配いらない」フランクが言いました。「わしらがずっと見張っておった。もしあの山賊どもが本当にやつを殺そうとしてると判断したら、何か手を打っていただろう」

「山賊！」スノー・ホワイトは仰天しました。「何の山賊？」

「知らん」フランクが肩をすくめながら言いました。「とにかく山賊だ。もう行ってしまったし、結局やつを殺さなかったんだから、どうだっていいだろう」

「それで、ダンカンはどこなの？」スノー・ホワイトはだんだん気が立ってきました。

「アホ王子はわしらと一緒に帰ろうとしなかったんだ」フランクがぶっきらぼうに答えました。

「ねえ、そのアホ王子という言い方、わたしは好きじゃないって知ってるわね？」

「すまん。アホはわしらと一緒に帰ろうとしなかった」

スノー・ホワイトはしゃがんで、フランクと額を突き合わせました。「侮辱《ぶじょく》はもうたくさんよ」

その声は静かながら厳しさを秘めていて、いつもなら動じないドワーフたちもびくりとさせられました。

「わ、わかった」玉の汗がフランクの額を流れ、だんご鼻のところにたまりました。フリックとフラックは心もち後ずさりました。

「ダンカンは今どこにいるの？」

「ストゥルムハーゲンだ。自分がプリンス・チャーミングだと名乗る男どもと一緒にいる。魔女の塔かどこかに行って、シンデレラを救うとか話していた」

「プリンス・チャーミングがシンデレラを魔女の塔から救うですって？」スノー・ホワイトは身を起こし、聞いたままを繰り返しました。「何それ？　物語を再現しようとしてるの？　そもそも話がちょっと混ざってるんじゃない？」

「いや、これは現実に起こっていることだ。本物のシンデレラに、本物の魔女がいる」

「ダンカンは殺されてしまうわ。三人とも、彼を残してきたなんて信じられない」

「やつがわしらに命令したんだ」フランクが釈明しました。「わしらが帰って、やつの無事と居場所を伝えるのが最優先だと考えたらしい。それからこの棒も預かった」フランクはスノー・ホワイトに変な小枝を渡しました。「ポニーの形に見えるんだとさ」

スノー・ホワイトは呆気にとられました。「彼の言うことに耳を貸すなんて信じられない！　わけもわからず言ってるんだから！」

「だが――」

「聞いて。わたしはダンカンを心から愛しているけど、彼は目を離しちゃいけない人なの。いったい何を考えてるのかしら。塔を襲撃するですって？　魔女と対決するですって？　それにこの

15 プリンス・チャーミングから目を離してはいけない

小枝、どう見ても猫の形じゃない！」

「あー、これを言うのは気が進まないんだが」もごもごとフランクが言いました。「ほかにも巨人がどうとかいう話が出ていたように思う」

スノーの呼吸が荒くなり、いつもは白く透き通るような頬が今までにないほどピンクに染まりました。ふいに自分を取り戻したかと思うと、背筋を伸ばして立ち上がり、脱いでいた靴を履いて、ドワーフたちを冷ややかに見つめました。

「みなさん、今すぐ荷馬車の用意を」スノー・ホワイトが威厳をもって言いわたしました。「わたくしをダンカンのもとへ連れていくのです」

以前だったら、穏やかでおとなしいスノー・ホワイトがこのような命令口調になることはありませんでした。しかしダンカンと一緒に暮らすうちに、何か激しいものが身のうちに育っていたのです。

16

プリンス・チャーミング、木の枝と出会う

いかにも悪者だと深刻に受け止めてもらうために、ザウベラは魔女が出てくる有名な物語をくまなく調べ上げ、小道具や舞台装置をメモしました——ほうき、クモの巣、乾燥した死骸の詰まった瓶——そういったものをできる限り集めては、根城を飾りたてていったのです。おかげで城塞の中は魔女として没個性的な持ち物で相当に散らかっており、入り組んだ石造りの廊下に忍び込んだリーアムは、かぼちゃにつまずいたり、毒りんごの入ったかごに足を突っ込んだりしないよう気をつけねばなりませんでした。

各階を走り回って牢をひとつひとつ調べる間、薄暗い城内を照らすのは壁の松明《たいまつ》のみで、リーアムの影が妖しく躍りました。木の扉にはまっている鉄格子つき小窓から中を次々と覗《のぞ》いても、何の気配も感じられません。十階まで来てようやく、壁にもたれかかる人影を

16 プリンス・チャーミング、木の枝と出会う

見つけました。

体当たりして扉を打ち破り、リーアムは牢の内部に突入しました。

「わたしはエリンシア国のリーアム王子。助けに来ました」意気揚々と名乗りを上げると、力が抜けたようにつけ足しました。「そしてあなたはシンデレラじゃない。シーツを巻かれた木の枝だ……」

これはいったいどういうことなのでしょう？　狭い独房を歩き回りながら、リーアムは思い悩みました。争った形跡も、破壊されたものも、脱走用トンネルも見当たらず、入口の扉には鍵がかかっていました。シンデレラが出ていくのに使った可能性があるのは窓だけです。なんと根性のある、とリーアムは思い、自力で逃げ出した少女に感心しました。救う対象がいないことをちょっぴり残念には思いましたが。

窓まで歩み寄って地面が遥か下なのを見てとると、きっとエラは壁に張りついたりジャンプしたりしながら自由へと飛び立っていったのだと想像しました。そこからはちょうど、ダンカンが自分のベルトを切り落としているのも見えました。

「なんとまあ。シンデレラのことは今はよしとしよう――まず仲間を助けなければ」

リーアムはさっき通ってきた通路を戻って階下へ向かいました。少なくとも、そうしようとしました。しかしザウベラの城塞の内部はまるで迷路のようで、ほどなく、正しいルートをとっているのかどうかわからなくなりました。居並ぶ部屋はどれも同じように見えたのです。

「ここは大釜の部屋か。ではあそこの階段を下りたら、壁に骸骨が掛けられた部屋があるはずだ」

リーアムは階段を駆け下りました。

「くそっ。ここも大釜の部屋だ。魔女ひとりでどれだけ大釜がいるというんだ?」

こんな感じで部屋から部屋へ、廊下から階段へと走り、ある角を曲がると、天井まで地図でいっぱいになった小部屋に入りました。額装された地図が壁に掛けられ、丸められた地図が樽からいくつも突き出し、広げた地図がイーゼルに立てかけられ、頭上のフックからは特大の地図が吊り下げられています。

「この部屋はさっき通ってないな」リーアムはすぐ引き返そうとしましたが、ある地図に注意を引かれて立ち止まりました。それは大きな机の上に広げられた羊皮紙《ようひし》で、すぐそばに蓋《ふた》の開いた赤インクとまだ湿った羽根ペンが置かれており、ついさっきまで印がつけられていたような様子です。地図の中心には、バットウィング山の麓《ふもと》にあるザウベラの巨大な城塞が描かれていました。その南東方向にある小さな塔の絵はバツ印で消されています。

「これは巨人が壊したという塔に違いない。だがこっちは何だ?」ほかにも何か所か地図上に塔の絵があり、それぞれ周辺の森や山の中に点在していました。そのうち五つの下には〝人質〟という言葉が走り書きされています。

「やった、これはいい。人質がもっといるということだな。まだ終わってはなかった」ぞくぞくした喜びの感触が身体中を駆け巡りました。

リーアムは地図を丸めて持ち、もと来た通路に戻って出口探しを再開しました。廊下の端に見たことのあるような階段があったので駆け下りたら、とうとう一階まで来ました。

城に侵入したとき最初に見たシャンデリアが頭上に揺れています。大きな錬鉄《れんてつ》製で、七十から八十ものろうそくが燃えていますが、部屋があまりにも広いため光は隅まで充分に届いていませ

16 プリンス・チャーミング、木の枝と出会う

ん。リーアムは出口に向かい、走って部屋を横切りました。呪いのブードゥー人形やカラスの剝《はく》製《せい》などが並べられた棚を過ぎ、水晶の玉が仕舞われた飾りだんすを過ぎ、等身大の赤いドラゴンの置き物を過ぎました。ふーむ、なぜさっきはこれに気づかなかったんだろう？　とリーアムは思いました。

そのとき、ドラゴンが蒸気を噴き上げながら——そうです、置き物ではなかったのです——身体を乗り出してきて、巨大なあごを開けてリーアムに嚙みつこうとしました。すんでのところで脇に飛びのいたリーアムは、本能的に剣に手を伸ばすと同時に、うっかり地図を放してしまいました。

手から落ちた地図はドラゴンの大きな鉤爪《かぎづめ》にあおられ、凧《たこ》のように広がって頭上を漂います。リーアムはジャンプしてつかもうとしましたが、ドラゴンが尾を床に激しく打ちつけたので風が巻き起こり、地図はふわりふわりと部屋の反対側まで——緑色に光る液体が入ったビーカーの並ぶテーブルの上を過ぎ、サルの手のミイラで作られたモビールをかすめ、もはや別の国といってもいいくらい遠くて暗い隅へ舞い落ちていきました。

「勘弁してくれよ」リーアムは怒りで足を踏み鳴らしました。「なぜドラゴンがいる？　誰もドラゴンのことなんか言ってなかったぞ！」

ドラゴンがひと噴きした炎をよけ、リーアムはしゃがんで〝イモリの目〟と書かれた木箱のうしろに隠れました。ドラゴンが突進してきて木箱をバリバリと嚙み砕き、ちっぽけな眼球がなだれを打って床にあふれ出ました。壁まで飛びのいたリーアムに、怪物が再び食らいつこうと迫ってきます。リーアムは身体をひねって凶悪なあごから逃れ、ドワーフの剣でドラゴンの頭を刺そ

うとしましたが、予想以上に素早く器用な動きで刀身に噛みつかれてしまいました。

「おい、放せ！」剣を引っ張りながらリーアムが怒鳴りました。しかしドラゴンはすごい力で剣をもぎとると、さっきとはまた別の隅へ吐き飛ばしました。丸腰になったリーアムは駆け寄ろうとしましたが、イモリの目の海に足をとられ、そのまま床を滑ってドラゴンの腹の下に入ってしまいました。

「わたしひとりでうまくやれるはずだった！」リーアムは苛々《いらいら》して叫びました。「だがグスタフは錯乱したように走り回るし！」

リーアムはドラゴンの内臓を狙い、下から両足で蹴り上げました。

「フレデリックは自分の影さえも怖がるし！」

ドラゴンが首を伸ばし、自らの腹の下を見ようとしています。

「それにダンカンは自分のベルトを切り落としている！」

リーアムは床を引っ掻き、ドラゴンの尾のほうへ這い出ました。

「そしてシンデレラは木だった！」

ドラゴンがリーアムの姿をとらえ、がっちりした尾を振り回してきました。胸を打たれたリーアムは床に倒れましたが、身体を回転させて第二撃から逃れました。

「それから誰かがここにドラゴンを連れてきた！」

リーアムは絶好調というわけにはいきませんでした。この数日の間にたまったストレスで身体の内側から徐々にむしばまれ、精神を曇らせていたのです。いつもだったら火を吐くドラゴンと対峙《たいじ》することになっても、苦労なく華麗な戦術を思いついたことでしょう。ドラゴンを狭い場所

16 プリンス・チャーミング、木の枝と出会う

におびき寄せて罠《わな》にかけたかもしれないし、またはなんとかして天井の大きなシャンデリアを怪物の真上に落とす手立てを考えついたかもしれません。しかし今日はいったいどうしたことでしょう？　ただドラゴンの尾を蹴って「これでもくらえ！」と叫ぶばかりです。

ご想像どおり、ドラゴンにはまったく効いていません。咆哮《ほうこう》を上げると、リーアムに向けて灼《しゃく》熱《ねつ》の火柱を放ちました。リーアムは飛びのきましたが、長いマントに火がついてしまいました。

「くそっ、へまをした！」必死になって燃えるマントを取り外そうとしながら、リーアムは息を切らして走り回りました。結びつけているひもをほどくのが難しいとなると、床をごろごろと転がって火を消そうとしました――途中でまた迫ってきたドラゴンの歯はかろうじてよけました。

炎に巻かれることほど、ぼんやりした状態から目を覚まさせ、目前の課題に集中させる危機はありません。マントの火が消えると、リーアムはドラゴンの鉤爪をかわして真っすぐ走り、怪物の頭にひらりと飛び乗りました。驚いたドラゴンが黒い煙を噴き出すと同時に、リーアムは半回転して太い首にまたがりました。しっかりつかまり、ドラゴンの耳に顔を寄せて話しかけます。

「どうだ、ドラゴン、観念しろ。おまえは今わたしの手の内だ。さっきの地図を取りに行くぞ」

リーアムは両手で二つの角をハンドルのように持ち、かかとでドラゴンの首を強く蹴って、大きな怪物を意のままに動かそうとしました。残念なことに、自分のドラゴン操縦テクニックを過大に見積もりすぎでした。怪物は全速力で真っすぐ扉へと突進し、外へ――ほかの王子たちがいるところへ飛び出したのです。新たな敵を待つまでもなく、彼らはすでにこれ以上ないほどのピンチに陥っていました。

17

プリンス・チャーミング、何が起きているのかまだわかってない

「ほら、あそこ」ライラがエラにひそひそ声で言いました。

ふたりは野バラの茂みをかき分けかき分け、塔を目指してきました。前にエラが（その前にはラプンツェルが）閉じ込められていたものと同様に、灰白《かいはく》まだらの石造りの塔が三十メートルほどの高さに直立しています。やはり入口は見当たりません――上のほうに小さな窓がひとつあるだけです。

エラが忍び足でさらに近づこうとしたとき、塔の背後から声が聞こえ、ぎくりとして立ち止まりました。もしエラが世間をよく知っていたら、甲高《かんだか》くペチャペチャと湿りけのある声音から、すぐにゴブリンだとわかったことでしょう。ゴブリンはいつだって口にゼリーがいっぱい詰まっているようなしゃべり方をするのです。生理的嫌悪感をもよおす音の中でも、ゴブリン合唱隊に

17 プリンス・チャーミング、何が起きているのかまだわかってない

セレナーデを歌われることほどいやなものはありません。しかし、その音がゴブリンの会話だと知らないエラは、誰かが溺《おぼ》れているのだと勘違いしてしまいました。

「助けなきゃ！　大丈夫、今すぐ行くわ！」

「待って」ライラが制しました。「あれは――」

エラはすでに塔の向こう側まで走り出ていました。そしてすぐ、ぴたりと止まりました。第一に見渡す限り水などなく、第二に、小柄で緑色の皮膚をした三匹の生き物が自分に木の槍《やり》を向けていたからです。

「えーと、困ったな。あんたたちって何？」

「おらたちが何かだと？　なんと失礼な言い草だ」一匹めのゴブリンがゴボゴボと言いました。

「もちろんそれは知ってるわ」エラは自分に向けられた鋭い槍先を意識し、嘘を言って取り繕いました。「最後まで聞いて。『あんたたちって何……をここでしているの？』ときこうとしてたのよ。途中でさえぎるなんて無作法じゃない」

「間が空いた。もう言い終わったと思ったんだ」

「そんなの言い訳にならないわ」エラが横柄に言いました。さりげなく味方側を装うことにし、自然に受け取られることを期待したのです。「まだわたしの質問に答えてないわね」

「おらたちは塔の番をしている。ところでおまえはいったい誰なんだ？」

「彼女は蒼《あお》のラフィアン」ライラがエラの隣に走り寄ってきました。「悪名高い賞金稼ぎの。青いワンピースを見ればわかるでしょ」

「蒼のラフィアンだと？　男だと思っていたが」代表格のゴブリンが言いました。

「なぜ?」眉根を寄せながらエラが威圧しました。「女は世界一の賞金稼ぎになれないとでも?」

小さいほうの二匹のゴブリンが頭をぷるぷると左右に振ります。

「じゃ、その小さい人間はなんなんだ?」代表ゴブリンがききました。

「ああ、えぇーっと……わたしはつかまえられたんだ」ライラが答えました。

「そのとおり。わたしは魔女のために働いている」エラが言いました。「この塔に新しい人質を運んできたのだ」

「人質だと?」代表ゴブリンが疑わしそうに言いました。「だが縛られてもないし、うしろからおまえについてきたじゃないか」

「縛られなくても逃げられないんだよ」ライラが急いで補足しました。「もう本当に怖くって。この人にどれほどのことができるか見たら、誰だって逃げる気になれないよ」

小さいほうのゴブリン二匹は、驚きと恐怖で目を丸くしてエラを見ました。しかし代表ゴブリンはまだ怪しんでいて、顔をしかめてゆっくりと慎重に問いただしました。「もし魔女のために働いているというなら、その名前が言えるか?」

ライラは期待に満ちた視線をエラに向けました。エラは大きく息を吸って吐きました。魔女の名前なんて見当もつかなかったのです。しかし、このおかしな生き物たちにもわかっていないという可能性に賭《か》けることにしました。「あんたは魔女の名前を言えるの?」

三匹のゴブリンたちは、会ったばかりの雇い主にいきなり怒鳴られて塔の番に引っ立てられただけなので、頭を寄せ合ってひそひそと相談しました。まるでパグ犬がシチュー鍋に鼻を突っ込んでいるときのような音でした。苛々して互いに小突き合ったりしながらの協議を終え、三匹は

17 プリンス・チャーミング、何が起きているのかまだわかってない

またエラに向き直りました。

「んーと、おらたちはウェンディだと思う」

「よく知ってるじゃない」それが正しいかどうかもわからないまま、エラが言いました。「魔女が聞いたら満足するに違いないわ」

三匹のゴブリンはほっとして息をつきました。

「でも、あんたたちが塔の裏側を守ってると知ったら、よくは思わないでしょうね」エラは継母《ままはは》を思い出して口真似をしながら、意地悪な調子で言いました。ゴブリンはパッと姿勢を正しました。「塔を見張らないといけないんじゃないの？　なぜ窓のある側にいないの？」

「え、だって人質は――」代表ゴブリンが言いかけました。

「宮廷詩人のことね」魔女の計画について裏づけが取れることを期待して、エラが言い添えました。

「そうそう、宮廷詩人。あの有名な唄を作ったやつ。絶対知ってるから」三匹は目配せし合うと歌い出しました。「耳を傾けよ、善き人々よ、われの語る物語に。美しい衣装を欲した乙女の物語に……」

それは聞いたことがないほど、身の毛もよだつような歌声でした。

「もういい、やめ！」エラが叫びました。「ええ、その唄は知ってる。それはいいとして、なぜちゃんと人質を見張ってないの？」

「だって、宮廷詩人がずっと、なんか変なもんを投げつけてくるから……」代表ゴブリンがエラから目をそらしながら、おどおどと言いました。

「どうやったんか知らないけど、すごい早く飛んできて、当たったら痛いんだよ」二番目のゴブリンがつけ足しました。「パチンコかなんか持ってんのかも」そして、大理石を削って耳のような形に作られた小さな物をエラに手渡しました。

エラはフレデリックと一緒に何度も宮廷コンサートに出席したことがあったので、見てすぐにリュートの調弦《ちょうげん》つまみだとわかりました。

「これ以上やられたくなかったから、うしろに移動したんだ」代表ゴブリンが言いました。

「無責任極まりないわね」エラが叱りつけました。「裏側にいたら、人質が逃げ出したとしてもわからないじゃないの」

ライラが気の毒そうに頭《かぶり》を振って、片手でエラを指差し、反対の手で首をかき切るようなしぐさをして見せました。最小のゴブリンがバタンと仰向けに倒れ、ほかの二匹に助け起こされました。

「確認してみないと。上にはどうやって行ける?」エラがききました。

不安そうなゴブリンたちは、近くの木々に隠してあった長大なはしごを出してきました。塔の正面まで引きずると、重さにうめき声を上げながら、たったひとつの窓にかかるよう立てかけます。代表ゴブリンが登ろうとしましたが、エラはその頭を押さえて止めました。湿った敷物のような感触に震えがきましたが、我慢して威厳を保ちます。「何のつもり? わたしが先よ」

「あ、はい、ラフィアンさん」ゴブリンが飛び降りると、エラはとてつもなく長いはしごを登り始めました。

「あのー、この新しい人質のこと、見張っときますか?」別のゴブリンが、ライラの胸すれすれ

17 プリンス・チャーミング、何が起きているのかまだわかってない

に槍を突きつけながらききました。

エラは動きを止めました。こんな生き物たちの中に、ライラをひとり残していきたくありません。しかしライラは「大丈夫」と声を出さず口を動かし、励ますように首を縦に振りました。

「ええ、見張っておいて。ただし自分の身が大事だったら、髪一本たりとも傷つけないように」

エラはさらに上へ登りました。てっぺんまで近づくと、大きなつば広帽子をかぶった男が窓から顔を出しました。リュートを弓のように抱え、E線を引っ張ってまた調弦つまみを発射させようとしています。ペニーフェザーです！

上がってくるのが誰だか気づくと、宮廷詩人はにわか作りの武器を下ろし、自分が正気を失ったのではないかと疑いながら、「エラさま?」とききました。

エラはくちびるに指を当ててペニーフェザーを黙らせ、窓から離れるように身ぶりで示しました。遥か下ではゴブリンたちがライラに槍を向けて囲んでいます。

エラは窓枠を越え、塔の狭い部屋に入りました。

「何も言わないで」宮廷詩人のぎらぎらした銀色のパンタロンに気を取られないようにしながら、エラが小声で言いました。「あいつらをだまして、ここから出してあげるから」

「どういう計画ですか？　弦はあと一本しか残っておりませんが」ペニーフェザーがささやき返しました。

「そのリュートをわたしに貸して、うしろに下がってて」エラは楽器を受け取ると、ゴブリンたちに向かって叫びました。「おおーい、ウェンディに知られたら大変なことになってる。みんな早くここに来たほうがいいわよ」

パニック状態に陥ったゴブリンたちは逃げ出そうとしましたが、「逃げちゃだめだよ」とライラが警告しました。「そんなの無駄だよ。蒼のラフィアンから逃げられる者はいないんだから。あっという間につかまるだけだよ」

「でも――」代表ゴブリンが言いかけました。

「あそこに上がって、ごたごたを解決するしかないよ」

取り乱したゴブリンたちは「これ持ってて」とライラに槍を渡すと、慌ててはしごを登りました。ゴブリンが窓から一匹ずつ入ってくるたびに、エラは容赦なくリュートで殴り倒しました。

「一丁上がり」床に三匹のゴブリンが積み上がると、宮廷詩人とエラははしごをほとんど滑り下りるように急いで脱出しました。そしてはしごを引き倒して、万一ゴブリンたちが目を覚ましても出てこられないようにしました。

「おお、もうおひと方、若く美しい娘ごがいらっしゃる」宮廷詩人が声を上げました。

「ライラよ。大ファンなの！　会えてうれしい」ライラは手を差し出して握手しました。「あっ、しまった。正式なおじぎをするべきだっけ？」

「お気になさらぬよう」宮廷詩人は大げさなほどの身ぶりで礼をしました。「お嬢さま方は、甘美な詩人ペニーフェザーの永遠の恩人です。それにしても、エラさまがここにいらっしゃることには当惑の念を禁じえませんが」

「わたし自身も魔女の人質だったの」

「おお、ではすでに、あの極悪な女人にわが同業者たちも閉じ込められていると、ご存じでいらしたか」ペニーフェザーは、金色に光るシャツブラウスのふくらんだ袖を揺らしながら言いまし

17 プリンス・チャーミング、何が起きているのかまだわかってない

た。「朋輩《ほうばい》たちも助けを欲しております。わたしの胸にはわずかながら、下品な内装の砦《とりで》の中で競争相手たちが弱っていくのを見ていたいという気持ちもありますが――特にリリカル・リーフには我慢なりませんからな。小人の『ルンペルシュティルツキン』と『踏んでる紙ナプキン』で韻を踏む男がいるなど、信じられましょうか？　どのようにして押韻管理委員会の審査をすり抜けたものか。話がそれましたな。先に申しましたように、いかに劣った音楽師であろうとも、いまわしい魔女の気まぐれの犠牲にさせてはなりませぬ。あの城塞から運び出された折にはまだ、魔女がどれほど恐ろしい悪夢に満ちた計画をたくらんでいるか知りませなんだ。実のところ、この小さな塔に入れられてゴブリンどもと残されたときは、むしろ安堵《あんど》したものです」

「あれ、ゴブリンっていうの？」エラがききました。

「気にしないで」ライラがエラの背中をぽんぽんと叩いて言いました。「外の世界のことをまだあまり知らないだけだもんね」

「ペニーフェザー、もしかしてほかの塔がどこにあるのか知ってる？」エラがたずねました。

「残りの宮廷詩人たちが入れられている塔よ」

「いえ、わたしが最初に降ろされたもので。ですが朋輩たちも同様の塔に入れられているのだとしたら、場所を記した地図があるのではないかと存じます。ゴブリンどもが現れたとき、そのような話が聞こえました。魔女が地図を持ち出させなかったから、正しい塔に来られたかどうかわからない、などと文句を言っておりましたので」

「なるほどね」ライラが言いました。「じゃあきっと地図はバットウィング山のところだな。パパに言って、軍隊を真っすぐ向かわせるよ」

「そうね、それがいいわ」エラが言いました。「でもわたしは魔女の城塞に戻らなきゃ」

「ひとりで？　なんで？」ライラが驚きの声を上げました。

「あの魔女は情緒不安定だからよ。助けが間に合わないうちに、宮廷詩人たちを殺そうとするかもしれないわ。今すぐ行動しないと」エラは口にはしませんでしたが、剣を携えた一団の戦士たちが颯爽《さっそう》と事件を解決するのを、指をくわえてうしろで見ているつもりはなかったのです。現場の真っただ中にいたくてたまりませんでした。

「わかった。でも気をつけて。また会えるよね？」

「もちろんよ」エラは髪から真鍮《しんちゅう》のヘアピンを抜くと、うっとうしく広がっていたライラの巻き毛をとめてあげました。

次にペニーフェザーのほうを向いて、「そうだ、リュートを返さなきゃ」と粉々になった楽器を渡しました。「ごめんなさいね、これ。予備があるといいんだけど」

「三十五台ありますぞ」ペニーフェザーは屈託のない笑みを浮かべました。「救出に改めて感謝いたします。エラさまをテーマに新たな唄を作ってしんぜましょう」

「新たな唄って？」ライラは不思議に思いましたが、エラはすでに森の中へ走り去っていました。

ONCE UPON A TIME, THERE WERE A PRINCE AND A PRINCESS...

18 プリンス・チャーミング、こんがり焼かれる

ザウベラの城塞の外では、グスタフが倒れた巨人を情け容赦なく攻撃していました。

「どけ！」と叫んで、蹴り、殴り、突くと、リースはうめきながら横転し、その下から顔をうつむけて土に埋まったかわいそうなフレデリックの姿が現れました。グスタフがべとべとに湿った泥の中から引き上げます。「生きてるか？」

「自信ないです」フレデリックが弱々しく答えました。

グスタフは、まだ意識を失っているダンカンのところまでフレデリックを引きずっていきました。「ちびマントのそばにいろ。あの巨大なやっかい者にけりをつけてやる」

リースは地面に座り、あちこちにできた傷をなでさすっていましたが、グスタフがまた自分に向かってくるのを見るとうなり声を上げ、「こんな仕事、割に合わないよ」と

不平をこぼしました。

　そのとき突然、城塞の扉が勢いよく開き、ドラゴンが庭に突進してきました。大蛇のような首にはリーアムがまたがっています。ドラゴンの進行方向にちょうどグスタフがいるのを見ると、リーアムは目をむきました。

「グスタフ、気をつけろ！」

　グスタフは声がしたほうを向き、「うお、まずい」とつぶやいたかと思うと、ドラゴンが吐き出した炎の玉に包まれました。身体の大部分は甲《かっ》冑《ちゅう》に守られましたが、毛皮の飾りは一瞬にして消え去り、長い金髪もシューシュー音を立てて燃えてしまいました。グスタフは剣を捨てて地面に転がり、頭を叩いて火を消そうとしました。

　グスタフがなんとか生きてるのを見て（ちょっと焦げましたが）ほっとしたリーアムは、ドラゴンの角《つの》をぐいと引き、巨人の方向へ向けさせようとしました。その結果、驚いたことに、怪物は幅広く筋張《すじば》った翼を広げて空に飛び立ったのです。

「そんなもの、どこに隠していたんだ?」ドラゴンが城の上空を旋回すると、リーアムは悲鳴に似た声を上げました。冷静さを失うまいと努力しつつ、ドラゴンの頭を地面に向けさせようと角を押してみます。「降りろ! 降りろ!」

効果があったように思えました。ドラゴンはものすごいスピードで巨人に向かって急降下しました。荒々しい風になぶられたリーアムは、振り落とされそうになりながらも、しっかりとしがみつきます。リースはドラゴンが迫ってくるのを見て、手で顔を覆いました。

そのころザウベラは、もっとも高い塔のてっぺんにある展望室で策略を練っていました。考えごとをするときはいつもこの場所です。究極悪名計画は着々と進んでいました。英雄をおびきよせるのに絶好の、シンデレラも手に入れました。五人の宮廷詩人はそれぞれ離れた場所に隠したので、グランドフィナーレの前に全員を見つけて救出するのは容易ではないでしょう。それから特別な日に備えて、さらなる安全策もすでに手配しました。

三週間前のことです。

盗んだ玉座に座ったディーブ・ラウバーは、隙のない子分たちに囲まれ、突如として城の中心に押し入ってきた招かれざる客——骨ばって目が落ちくぼんだ老女を冷酷な目つきでにらんでいました。

「こういうことか?」ラウバーが言いました。「名高い山賊王であるおれさまが必要だと。そして何か知らんショーの警備におれさまの全軍を貸し出せと」

18 プリンス・チャーミング、こんがり焼かれる

「ショージャないよ、殺戮《さつりく》だ」ザウベラが冷笑しました。「ひとり残らず抹殺してやるんだよ」

「どうやってそれを実行するつもりなんだ？　ばあさん。気色悪い熱視線で死に至るまで怖がらせるってのか？」

「いいや。こんなふうにやるんだよ」魔女が指を曲げると魔法の青い稲妻が出現し、それは部屋を横切ってネヴィルの椅子を直撃しました。痩《や》せのネヴィルは甲高い悲鳴をもらすと、床に倒れて痙攣《けいれん》しました。

「お見事」ラウバーが架空のあごひげをしごきながら言いました。「だがそういうことができるんなら、何のためにおれたちが必要なんだ？」

「さっきも説明したように、相当数の観客を想定している。そいつらをおまえと手下たちが、まあ言ってみれば、きちんと席に着かせといてくれると助かるんだよ。盛大なフィナーレまで誰にも席を立たせたくないからね」

「ふむ、そいつはおもしろそうだな」玉座の隣に置かれたグミキャンディのボウルに手を突っ込み、ひとつずつ口に放り込みながらラウバーが言いました。「だがおれに何の得がある？」

「王国はどうだね？」ザウベラがもちかけると、ラウバーは身を乗り出して耳を傾けました。よだれが下くちびるからこぼれています。「あたしの計画を最後まで実行できたら、五つの大国が完全に無防備な状態となる。どこでも好きなとこを取るがいいよ」

ラウバーは椅子の上で跳ね回りたいのをじっと耐え、冷静な玄人《くろうと》らしさを装いました。「お互いにうまみのある取引のようだな。頼りにしていいぜ、ばあさん」

あとひとつだけザウベラが考える必要があるのは、宮廷詩人の誘拐について世界に知らしめる効果的な方法です。どんなやり方を選ぶとしても、衆目《しゅうもく》を集めねばなりません。華々しい見世物でなくてはならないのですから。

ザウベラは、円形の展望室の中央に置かれた仕事机に座りました。大きな部屋を取り囲む黒ずんだ石の柱や、血のように赤い天井は、自らの邪悪さをいっそう高めてくれるような気がします。人間のどくろで作られたろうそく立てとタランチュラのかごを脇にのけて、黄ばんだ羊皮紙を広げました。ハゲワシの羽根ペンをインク壺につけて、思いつくままにアイデアを書き出します。

――コウモリにちらしを結《ゆ》いつける？

――メッセージを毛皮に剃り込んだイノシシを解き放つ

×時間がかかりすぎる

――テレパシーを習得する

――山肌に彫刻する

△無理かも

――「シンデレラに死の危機！」という台詞《せりふ》を鳥に教え込む

外から騒ぎが聞こえてきたので、ザウベラは窓辺へ走り寄りました。武装した数人が城を襲撃しています。

「ふん、ばか者どもがやっとここまで来たか。九メートルもある巨人の足跡をたどるのに、なん

18 プリンス・チャーミング、こんがり焼かれる

でまたこんなに時間がかかったんだか」そう言うと、細長い脚が許す限りの速さで階下まで駆け下りていきました。

城塞の正面扉からザウベラが外へ出たとき、ちょうどドラゴンがリースに向かって突き進んでいくところでした。

「止まれ！」きしむような声で魔女が怒鳴りました。

ドラゴンはにわかに中空に止まりました。リーアムは止まれませんでした。反動が強すぎて、握っていた怪物の角から手を放してしまったのです。リーアムはドラゴンの首から飛び出して頭を越え、巨人のたくましい腹に突っ込みました。リースは「ふごっ！」とうめいて身体を二つ折りにし、リーアムは打ち身だらけになってくらくらしながら地面に跳ね飛ばされました。

「さっさと片をつけてしまいな、図体ばかりの弱虫め」ザウベラが巨人を叱りつけました。

「おまえなぞ解雇しなければならないかもしれないね、リース。どうやら役に立ってないようだからね。ドラゴンまで連れてきてやったのに、たったひと握りの愚かな人間どもに手こずっているとは」

「でも人質は取り戻されてませんよ」城塞の中の人質がただの木の枝になったことに魔女がまだ気づいてないことを願いつつ、リースが言いました。

「確かに。だがこいつらみじめな負け犬どもが優勢のようだったね、リース。おまえは四人まとめたよりも大きいくせに」

「次は頑張ります、奥さま」

「それからおまえ！」魔女はドラゴンのほうを向きました。「敵を乗せていたね？」

怪物は鉤爪をなめて、聞こえないふりをしました。

「ああ、もういいよ」ザウベラが吐き捨てました。「リース、おまえはこの町で悪者として成功したいんだろ？　あたしを見てな。悪者とは何か教えてやる。ぼんくら動物が邪魔しないよう押さえておけ」

巨人がおいでおいでと呼び寄せたドラゴンは、ドスンと座り込むと今度は翼をなめ始めました。

「さあて」ザウベラが四人の王子たちを見据えます。「予想していたより多いようだね。いったい何者なんだ？　最強のザウベラを倒せるなどと思ってるのはどこのどいつだ？」

リーアムがふらふらと立ち上がりました。「われわれはおまえの悪に終止符を打ちに来た者だ」

「不可」ザウベラが両手を上げるると、突如として吹き出した風に、擦り切れた赤と灰色のぼろ服がはためきました。青く光るエネルギーの稲妻が放たれて、直撃されたリーアムは倒れました。

「もっとましな返答ができるやつはいないのかい？」

「キャッ！　泥男！」ダンカンが目を覚まして悲鳴を上げました。「待って待って、フレデリックだった～。ごめんね。きみすごく汚かったから」

「ダンカン、注意してください」フレデリックがにこりともせずに言いました。「魔女が来ています。それにドラゴンも」

「巨人も？」

「そうです。今、魔女がリーアムに魔法の稲妻のようなものを放ったところなんです」

ダンカンは身体を起こし、辺りを見回しました。

「いいとこが全然ないね～」

18 プリンス・チャーミング、こんがり焼かれる

「ダンカン、ぼくたちも何かしないと。ラッキーパワーを使ってください」

「でもラッキーパワーは使うものじゃないから……」ダンカンがすまなそうに言いました。「ただ起こるときに起こるだけなんだよ。ごめんね」

「あたしは返事を待ってるんだよおおおお」ザウベラが歌うような調子で叫びました。「おまえらは何者だ?」

「おれたちはおまえの悪に終止符を打ちに来た者だ」今度は、なんとかよろよろと立ち上がったグスタフが言いました。

「へえ、さっきのやつと同じ台詞か」魔女が嘲笑《あざわら》いました。「演出としてはなかなかいいね。だがそんな答えは求めちゃいないんだよ。あたしゃ名前が知りたいんだ」

グスタフがザウベラに向かって突進しました。しかしあと数歩というところで、青い稲妻の激しい一撃が足を止まらせました。目の前の地面に転がってのたうち回るグスタフを見て、ザウベラが高笑いしました。

「あたしのことが相当恐ろしいというのはわかるが、口をぽかんと開けたばか面《づら》ばかりでうんざりなんだよ。そろそろ何か言ったほうがいいんじゃないかい。正体をことごとく明かすまで、ここにいる禿《は》げのお友達をかわいがることとしようかね」魔女は次から次へと魔法のエネルギーを放ち、グスタフを痛めつけます。

ダンカンは思わず立ち上がり、「王子だよ!」と言ってしまいました。「シルヴォニアの王子。いやハーマリアの王子。違った、それはぼくじゃなくて彼。つまりぼくたちみんな王子だってこと。唄の中ではプリンス・チャーミングと呼ばれているけど、それは本当の名前じゃない。ぼく

たちそれぞれに本当の名前があるんだ。それが聞きたかったんでしょ？　あなたの名前は知ってるよ。Ｚから始まる名前だよね。僕にも魔法の力があるって知ってた？」

ダンカンは無駄話を続けましたが、〝プリンス・チャーミング〟という言葉が出た時点で魔女の耳には何も届かなくなっていました。この愚か者たちの中にプリンス・チャーミングがいる？　完璧すぎるシナリオです。計画中のフィナーレへの添え物として、プリンス・チャーミングほどぴったりな者はいません。しかしどの男がそうなのでしょう？

そのころリーアムは、ダンカンが魔女の気をそらしているのを利用してうつぶせに這い進み、グスタフが落とした剣のところまで近づきました。ついに剣をつかむと慎重に角度を調節し、刀身に太陽の光をぎらりと反射させてドラゴンの目を直撃しました。

リーアムが狙ったとおり、突然目くらましを受けてひるんだ怪物は、うなりながら暴れ出し、油断していたリースを強打してしまいました。

ザウベラは目の端で、リースの巨軀《きょく》が自分に向かって倒れてくるのをとらえました。「このとんま！」叫ぶが早く、ザウベラは魔法の防御シールドを作って身を守りました。その隙にリーアムはグスタフの腕をつかんで引っ張り、よろめきながらも木のうしろに隠れました。

「何が起こってる？　おれたちは逃げてるのか、それとも戻ってもう一戦交えるのか？」グスタフがききました。「おれには見えないんだ」

「グスタフ、また視力を失ったのか？」

「前とは違う。ただ――うぐぅ、色のついた光しか見えない」

「わたしが導くからそのとおりに動け。今は森に入っている。魔女は……しばらく手いっぱいの

18 プリンス・チャーミング、こんがり焼かれる

ようだ」

塔の下では、三つ巴となった悪者たちが大混乱に陥っています。防御シールドの玉に包まれたままの魔女は巨人に向かって自分の上からどくように怒鳴り、巨人はそれに応えようともがきますが、胸の上でドラゴンが跳ねたりうなったりするものだから、思うようにいきません。

リーアムがグスタフを安全なところまで連れていくと、ダンカンとフレデリックも駆け寄ってきて合流しました。

「どうだったんですか？　エラはどこに？」荒い息のフレデリックがききました。

「とにかく今は逃げるんだ、フレデリック」リーアムが答えました。「エラはもういなかった！」

「死んだってこと？」フレデリックが息をのみました。

「いや、そうじゃない。逃げたんだ」

フレデリックはくらくらする思いでした。エラは自由になって、仲間の王子たちは全員生きていて（どうにかこうにか）、とうとう冒険は終わったのです。ほっとして喜んでいいはずでした。しかし何よりも、陰鬱《いんうつ》な気分がのしかかってきました。最初から最後までみじめだった旅が証明するのはただひとつ、自分は英雄ではない、という事実なのですから。

19

プリンス・チャーミングはお風呂に入りたい

「参りましょう、うら若き姫君よ、ストゥルムハーゲンの城はここから徒歩一日もかかりませんぞ」かわいそうな三匹のゴブリンを閉じ込めた塔の下に立ち、ペニーフェザーがライラに言いました。「栄《は》えあるオラフ王とバーティルダ王妃は、わが朋輩たちを救いに無敵の軍隊をお送りくださるに相違ありません」

「どうしようかな」迷っている様子でライラが言いました。「というのも、わたしは一応プリンセスだけど、よその王族とうまくつきあえるかというと不安があるんだよね。やっぱり真っすぐ帰国して、うちのパパとママに頼るほうがいいんじゃないかな」

「王への報告はすべてわたしめにお任せを。ご心配召さるな」

「うーん、そっか」

19 プリンス・チャーミングはお風呂に入りたい

「決まりですな」ペニーフェザーはつば広帽子についている羽根を真っすぐに直しながら言いました。「魔女の件を当局に通報して市民の務めを果たしたあとは、姫君のお召し物をストゥルムハーゲンの廷臣に整えさせましょう。新しいドレスが必要ですからな――袖にしわが寄っていてはいけません。それに新しい履き物も。このところ上流社会で流行しているガラスの靴を試したことがおありですかな？　ことのほか美しいと耳にしておりますぞ。そうそう、姫君の髪も巻き直させなければ。ご心配は無用です。わたしが采配をとれば、瞬く間に元どおりプリンセスにふさわしいお姿に戻られましょうぞ。さあ参りましょう、姫君。姫君？　どちらにいらっしゃる？姫君？」

同じ森の中のどこかでは、ザウベラの城塞から数キロにわたって下生《したば》えをかき分け進んできた四人の王子たちが、やっとのことで街道に出たところでした。足を止めてひと息つくと、お互いへの不満が噴き出し始めました。

「グスタフ、目をちょっと見せてみろ」リーアムが言いました。

「勝手にしろ。おまえの目は確かなんだろうからな」

「大丈夫ではないかと思う」グスタフの揶揄《やゆ》を無視し、目をよく調べてみたリーアムが言いました。「稲妻と炎を一時《いちどき》に浴びせられて、おそらくまぶしさの許容量を超えたんだ。以前、ストロボの精と戦ったときに似たような経験をしたことがある。視力はじきに戻るはずだ」

「おれはどんなふうに見える？」グスタフがききました。

「禿げてる」ダンカンが答えました。「でもいい面を挙げると、フレデリックほどはひどくないよ」

「ふん、くそいまいましい」焦げた頭をさすりながら、グスタフが悪態をつきました。「おまえらが足を引っ張るから、おれの力の象徴が犠牲になった」

「ええ、ちょっと待ってよ。ぼくだって助けようと――」

「遅すぎなんだよ！」グスタフが逆上しました。「助けのつもりだったとかいう、あのお笑いの一席だが、遅すぎだ。ずいぶん役に立ってくれたもんだよな」

「きみに誰かを責める権利があるのか、グスタフ」リーアムが厳しい表情で言いました。「わたしの作戦を無視して、めちゃくちゃな状況を引き起こしたのはきみだろう」

「『巨人の注意を引きつけろ』と言われたから、そうしただけじゃないか！」グスタフが怒鳴りました。

「作戦にはまだ続きがあったんだ」リーアムも言い返しました。

「おまえがおれの頭を燃やしたよな！　あれも作戦のうちか？」

「ちょうど進行方向に立っているなんてわかるものか。わたしはできる限りのことをした。ほかの誰も、何かまともなことをやろうとしたようには見えないが」リーアムは硬い口調で言うと、ダンカンとフレデリックに視線を向けました。

「ぼくたちのことを言ってるの？」ダンカンがききました。純粋によくわからなかったための質問です。

「なぜぼくを見るのかわかりません」フレデリックも言いました。「ぼくが英雄でないことは知ってたでしょう。今ここにいるのも場違いなくらいなんですから」

19 プリンス・チャーミングはお風呂に入りたい

「そうだな」リーアムがうなるように言いました。「戦術上いちばんのミスは、わたしひとりで行わなかったことだ。なぜ臆病者と、道化と、唯一の得意技は魔女に叩きのめされるだけのやつと一緒にやれるなんて思ってしまったのか」

それを聞いてグスタフがリーアムに飛びかかりました。ふたりの王子は泥だらけの地面に転がり、互いの上を取ろうと争って取っ組み合いました。

「もう見えてるんじゃないか」グスタフを押さえつけようとしながら、リーアムが言いました。

「まだぼんやりしてるがな」グスタフが叫び、木の幹にリーアムを叩きつけました。

「治ってきてよかったよ」グスタフの胸を蹴って転ばせながら、リーアムが荒々しく言いました。

「おれの目が完全じゃなくて幸いだったな。でなけりゃ、とっくに負かしてる」グスタフは手を伸ばし、リーアムのマントをつかんで引き倒そうとしましたが、マントはほとんど燃えてしまっていたので、手はむなしく宙をつかみました。

「おい、おしゃれ男、大事なマントをどうした」

「ドラゴンに燃やされたんだよ。おまえの髪のようにな」

「ほぉー、マントをなくしたか。そりゃおれには大喜びだ」グスタフは立ち上がると、含み笑いをしながら切り株のところまで行って座りました。リーアムはそばの松の木にもたれかかり、息を整えながらグスタフをにらんでいます。しばらくの間、気詰まりな沈黙が続きました。

「んーと、ぼくから見ると、今日はすごくいい日だったよ」とうとうダンカンが口火を切り、ほかの三人から不審の目を向けられました。「初めて巨人を見られたし、ドラゴンも初めてだったし、それに初めての魔女も。いっぺんに！」

「スノー・ホワイトに毒を盛った魔女を見たんじゃないんですか？」フレデリックがききました。

ダンカンが首を振りました。「会ってないんだ」

リーアムは深く息をつきました。「まあいい。みんな、この道をたどって、近くに町がないか探してみよう。多少、手当てと食べ物が必要だからな」

「それに新しい服もですよね？」フレデリックが言い添えました。「着替えたらずいぶん気分もよくなりますよ」

「魔女からどっちの方向に逃げてきた？」グスタフがききました。

「東だと思います」

「なら、ここから九キロくらい北にフラーグスタッグという町があるはずだ。何度も行ったことがある」

「フラーグスタッグか。わくわくするね！　さあ行こう」そう言うと、ダンカンは南に向かって歩き出しました。

グスタフがフレデリックのほうに身を寄せてききました。「おれにはまだよく見えないんだが、やつはまさかスキップしてるんじゃないだろうな？」


ライラはエリンシアを目指し、しっかりした足取りで歩いていました。道から外れることはなく、木々の間におかしな動きがないか常に目を配っています。もしも危険な野生動物に出くわしたらどうすればいいか、すっかり知っているつもりでした――『ストゥルムハーゲンの野生の猛獣』という本を五回も読みましたから――それでも野ネズミがちょろちょろしたり、通りすがり

19 プリンス・チャーミングはお風呂に入りたい

のカラスが鋭い鳴き声を上げたりするたびに、びくりとしました。ときどき別れ道に当たることがあり、どちらへ行けばいいかよくわかっていたにもかかわらず、道に迷っているんじゃないかという不安を振り払うことができませんでした。ペニーフェザーと別れたのは間違いだったかも、という気がしてきました。

木々の間から、長く尾を引く遠吠《とおぼ》えが聞こえました。

オオカミだ、とライラは震えました。オオカミについて本には何と書いてあったでしょうか？　そうです、確か自分のにおいを消してオオカミにあとをつけられないようにするには、全身トマトジュースに浸《つ》かるといい、とありました。無理です。今そんな方法は使えません。

もうひとつ、『ストゥルムハーゲンの野生の猛獣』に載っていたアドバイスを思い出しました。すなわち、三十六計逃げるにしかず。

その教えに従い、ライラは全速力で走りました。足を滑らせたり石や木の根につまずいたりしないよう足下をよく見ながら走っていたため、馬の腹にぶつかるまで蒼のラフィアンがいることに気づきもしませんでした。

「しまった」ライラがつぶやくが早いか、ラフィアンはライラをつまみ上げて馬に乗せ、縄でぐるぐる巻きにしてしまいました。

「やっとつかまえた」賞金稼ぎがため息をつきました。「おまえを探して、どれほど時間を無駄に費やしたかわかるか？　なんと分別のない」その目がうるんできています。

「泣きそうなの？」ライラがききました。

「一番であり続けるというのはつらく厳しいものだ」ラフィアンは鼻を鳴らしました。「人は過大な期待をする。大変な重圧だ。おまえをつかまえて、やっと本来の仕事に戻れるのをうれしく思っただけだ」

「別にわたしのことなんか放っておいて、兄さんを追えばよかったんじゃないの」

「いや、つかまえる必要があった。おまえが後々、邪魔になる存在だというのはわかっている」

縛ったライラをうしろに乗せたまま、賞金稼ぎは出発しました。「それに、森の中からどれほど物騒なものが飛び出してくるか、おまえはまったくわかっておらん」


一時間後……。

「で、今は何してるとこなの?」ライラがたずねました。

ラフィアンは地面にかがみ込んで足跡をいくつか調べており、目を上げもせずうめくように言いました。「なぜいちいちきく?」

「ただ知りたいと思っただけ。おもしろそうだから」

ラフィアンはため息をつきました。「四人の人間がここを通った。うち三人は鎖でつながれていた」

「なんでわかるの?」

「角度だ。それに足跡のいくつかは爪先《つまさき》に重心がかかっている。先頭のひとりに、うしろのふたりが引っ張られていたらしい。手やひざをついた跡もあるな。よく転んだ者がいたのだろう」

「わたしにも見せて」

「だめだ。縛っているのには理由がある」ラフィアンは戻ってきて、また馬の背にまたがりました。拍車をかけると、道を離れて森の中に走っていきます。

「でも、どうしてわたしたち、その足跡を追っているの？」

「わたしたちは何も追っていない。追っているのは、それがしだ。この四人の中におまえの兄が含まれている」

「そんなこと足跡からわかるの？」ライラは心から感心しました。

ラフィアンは頭《かぶり》を振りました。「ここから遠くないところに山賊の隠れ城がある。おまえの兄はそこにいたが逃げ出した。ほかの三人の男と共に」

「すごーい！　で、今はどこに向かってるんだと思う？」

「これらの足跡は山賊の城から真っすぐに方向を定めて連なっている。みなしごの荒野を目指したに相違ない。バットウィング山だ。さあもう質問をやめろ。しゃべりすぎて喉が痛い」

ライラはふいに胸にきざした考えに衝撃を受け、頭を持ち上げました。

「ラフィアン」声が切迫しています。「馬を引き返さないと」

「なぜおまえがそれがしの名を呼び捨てにする？」賞金稼ぎが不快そうに言いました。「まったく最近の子供は――」

「ラフィアン、いいから聞いて。兄さんをブライア・ローズのところに連れ帰ることが絶対できなくなるよ。なぜなら、もうすぐ兄さんは死んじゃいそうだから。魔女との戦いに向かっていて、きっと殺されてしまう」

ラフィアンは何の感情も表さず無言のままです。

「それしか考えられないよ。それ以外にバットウィング山に向かう可能性がある？　きっと誘拐された宮廷詩人のことを聞いて救いに行ったんだよ。いかにもリーアム兄さんのやりそうなことだもん。でも本当にエラが言うほど危険な魔女だとしたら、兄さんはどんな目にあうかわからないよ」

「いったい何の話をしているんだ？」しかめっ面のラフィアンに、ライラはエラから聞いたことを全部話しました。

「ラフィアン、今すぐエイヴォンデルに引き返して。わかるでしょ。ブライア・ローズはリーアムと結婚したがってる。もし兄さんが死んだら喜ぶわけないよ。ブライアの怒りを招かず、かつ報酬ももらえる可能性がある道はこれしかないって」ブライア・ローズに兄の居所を知らせるのは内心いやでしたが、彼女の手に落ちた兄を見るほうが、黒焦げの炭にされてしまった兄を見るよりずっとましです。

「やれやれ、休息する暇もないか」ラフィアンは長い長い息を吐きました。日に焼けて深く刻まれたしわの間を涙が伝うのをライラは見ました。

馬を回しながらラフィアンが言いました。「それがしが近道を知っていて幸運だったな」

疲労困憊《こんぱい》した王子四人組は、丸石で舗装されたフラーグスタッグの本通りにたどり着きました。狭い路地には居心地のよさそうな茅葺《かやぶ》き屋根の家が立ち並び、それぞれの庭は花いっぱいに飾られています。子供たちは笑いながら鬼ごっこをしていて、木の長椅子には恋人たちが寄り添って座り、澄み切った青空を楽しんでいます。

「すごく素敵な場所だね！」ダンカンが興奮で息を荒くしました。

19 プリンス・チャーミングはお風呂に入りたい

「本当ですね」フレデリックが言いました。「ここならぼくでも大丈夫そうです」

グスタフが笑い出しました。

「何がそんなにおかしいんですか？」フレデリックがききました。

「目がだいぶ治ってきた。おまえらの格好、最悪だな」

趣のある小さな家々の前を歩いていると、ある家から住人が出てきました——背中の曲がった老人で、残飯の入ったバケツを持っています。茂みの下から猫が何匹も走り寄ってきて、ニャーニャーと老人の足下にまとわりつきました。

「慌てない、慌てない、おひげのかわい子ちゃんたち。ごちそうを持ってきたよ」老人が満足げに猫に話しかけています。しかし王子たちの姿が目に入ると動きを止めました。「なんてこった、あんたたち、どうなさった」

リーアムが一歩前に進み出ました。「こんにちは、ご親切な方。わたしたちは非常に長く厳しい旅をしてきたもので、身を清めて休息を取れる場所を探している。手を貸していただけないだろうか？」

「もちろんだとも、もちろんだとも。わしの家を自由に使ってくれ。女房に熱い茶を淹《い》れさせよう」

「恩に着る」

「なに、何でもないことだ。フラーグスタッグの住民は、町に立ち寄ったどんな旅人にも親切にすることを誇りに思っておる。たとえ相手が物乞いでも王子でもな」

「やった、ラッキー」ダンカンが元気いっぱいに言いました。「ちょうどぼくたち王子だし！」

一瞬、リーアムは狼狽《ろうばい》しました。自分たち四人が本当は何者なのか、住民には絶対に知られたくないと思っていたからです。幸い、老人はダンカンが冗談を言ったのだと受け取って笑いました（王子たちはドブ川から這い出てきたばかりみたいに見えましたし）。しかしダンカンは絶好調で続けました。

「いや、本当に王子なんだよ。しかも有・名・な！」たたみかけて言うと、リーアムの肩に手を置きます。「ここにいる彼はエリンシア国のリーアム王子。プリンス・チャーミングと言ったほうがわかりやすいかな？」

「チャーミングだと？」老人は不快そうに口をゆがめました。「あんたがエリンシア国のプリンス・チャーミングだというのか？　つい先日、あんたの卑劣なやり口の話を聞いたばかりだ。かわいそうな眠り姫を捨てた畜生《ちくしょう》だとな」

「捨てただって？　何を？　違う、プリンス・チャーミングは物語に出てくる英雄だ。英雄なんだ！」驚き混乱したリーアムが言いました。「エリンシアの男とプリンス・チャーミングには何の関係もない」

「ごまかしても無駄だよ、王子さん。だがあんたみたいな腐ったやつは偽名を使ったって隠しきれまい」老人がしわを寄せて嘲笑いました。「わしらみんな、あんたの正体を知っているからな」

「みんなってどういう意味だ？」リーアムは胃が裏返るような心地でした。

「みんなはみんなだ。最近、吟遊詩人は新作がなかったみたいだが、黙っているわけにもいかん。それであんたのニュースをやってるんだよ――麗しき眠り姫、エイヴォンデル国のブライア・ローズさまご自身が直々《じきじき》に発されたニュースだ。正直言って、可憐な姫にかぼちゃのわたを投げつけておいて、なんでおめおめと生きていられるのかわからんよ。それに姫の母親の顔にひげの落書きをしたんだろ？」（ブライアの作り話は韻を踏みもせずメロディすらなかったので、人々はなかなか正確に覚えられませんでした。ほとんどの吟遊詩人が少しずつ異なる独自バージョンを語りました。また聞いた者が友達や隣人に伝えるとき、さらに細部が変化しました。たいていの場合、より大げさな尾ヒレがついて）。

「そんなことやったの？」ダンカンが呆気《あっけ》にとられてききました。

「断じてやってない！」リーアムが抗弁しました。「母親の顔にひげだって？　いったい何の話だ。あなたが聞いたという話は全部嘘だ。確かにわたしは彼女を捨てたかもしれないが、性格に問題のある人だったからだ」

「捨て方の手本を見せてやる」老人はしかめっ面をつくると、リーアムの頭の上で残飯のバケツをひっくり返しました。ほかの三人の王子たちは息をのみました。

「わしの家に近づくな」老人が怒鳴りました。「みっともない従者《じゅうしゃ》どももだ」

「従者だと？」グスタフが前に出て、顔を険しくゆがめました。「おれはこの国の王子だぞ、愚か者め。おれはストゥルムハーゲンのグスタフだ。臣民として、王族にふさわしい敬意ある態度をとるべきだ」

「ああ、そうかい？　で、どんな敬意があんたにふさわしいというんだ？」老人は鼻で笑うと、両手を口に丸く当てて大声で隣人に知らせました。「おーい、みんな！　誰がここに来ているか見てみろ！　乙女の救い方さえ知らない、われらがグスタフ王子だ！　それから一緒にいるのは誰だと思う？　エリンシアから来た人でなし、眠り姫をピクルス樽に突っ込んだやつだ！」

「ピクルス樽？　正気で言ってるのか？」リーアムは悲鳴に似た声を上げました。王子たちの周りに人が集まり始めました。

「おい見ろ、本当だ！　あの役立たずのグスタフだ！　なんで十六人の兄たちみたいにできないのかね」

「プリンス・チャーミングの野郎、眠り姫にしたことのお返しをしてやりたいよ！」

「ははは！　あいつのちっぽけなマントを見てみろよ」

「おいおい、泥男とも友達のようだぜ」

リーアムはほかの王子たちを見て言いました。「もう行こう」

四人は人混みを無理やりかき分けて抜け、町の中心に向かって全速力で走りました。

「まあずっと、本当のわたしと、物語の中のプリンス・チャーミングを結びつけてほしいと願ってたわけだしな」荒い息の中、リーアムが自分を慰めるようにひとりごちました。

王子たちは角をジグザグと曲がり、かがんで家々のうしろを進み、狭い路地を走り抜けて、なんとか人目を逃れることができました。

「つい一分前まで昼じゃありませんでしたっけ？」フレデリックが言いました。

王子たちは辺りを見回しました。今立っている町の一角は、さっきまでのようなカラフルで趣のあるフラーグスタッグとは似ても似つきません。建物は煤《すす》けた色合いで、窓には板が打ちつけてあります。丸石が敷かれた道路にはぬるぬるした緑色の汚水があふれていて、側溝をネズミが走っています。太陽の光さえ消えてしまいました。

「問題なしにちょっと休むことさえできないのか」リーアムがつぶやきました。

19 プリンス・チャーミングはお風呂に入りたい

「あそこを見て」ダンカンが指差したのは、道の突き当たりの袋小路にある、どうも怪しい感じの旅籠《はたご》屋でした。

「ふーん、〝ずんぐり猪犬《ししいぬ》亭〟だって」ダンカンが看板の名前を読みました。「飲食店としては、あまりいい名前とは言えないよね。そもそも猪犬って何だろ？　豚の仲間かな？　それとも犬の仲間かな？」

「どちらにしても、いやな名前ですね」汚れた窓から中を覗きながら、フレデリックが言いました。「お客の風体《ふうてい》も好ましくありません。ちょっと乱暴そうな感じです」

「だがほかに行ける場所があるか？」リーアムはそう言うと、ずんぐり猪犬亭の扉を開けて中に入りました。そうなることは、もちろんご存じだったでしょう。プロローグに書いてあったのですから。

20

プリンス・チャーミング、酒場に入る

　体臭がこもり床がべとつくずんぐり猪犬亭の食堂で、隅の小さいテーブルについた四人の王子たちは、無言でガラガラヘビのケバブをつまんでいました。ブーツの底にコインが数枚挟まっていたのをダンカンが見つけて、なんとか買うことができたのです。

「ヘビを食べるのは初めてですよ……ぜひまた食べたいという気持ちには今後もなれそうにないですけど」フレデリックが顔をしかめて言い

20 プリンス・チャーミング、酒場に入る

ました。

「メニューはこれか〝多少の肉入りキャセロール〟のどちらかしかなかったからな」リーアムが言いました。「これだったら少なくとも何の肉かわかった上で食べられる」

「これ、本当はガラガラヘビじゃないんじゃないかな〜」灰色がかった肉片を舌の上で転がしながら、ダンカンが言いました。「どっちかというとクサリヘビの味に近いと思う」

「食わないんなら……」ほとんど手をつけていないフレデリックの皿を、グスタフが見ます。

フレデリックはむっつりとして皿を押しやりました。なぜこのような場所に来るはめになったのでしょう？　壁はヘラジカの頭、シカの角、ウサギの耳、クマの尻、ワニの鉤爪など、死んだ動物たちで飾られています。フレデリックが座っている椅子の真下には木の床に赤い染みがついていて、赤ワインであることを願うばかりでした。周りのテーブルでは、険しい顔つきのならず者たちがつばを吐いたり悪態をついたりしています。食事を始めてからだけでも三回、酒場の親父は金を奪われていました。

「ふう、このへんでお開きですね」フレデリックが口火を切りました。「ここまで生きていられただけで奇跡ですよ。エラも無事みたいだし。これ以上運を試してもいられません。もうハーモニアに帰ります」

「待て、フレデリック。まだ帰れないぞ」リーアムが言いました。

「何があるってんだ?」グスタフがききました。

「なぜわからない?」リーアムの声に苛立ちが混じりました。「ザウベラの城塞で見つけた地図のことを話しただろう。少なくともあと五人、囚《とら》われている者がいるんだぞ」

「かもしれませんけど」フレデリックが言いました。「確かな話でもないですよね」

「他人の意見で動くのはもうやめだ」グスタフが言いました。「おれはひとりでやる。もし死ぬようなことになっても、ほかの誰かのせいじゃなく、自分自身の責任においてがいい」

「ダンカン、きみも家に帰ったほうがいいんじゃないですか。スノー・ホワイトに会いたいでしょう?」

「うん、会いたい、けど……」ダンカンの声は悲しそうに消え入りました。新しくできた友人たちが目の前で分裂しそうになっているからです。

「みんな!」リーアムが大声を上げました。「囚われ人がいると言ったのが聞こえなかったのか?」

「どうしてぼくたちが救出しなきゃいけないと思い込んでいるんですか? エラは自分で逃げ出したじゃないですか。ほかの人たちも大丈夫ですよ、きっと。すでにもう逃げたあとかも」

「へっ、シンデレラマンの言うとおりかもな」グスタフが不機嫌そうに言いました。「女どもはどうやら助けを必要としてないらしいからな」

「きみたちはみんな間違っている!」憤慨したリーアムが声を荒らげました。怒りに手を震わせながら、猛然と続けます。「わたしたちは英雄だからこそ、救出に行く。英雄とはそうあるべきだ」

「あなたは英雄ですよ、リーアム」フレデリックが言いました。「でもほかの人は、あなたと違うんですから」

「いや、みんな英雄だ」リーアムが言い返しました。「われわれはみな、プリンス・チャーミン

20 プリンス・チャーミング、酒場に入る

グだった。顔のない、どこの誰とも知れない者だった。それが互いに出会って、そして――」

「そして何だというんですか？」フレデリックがさえぎりました。「ぼくたちがすばらしいチームだとでも？　一緒に行動し始めてから、うまくいった試しはまったくないじゃないですか」

「だな。チームワークがいいとは言えない」グスタフも同意しました。

「もういい！　わたしひとりでやる！」リーアムは立ち上がり、両手でテーブルをバンと叩いて叫びました。「みんなそろって家に帰るがいい！　わたしは森を何千キロも走り回って、トロールや巨人やドラゴンや何やかやを退治し、囚われている人々を助けてみせる。わたしひとりでな。徒手空拳《としゅくうけん》で。おそらく途中で死ぬことになるだろう。たったひとりで遂行するのは自殺行為も同然の任務だからな。だがそれでもいい！　けっこうなことだ！　きみたちは怖がっているようだからだ。もしくは疲れたのか。それともプライドが高すぎるのか、フルートを吹きたいのか、何でもいい。わたしはまったくかまわない。かまわないったらかまわない！」

「あー、仲間割れか？」王子たちの背後から、だみ声が響きました。「反省会が開かれてるみたいだな。おれたちゃお呼びじゃねえようだが」ふさふさとあごひげを生やした大きな海賊が、ふんぞり返って隅のテーブルまで近寄ってきました。両脇には、顔に傷のある盗賊が短剣を指でくるくる回しながらつき従っています。

「きみたち悪者？」ダンカンが目をみはってききました。

「おめえら、この辺のもんじゃねえな。新顔に歓迎の挨拶をしてやりてえと思ったわけよ」

「そうだ」腹をむきだしにした野蛮人もやってきて加わりました。節だらけの木の棍棒《こんぼう》を手に持ち、なでさすっています。「それに、めそめそ野郎が同情してくれよ～と訴えてるのも聞こえち

まったぜ」

すり切れた毛皮のベストを着た半人半鬼のちんぴらも、横から現れました。とげだらけの球がついた鎖を振り回しています。「だがら、みんながらもっど同情してもらえるよう、痛めつける手伝いをしでやるど」

「おっとそれから金もいただかねえとな」海賊が言いました。「殴られる前に素直に出すのが身のためだぜ」

ふと見ると、部屋にいた悪党どもは全員席を立って王子たちのテーブルを囲み、脅迫的に顔をしかめたり、それぞれの武器をもてあそんだりしています。命の危険を感じたリーアムは、戦いに備えてベルトのドワーフの剣に手をかけました。

「おい、そいつはおれの剣だってわかってんだろうな」見ていたグスタフが言いました。

「今返せって言いたいのか？」リーアムが呆れ声を出しました。

海賊が咳ばらいをしました。「えへん、金はまだですか。おれたちは待ってますが」

「ふざけんな！」グスタフがうなり、短剣を手にした近くの盗賊に飛びかかって床に押し倒しました。その上に、七人のならず者たちが次々と折り重なっていきます。

あっという間に何もかもが混乱の極みとなりました。

頭に血が上りやすく道義心に欠けた客が集うずんぐり猪犬亭のような場所では、喧嘩は日常茶飯事です。たとえば、ある盗賊がうっかりラム酒のしずくを海賊の宝の地図にこぼしてしまったとすると、次の瞬間にはその場にいる全員がパンチを繰り出しています。ですからグスタフがずんぐり猪犬亭を根城にしている盗賊に次の攻撃を仕掛けたときには、旅籠屋全体が混沌と化して

20 プリンス・チャーミング、酒場に入る

いました。気がつくと王子たちはルール無用のバトルロイヤルの中心にいたのです（ダンカンにとって初めてのバトルロイヤルだということは、彼自身の発言でみんなによく伝わりました）。

リーアムは立ち上がって椅子を半人半鬼のほうに蹴ると同時に、剣を振って野蛮人の棍棒を防ぎました。王子たちに一発くらわせようと大勢のならず者が入れ替わり立ち替わり襲いかかってきます。カップや瓶が飛び交い始め、あちこちでグラスが粉々になっています。誰かの背中に打ちつけられて椅子は壊れ、ヘラジカの頭の剝製は壁から引きはがされ食べられてしまいました。

ダンカンは悪漢たちの気をそらそうとして「多少の肉入りキャセロールが食べたい人〜。ぼくのおごりだよ！」と叫びましたが、何の効果もなく、宙高く持ち上げられてちんぴらどもの頭上をひょいひょいと運ばれていきました。

フレデリックはドワーフの剣の柄《つか》に手をかけましたが、武器を引き抜こうとしてやめました。だめだ、ぼくは戦士じゃない、もっと違う方法で対処しないと、と考えたのです。

リーアムが汗まみれの野蛮人にヘッドロックをかけられているのが見えました。「リーアム、あなたが何者か彼らに教えてやりましょう」フレデリックが大声で言いました。

「何だって？　だめだ！」リーアムがかすれ声で答えました。野蛮人の腕が喉を締めつけていたのです。「冗談じゃない！　さっき何があったか――」

リーアムの抗弁を無視したフレデリックは、テーブルの上に立って叫びました。「みなさん、注目！」

驚いたことに、全員が止まりました。こぶしを宙に浮かせたままの者もいます。

「いったい誰を襲っているか、みなさん、おわかりですか？」

「いいや知らねえ、言ってみな」ひげの海賊がおもしろがって怒鳴りました。「おれたちが叩きのめしているのは、どこのどちらさまだってんだ?」

フレデリックはリーアムを示しました。「ここにいるのはエリンシア国のリーアム王子」聞き覚えのある者も多いようで、人混みのあちこちでざわめきが起こり、それを受けてフレデリックが続けました。「そうです。眠り姫を捨てた男です」

リーアムは目を閉じました。すでに最悪といえる状況なのに、フレデリックがさらにひどくしようとしていることが信じられない思いでした。

「おう、そいつのことなら知ってるぜ。姫のミルクにつばを吐いたんだよな」ちんぴらのひとりが叫びました。

笑い声がドッと弾けました。

「そうだそうだ」ほかのならず者も大声で言いました。「それに、王家の大事にしているプードル犬に腐った卵を投げたんだと。そんで汚れた足をエイヴォンデルの国旗で拭《ふ》いたとさ!」

「誰かに聞いたけど、眠り姫の金魚鉢に粉唐辛子を撒《ま》き散らしたって話だ」

「げっ、そりゃひでえ」

「おれは、こいつが王妃の肖像に口ひげを描いたと聞いたぞ」

「いいえ、違います」フレデリックが訂正しました。「彼は王妃本人に口ひげを描いたんです!」

「なんと!」驚きの声が上がりました。

このときまでに、喧嘩はすっかり収まってしまいました。野蛮人はリーアムを締めていた腕をほどきました。

20 プリンス・チャーミング、酒場に入る

「おめえ、ほんとにこれ全部やったのか？」海賊がききました。

フレデリックの作戦が的を射ていたと認めざるをえません。「噂話を信じられないとしたら、何を信じる？」リーアムはためらいがちに言いました。

「リーアムは謙遜《けんそん》しているんです。彼がエイヴォンデルの旗を破いて足を拭いたあと、国旗掲揚台に眠り姫のブルーマーを掲げたというのは聞きましたか？」

旅籠屋全体にいっそうの笑い声が響きました。

「ああ、それに、わが友リーアムはこちらのなじみではないかもしれませんが、こういった場所には大変精通しています。それからよく聞いてくださいよ、すごいのは彼だけじゃないんです」

フレデリックは室内を見回し、ダンカンが漏斗《じょうご》を口にくわえてバーカウンターに身を乗り出しているのを見つけました（盗賊がにやにやしながら、そこに〝触手のピクルス〟と書かれた瓶の中身を空けようとしているところでした）。

「あそこにいる男は」フレデリックが朗々と紹介しました。「大胆不敵のダンカンです」

「聞いたことねえぞ」誰かが叫びました。

「そうだったかもしれませんが、今後は違いますよ。ダンカンはつい最近、山賊王——ディープ・ラウバーと一対一で決闘をしたのですから。そして勝利を収めました」

盗賊が後ずさりました。

「作り話をしてでんじゃねえが」半人半鬼がうなりました。

「いや、そうでもない、本当らしいぞ」別の盗賊から声が上がりました。「おれのいとこが山賊王に仕えてるんだが、ラウバーが捕虜と決闘したと聞いたばかりだ。失敗して捕虜を逃がしてし

まったという話だったが……それがあんたなのか？」

ダンカンは漏斗をプッと吐き出すと、バーカウンターの上に立っておじぎをし、うれしそうに声を張り上げました。「おっしゃるとおり！　傷ひとつなく脱出しました。じゃじゃーん！」

「そうかい？」大きな野蛮人が疑わしそうに言いました。「じゃ、そこのでかいたんこぶはなんだよ」

「あ、これ？」ダンカンは額《ひたい》にある打ち身の痕《あと》を触りました。「これは山賊王がやったんじゃないよ。巨人やドラゴンと戦ったときについたの」

部屋じゅうがどよめきました。

「すべて本当のことです」フレデリックが言いました。「そしてわれら凶悪なチームのもうひとりのメンバーを紹介させていただくと……あれ、グスタフ？　どこにいますか？」

グスタフは屈強な水夫たちが積み重なった山の下から飛び出てきました。傷だらけで焦げた甲冑、厚く盛り上がった筋肉、火傷《やけど》した禿頭《とくとう》は、これ見よがしに恐ろしい様子です。

「何だ？」グスタフがうなりました。

「こちらはグスタフ王子、当地ストゥルムハーゲンの王族です」フレデリックが言いました。

「ちょっと待てよ」殺し屋が言いました。「そいつはラプンツェルのやつだろ？　何の役にも立ってなかったじゃねえか！」

「そうですか？　彼は三十メートルもの高さの塔から放り出され、イバラのとげに刺されて視力を失い、それでも生還したんですよ。これを離れ技と言わずして何と言うのでしょう」

何人かがひそひそと相談し、その点を考慮し始めました。

20 プリンス・チャーミング、酒場に入る

「ぼくが初めてグスタフと会ったとき」フレデリックは続けます。「彼はトロールに投げ飛ばされて垣根を破壊するほど激突していたところでした――それなのに、ぼくを見た途端に悪態をつき始めたほど闘志満々でした。山賊たちに執拗《しつよう》に殴打されたのも、城の屋根から飛び降りたのも、怒り狂った巨人に叩きつけられているのも、邪悪な魔女に魔法の稲妻で焼かれたのも見ました。それからドラゴンの噴き出す一陣の炎に全身を包まれもしました。それにほら、ついさっきも大勢のみなさんに殴られていましたよね。なのに見てください！　もっとかかって来いと待ち構えています。グスタフは誰にも止められない暴走人間なのです！　信じていただきたいのですが、彼を相手にするのは並大抵ではありませんよ」

今や悪党どもは無言で一歩ずつ退き、グスタフのために場所を空けました。グスタフはフレデリックに向かってにやりと笑いました。

「あんたの仲間はそう悪くないかもしれんが、あんた自身はどうなんだ？　何者だって言うつもりだ？」ひげの海賊がききました。

「ぼく？」乱闘騒ぎを起こしていた荒くれ者どもが気に入るように、仲間のエピソードを語るのはたいして難しくありませんでしたが、自分自身についてはどうでしょう？　自分の何が――どの特徴が――旅籠屋いっぱいの冷酷なならず者たちを感心させるでしょうか？　フレデリックは言葉に詰まりました。考える時間を稼ごうと悪党たちに微笑《ほほえ》みかけると、何人かは思わず笑い返しました。

そして突然、言うべき答えが降りてきました。「ぼくはプリンス・チャーミングです。みんなの大好きな」

21

プリンス・チャーミング、ギャングの仲間になる

「フレデリック、きみは最高だ」リーアムが言いました。

四人の王子たちは再び、ずんぐり猪犬亭の片隅のテーブルに座っていました。旅籠屋の常連たちは有名人を眼前にしているとわかった途端、しばらくウーだのアーだの感嘆の声を上げて――大きな野蛮人は自分の腹にサインしてほしいとフレデリックに頼みました――その後、名高い四人組に敬意を払って彼らだけにしてくれました。二重あごに無精ひげを生やした酒場の主人、通称K・リプスナード親父が石鹼水入りの洗面器とぼろきれを提供してくれたので、王子たちは多少きれいになりました。

「ああ、よくやった、ハーモニア」グスタフも同意しました。

「ありがとう」フレデリックは、はにかんで答えました。

21 プリンス・チャーミング、ギャングの仲間になる

「ドワーフたちに大胆不敵のダンカンと呼ばれるのはいやだったけど、きみが言ったのはよかったな。なんだか違って聞こえるんだよ」ダンカンが言いました。

「それはぼくが本当にそう思っているからですよ。きみは山賊王との決闘を買って出たし、二十倍も大きい巨人の前に立ちはだかりました――間違いなく大胆不敵ですよ」

リプスナード親父が近寄ってきて、大きなジョッキを四つ、テーブルに置きました。泡立つ黄褐色の濃厚な液体でなみなみと満たされています。

「店のおごりだよ」

「どうもありがとう」フレデリックがお礼を言いました。

「わたしは飲まない」リプスナード親父が離れると、リーアムが言いました。

ダンカンはにおいをかぐと、ぶるっと震えました。「ひゃー！　何だこれ？」

「見当もつきません」飲み物の表面に立ち上ってくる泡を見て、フレデリックは顔をしかめました。「中で何か泳いでいるみたい」

グスタフは自分のジョッキをつかむと、ひと息に飲みほしてしまいました。音を立てて空のジョッキをテーブルに置くと、口の回りを袖でぬぐいました。「ひでえ味だ」

ほかの三人が笑い、グスタフでさえわずかに笑みを浮かべました。

「それでリーアム」フレデリックが切り出しました。「新しい作戦はどういうものですか？」

「待って待って！　まだ言わないで」ダンカンが制しました。「当ててみるね。それは……空飛ぶサルを使うんじゃない？」

「うーむ、ダンカン、残念ながらそれはたぶん存在しないので、なしでなんとかしなければなら

ない」リーアムが言いました。「だが、きみたちが本当に聞きたいというなら、ずっと考えてきた新しい作戦はある。それには四人全員が必要だ。だからまず確認したい……みんな一緒に来てくれるのか?」

「行きます」フレデリックが言いました。「今ならぼくも、目的のために役立てるとわかりましたから」

「ぼくは最初から、ばらばらになりたくなかったんだよ〜」ダンカンがにこにこしました。

「グスタフ、きみは?」

グスタフは肩をすくめました。「多勢に無勢なんじゃないのか」

「何言ってるんですか」フレデリックが笑いました。「つい十分前には、三十人の敵に突っ込んでいってたのに」

「わかった、わかった」グスタフは仕方ないという調子で言いました。「おれもまだここにいる。それでいいだろ?」

「いいか、フレデリックの言ったことが核心を突いている」リーアムが言いました。「グスタフ、きみは抑えどき、引きどきを知らない。だがそれがきみだ。それも計算に入れておかねばならなかったんだ。わたしのいちばんの間違いは、それぞれの強みを把握していないところにあった。ここにいるフレデリックが、それに気づかせてくれたんだ。

グスタフ、きみはとてつもなく打たれ強い。それを利用できる。フレデリック、きみは話がうまい。われわれのグループの外交担当だ。そしてダンカン、あー、きみは正気の沙汰《さた》じゃない行動力という面で実に頼りになる。危険を顧みない。つまり、いい意味で、ということなんだ

21 プリンス・チャーミング、ギャングの仲間になる

が……」

「別に気にしてないよ」ダンカンが言いました。

「で、えーっと、その才能をどう使うんですか？」フレデリックがききました。

「よし。反論する前にまずは最後まで聞いてほしい」リーアムが説明を始めると、ほかの三人は身を乗り出しました。「最初にしなくてはならないのは、ザウベラの城塞に戻って地図を手に入れることだ。新しい要素が投入されていなければ、突破すべき障壁は、巨人、ドラゴン、魔女の三つだ。フレデリック、きみを巨人担当とする」

「巨人？」フレデリックは今までにないほど勇ましい気持ちになっていましたが、たったひとりで巨人に対峙《たいじ》するという案は恐ろしく無分別なことに思えました。

「そうだ」リーアムが続けます。「巨人の注意を引きつけておいてほしい。戦うんじゃない。話をするんだ。心理戦を仕掛けろ。巨人に耳を傾けさせて、残りのわれわれに気づかせないようにしてほしいんだ」

「あの、ぼくをつぶしてしまうところだった巨人に近寄っていって、会話を始めろってこと？怪しまれるんじゃないかな……」

「もちろん怪しむだろう。だから信じさせる手立てがいる。そこで、やつにわざときみをつかまえさせる」

フレデリックが息をのみました。

「気に入らねえな」グスタフが言いました。

「フレデリックならやれる。わたしは信じている」

「もしこいつに何かあったら、おまえの頭をトマトみたいにもぐぞ」

「グスタフ、大丈夫です」フレデリックは片手をグスタフの肩に置いて、落ち着かせようとしました。「やってみようと思います。それに、きみにはもっと大事な役目があるでしょう」

「そうだ、グスタフにはドラゴンの面倒をみてもらいたい」

「おっ、いいじゃないか」グスタフが活気づきました。

「目的は攪乱《かくらん》だ。フレデリックが巨人にとる作戦と根本的には同じということになる。ドラゴンは動物だから、何か欲しい物を見つけたらあとを追う。きみのあとを追わせて、ひたすら動き続けてくれ。もし打ち倒されたら、また立ち上がって逃げてほしい。動きを止めたり、あきらめたりされないよう気をつけてくれ。常に動き回るんだ」そして絶対に死なないでくれ、とリーアムは心の中でつけ加えました。作戦中で、ここがもっとも危険な部分だというのは、わかっています。しかしそれができるのはグスタフだけなのです。

「どうかな」グスタフは疑わしげに言いました。「おれはいつも獲物を追うほうで、逃げたことはないからな」

「新しい挑戦をしてみるのもいいものだぞ」

「わかった」グスタフは歯切れ悪く同意すると、ちょっとおいてからつけ加えました。「ドラゴンを殺してもいいか？」

「お願いだからやめてくれ」リーアムは話を合わせました——グスタフがドラゴンを負かしてしまう可能性など、実際には案じていませんでしたが。「ドラゴンにはあとで役立ってもらわねばならないから」

21 プリンス・チャーミング、ギャングの仲間になる

「おまえがそう言うなら」グスタフはしぶしぶ従いました。

「きみたちふたりが巨人とドラゴンを引きつけている間、ダンカンとわたしは地図を探しに城塞の中に忍び込む。前に入ったときはドラゴンに不意を突かれた。今回も思いもよらない何かがあったときのために、ダンカン、きみを連れていく。きみはワイルド・カードだ」

「うん、ワイルド・カードね。七並べのときのジョーカーみたいに、ぼくはダイヤにもなるしスペードにもなるよ～。何でもきみがなってほしいものになる。それ、ぼくにぴったりの役目だ」

「地図を手に入れたら、すぐ外に出てグスタフを助ける。わたしたち三人でなんとかしてドラゴンの向きを変えさせて、この間みたいに巨人を襲わせるんだ」

「どうやって？　ステーキで釣るの？」

「それもいいな」論理的な提案がダンカンから出てきたことに、リーアムはうれしい驚きを感じました。「巨人がドラゴンの相手をしている間に、フレデリックを連れて逃げる。それから地図を頼りに、囚われている人々を見つけて自由にするんだ。みんな、わからないところはないな？」

三人はもごもごと返事をしつつ、うなずきました。

「まだ充分じゃないな。もう少し、熱意をもっていこうじゃないか。わたしは英雄だ。そして必ず成功するとわかっている」

リーアムは立ち上がるとダンカンを指差し、芝居がかったポーズをとって問いかけました。

「ダンカン、きみは何だ？」

「人間！」興奮でぶるぶる震えながら、ダンカンが叫びました。

「もう少し具体的に」リーアムが言いました。まだ芝居がかっています。

「身長百五十七センチの人間！」

「ここは英雄と言ってほしいところなんだ」リーアムがひそひそとヒントを出しました。

「英雄！」ダンカンが叫びました。「ぼくは英雄だ！」

リーアムは向きを変えました。「フレデリック、きみは何だ？」

「ぼくは英雄です」誇らしげに胸を張りながら、フレデリックが答えました。「たぶん、違うタイプの英雄ですが、それでも……」

リーアムがまた向きを変えました。「グスタフ、きみは何だ？」

「うぜえ、やめようぜ」グスタフが腕を組んで言いました。

「きみは英雄だ、グスタフ。わたしたちみな、英雄なんだ。もし同じことを一時間前に言ったとしたら心からの言葉ではなかったかもしれない。だが今は違う。われわれは唄に歌われなかった英雄だが、時がくればすべてが変わる。だからやろう。やり遂げてみせよう。わたしたちはチームだ」リーアムはテーブルの中心に向かって片手を出し、ほかの三人が手を重ねてくるのを待ちました。

ダンカンがいきなり立ち上がり、リーアムの伸ばした手を勢いよく叩いて、「遅すぎ！」と何も考えていない顔で叫びました。

フレデリックとグスタフが笑い、「よし、おれたちはチームだ」とグスタフが言いました。

「まあいいか、じゃ、みんな」リーアムが言いました。「それぞれ準備が必要だ。少しでも価値のある物はことごとく山賊王に取られてしまったが、物々交換に使えそうな何かが残っていないだろうか」

21 プリンス・チャーミング、ギャングの仲間になる

フレデリックが上着の隠しポケットを奥深くまで探ると、ダイアモンドの指輪が出てきました。

「ああこれ、山賊王は見逃したみたいですね。エラを見つけたらこれを贈って、戻ってくれるよう お願いするつもりでいたけど……。でも、今すぐぼくたちのために使うほうが役に立ちそうですね」

「ありがとう、フレデリック」リーアムが感謝して、フレデリックの肩をギュッと抱きしめました。「酒場の親父にもちかけてみよう」

フレデリックの指輪と交換にリプスナードから手に入れたのは、四人分の着替えと、腐って見えるカピバラのステーキ肉が詰まったリュックサックでした。

「新しい武器もあるとありがたいんだが」リーアムが言いました。

「それについてはお役に立てませんで」リプスナードがすまなそうに答えました。「あっしの店では暴力のための道具を許可していないんでさぁ」

「だがみんな武装しているじゃないか。どうしてそんなことを――まあ、仕方ない」少なくともまだドワーフの剣が二本あります。

「レモネード、うまかったでしょ」立ち去ろうとすると、リプスナードが言いました。

「さっきのはレモネードだったのか?」リーアムは呆気《あっけ》にとられました。

店の裏にある貯蔵室で、四人は新しい服に着替えました。食堂に出てくるとみなが一斉に注目しました。

「ほぉ、これはこれは」リプスナードが笑いました。「あんたがたが有名な王子だとは、あっしにはまだ信じられませんな。プリンス・チャーミングにはとんと見えませんぜ。なぁ?」

四人は黒ずくめの出で立ちで、まるで盗賊の一味のようです。

「それでいい」リーアムが言いました。「これからプリンスらしからぬことをしに行くところだからな」

旅籠屋のたくましい常連たちが、王子たちを上から下までじろじろ眺めました。

「心配いらねえぜ」ひげの海賊が言いました。「そういう服装《なり》をしてれば、どいつもこいつも避けて通るだろうよ」

「ぼくたち本当に怖そうに見えますよね」わくわくしたフレデリックがグスタフにささやきました。

「おれはもともと恐ろしい男だ」グスタフが言いました。

「ご武運を〜」リプスナードが手を振って四人を送り出しました。「ずんぐり猪犬亭は、あんたがたプリンス同盟をいつでも歓迎しますぜ」

「プリンス同盟か」フレデリックが繰り返しました。「いい響きですね」

「ねえねえ、プリンス・チャーミング同盟というのはどう?」ダンカンが提案しました。

「いや」リーアムとグスタフがそろって否定しました。

「プリンス同盟」リーアムが言いました。「ただのプリンス同盟がいい」

「仲良しクラブじゃないんだから、名前なんかつけなくていいんだ」グスタフが文句をつけました。

四人の王子たちがずんぐり猪犬亭を出て、ゴミの散乱した路地に足を踏み出すと、ちょうど旅

21 プリンス・チャーミング、ギャングの仲間になる

籠屋に向かってきた黒装束の屈強な男とぶつかりそうになりました。

「おっ、遅かったか？」その見知らぬ人物は、王子たちの服装を見て言いました。「気が早えな。もうちょっと待っててくれてもいいだろうに」

「何ですって？」フレデリックがききました。

「旅籠屋の中で会う手筈《てはず》だったじゃねえか。あんたらも魔女の運び屋だろ？」

ダンカンが一歩進み出てポーズをとり、自己紹介を始めました。「われらはプリ――」

即座にリーアムがダンカンを突き飛ばし、あとを引き継ぎました。「運び屋だ。えーっと……プリン好きで意気投合した運び屋のグループだ」

「そうか、グループでやってたとはな」見知らぬ男が言いました。「おれは単独のフリーランスだ。そうと知ってたら待たせなかったんだが」そして肩から下げている鞄に手を入れて、五本の巻物を取り出しました。「とにかく、これが文書だ」

王子たちにそれぞれ巻物を一本ずつ渡します。「これはシルヴァリアへ。これはハーモニア。ん、こっちはエイヴォンデル、こっちはエリンシア、と。ストゥルムハーゲン城宛てのやつはおれが自分で持っていく」

王子たちは素早く羊皮紙の巻物に目を通し、要点をつかもうとしました。「宮廷詩人は預かった……バットウィング山……夏至《げし》の日の日没……世界がいまだかつて経験したことのないような殺戮……悪々　ザウベラ」

「ぼくがシルヴァリア担当のほうがいいよね」ダンカンが言いました。「交換する？」

グスタフがダンカンを突き飛ばして黙らせました。

「確かに受け取った。間違いなく配達しよう」リーアムが言いました。「グスタフ、われらが友人にお礼をしたほうがいいよな?」

グスタフが魔女の運び屋のあごを力いっぱいに殴り、一発で気絶させてしまいました。その手から五本めの巻物を抜き取ると、ぐにゃぐにゃになった身体を近くの樽に押し込んで、道の向かいにある空き家の中へ窓から投げ入れました。

「えー、みなさん」フレデリックが恐怖で顔をひきつらせました。「この文書が言わんとしていることは、全員理解しましたよね?」

「ああ」グスタフが言いました。「つまり計画変更だ——おれは家に帰る。おれの人生を台無しにしたやつらを救うために張り切るいわれはない」

「グスタフ!」フレデリックが非難しました。「ぼくたちのうち誰ひとり、宮廷詩人から受けた扱いを快く思っていません。でも彼らに罪はないんですよ」

「罪がないとかどうとか、おれにはよくわからん」グスタフがぶつぶつ言いました。

「見捨てるわけにはいきません。リーアム、何か言ってください」

思いに沈んだリーアムは無言でした。危険にさらされている命があるとき、今まで決して躊《ちゅう》躇《ちょ》したことはありません——しかし、宮廷詩人を救出しなければならないような機会もありませんでした。それに今回は単に宮廷詩人というだけではないのです。音色満ちるタイリース——リーアムの英雄的行為を何年も無視し続け、またプリンス・チャーミングなどと匿名の存在に貶《おとし》め、自分が手にしてしかるべき名声を奪った男が含まれています。これは試練だ、とリーアムは思いました。

21 プリンス・チャーミング、ギャングの仲間になる

「リーアム？」再びフレデリックが促しました。

「この手紙に書かれている情報を知ったからには、計画は変更せざるをえないだろう」リーアムが言いました。

「唄歌いのやつらを魔女のところに放っておくというのか？」グスタフが信じられないという面持ちで言いました。「おまえがそう言うとは思ってなかった」

「そうじゃない。囚われ人が誰であっても、解放されねばならないことに変わりはない。しかし今日は夏至の前日だ。魔女が殺戮を計画しているのは明日なんだ。予定どおり地図を手に入れたとしても、すべての塔へ行くには時間が足りない」

「確かに。ではどうします？」フレデリックがききました。

「援軍を要請しよう。ここからいちばん近いのはストゥルムハーゲン城だ。地図を手に入れたらすぐ、グスタフの兄たちのところに持っていく。そうすれば二十人で手分けできるから、塔全部に間に合うかもしれない」

「おれに、兄たちに助けを頼めって言ってんのか？」グスタフの息が荒くなりました。「ラプンツェルに頼めっていうのの次に最悪だ」

「人手が必要なんだ。それしか望みがない」

「嫌いなやつらを救うための最後の望みってわけか」

「グスタフ、お兄さんたちのほうが注目を集めてるって感じているのは知ってます」フレデリックが言いました。「でもこういうふうに考えてみてはどうですか。単に彼らには評判をとる時間が余分にあっただけなんだって。だってきみよりずっと年上なんでしょう」

「たったひとつかふたつだけだ！」

「十六人全員がか？　なぜそんなことがありうる？」リーアムがききました。

「おふくろは八つ子を二回産んで、その次におれなんだ」グスタフがむっつりと説明しました。

「なんと……」リーアムがたじろぎました。

「グスタフ、きみにはどうしても協力してもらいたいんです。お願いですから」フレデリックが頼みました。

「なあ、英雄であるというのは、栄光を手にすることとは違う場合も往々にしてある。成されねばならぬことを成すしかないんだ」リーアムが言いました。

「それはわかる。だが、どうしても譲れない部分だ。唄歌いのやつらの救出は手伝うが、おれたち四人でやる場合のみだ」

「わかった。仕方がない」

「ねえ、みんな」突然、ダンカンが割って入りました。「魔女が塔の中に閉じ込めているのが誰だかわかった。宮廷詩人たちだよ！」

「いい推理だ、ダンカン」リーアムが言いました。「さあ、本物の運び屋が姿を現す前にここから去ろう。宮廷詩人たちにとって頼みの綱はわたしたちだけなのだから」

「申し上げたとおりでございます、陛下」絨毯《じゅうたん》が敷き詰められたストゥルムハーゲン城の謁見《えっけん》の間で、オラフ王とバーティルダ王妃の前にひざまずいたペニーフェザーが言いました。「魔女はもっとも卑劣な手段でもってリリカル・リーフの命を奪おうとするでしょう。ほか三名のわが

21 プリンス・チャーミング、ギャングの仲間になる

朋輩も同様です」

「それは由々《ゆゆ》しき事態だ」筋骨たくましい王は、雲のように豊かなあごひげをなでさすりながら言いました。すぐそばで彫像のようにゆるみなく整列している十六人の重装備の男たちに、王の視線が向けられます。「ヘンリク、兄弟全員が抜かりなく武装しているか確認しろ。そしてバットウィング山へ向かうのだ」

「準備万端です」ストゥルムハーゲンの一の王子ヘンリクが言いました。「まあ、グスタフは別ですが。今日もまた、ひとりどこかで遊んでいるようです」

「かまわん。おまえたち十六人で充分だ。すぐに出発しろ」

ヘンリクを先頭に足並みそろえ、兄弟たちは威風堂々と部屋を出ていきました。


同じころ、別の王宮でのことです。

「わたくしの王子を手に入れず、おめおめと戻ってきたなんて信じられませんことよ！」ブライア・ローズは叱りつけ、干しイチジクの入った黄金の鉢を手に取ると怒りにまかせて投げつけました。ステンドグラスの窓が割れ、色とりどりの破片が大理石の床に雨あられと降り注ぎました。

「たったひとつだけの単純な仕事でしょう？　わたくしのもとへリーアム王子を連れてくること。そのひとつさえできずに、無礼な妹のほうだけ連れて現れるとは」

蒼のラフィアンは自分の足下に目をやったまま、「理由は申し述べたつもりだが」とうめくように言いました。

「ブライア、落ち着いて」ライラが言いました。「信じて、わたしがもっとも見たくないシーンは、

リーアム兄さんがあんたにつかまってるところだよ。でも今すぐバットウィング山に軍隊を送ってくれなきゃ、兄さんが死んじゃう。どういうことかわからない？　結婚できなくなるんだよ！」

ブライアは鼻にしわを寄せてライラに言いました。「あなたみたいな虫けら姫に言われなくても、それくらい理解してますわ。単に癇癪玉《かんしやくだま》を爆発させただけよ。プリンセスとして当然の権利ですからね」そして近くに控えていた衛兵のほうを向きました。「エイヴォンデル全軍、十分以内に出動するように。それからわたくしの馬車も用意させなさい」

「馬車？」ライラはびっくりしました。

「めそめそラフィアンがまた失敗するのをじっと待ってなどいられませんわ」ブライアが眉をつり上げました。「わたくしが同行して、リーアムを間違いなく連れ帰るよう采配します。あなた方も一緒に来なさい」

十分後には、五百人から成る騎兵隊がエイヴォンデルの旗の下に出発して（ちなみに、この旗でリーアムが足を拭いたことなどありません）、みなしごの荒野を目指し、ラフィアンの秘密の近道を使って森を進軍しました。軍隊の先頭は常軌を逸した豪華さの黄金の馬車で、中にはブライア・ローズと蒼のラフィアンに挟まれたライラが居心地悪く座っています。

ラフィアンがライラの手首に手錠をかけました。その鍵をブライアがひったくり、窓から投げ捨てました。わけがわからず、ラフィアンは呆然《ぼうぜん》としました。

「わたくし、このガキを信用しておりませんの」ブライアが言いました。

「長い旅になりそう」ライラがため息をつきました。

21 プリンス・チャーミング、ギャングの仲間になる

また別の道では、別の軍隊が進んでいました——黒装束の男たちで、馬に乗る者もあれば徒歩の者もあります。彼らは槍や棍棒、剣、鍋釜や寝袋で満載の荷馬車を牽《ひ》いていました。荷馬車の屋根の上に座っているのは、山賊王ディープ・ラウバーです。パチンコで手下の背中をクルミで撃っては狂ったように笑っています。

そう遠くない場所では、小さめの荷馬車がガタガタと森の中を走っていました。フリック、フラック、フランクは終始無言で眉ひとつ動かしません。荷馬車の中に座っているスノー・ホワイトは、今朝から数えて四十七枚目の鍋つかみを編むのに集中していました。ダンカンを案じる気持ちをまぎらわそうと必死なのです。

同じ森の中、また別の場所では、エラが道なき道を全力疾走して、腹を空かせたオオカミから逃げていました。ハリエニシダの茂みを飛び越え、迫りくる猛獣の牙から逃れるため、身をくねらせて中が空洞になった倒木《とうぼく》に潜り込みます。立派な体格の獣もあとを追おうとしましたが、すぐに頭がつかえて身動きがとれなくなってしまいました。エラは大声で笑い、反対側の穴から外に出ると、また走っていきました。

さらに別の道では、緑色の髪の男が大きな棒キャンディを竹馬にしてよたよたと歩いていました。その肩には、燃え立つように鮮やかな羽根の極楽鳥が止まっています。しかし、この物語にはまったく関係のない人物なので、無視してしまってください。

こういったもろもろをまったく気にすることもなく、ザウベラは深い森を飛ぶように移動して、前を横切る命知らずのリスや仔ウサギをことごとく焼き払いました。うしろに浮いている緑色の玉には、恐れおののく四人の宮廷詩人がぎゅうぎゅうに詰め込まれています。ペニーフェザーを逃がしてしまったゴブリンたちに浴びせられた怒りは、それはもうすさまじいものでした。一部始終を目撃した宮廷詩人たちは、誰ひとり二度とベーコンを食べられる気がしませんでした。

魔女はバットウィング山に向かっています――今宵、夏至の前夜、あらゆる者どもがそこを目指しているのです。

ONCE UPON A TIME,
THERE WERE A PRINCE AND A PRINCESS...

22

プリンス・チャーミングは覗き屋

意気盛んな王子たちは足音高らかに森を進みました。ダンカンがお気に入りのドワーフ版キャンプファイヤー・ソングを歌って聞かせました。「炎よ、ひげよ、触れ合うことなかれ～」そして一段と盛り上げて歌い終わりました。「決してかがみ込むなよ、炭火の上ぇ～～～にぃ～～～」

――リーアムとフレデリックが拍手しました。

「ありがとう、ダンカン」リーアムが言いました。「なかなかいいな、その曲」

「本当に。命がけの対決に向かっているにしろ、楽しい気分になれましたよ」フレデリックが微笑みました。「それにしても、馬を取り戻せたらいいのにと切望せずにいられません」

「ぼくも」ダンカンが言いました。

「おまえはもともと馬に乗ってなかっただろ」グスタフが鼻を鳴らしました。

22 プリンス・チャーミングは覗き屋

「今回のことじゃないよ～。数か月前になくしちゃったんだ。パパ・スクートという名前なんだけど。ある日パパ・スクートに乗って小川まで走っていったら、ぼくがマスに名前をつけている間にどこかに行っちゃったんだよ。ぼくのことが恥ずかしかったのかも」

「わたしの馬は、あらゆる冒険の旅を共にした同志だった」リーアムが言いました。「もし邪悪な妖精との戦いのときに一緒にいてくれなかったとしたら、生きて帰れたかどうかわからない。先に言っておくが、ラウバーの城にまた戻ってサンダーブレイカーを探すチャンスがあれば、わたしは必ずそうする」そのとき、小ばかにするような笑い声が聞こえました。

「何が言いたい、グスタフ」

「サンダーブレイカーって。ちょっとかっこつけすぎだろ」

「頑健《がんけん》な軍馬に力強い名前をつけて何が悪い？」

「軍馬だと――ふん」グスタフが嘲笑いました。「おれの馬こそ本物の軍馬だ。尻のたくましさを見たか？」

「はっ、ではその世界最強の馬の名前を聞かせていただくとしようか」リーアムが冷たく言いました。

グスタフがもごもごと口ごもりました。

「えっ、何ですって？」フレデリックがにやにやしながらきき返しました。

「ジュウナナ」さっきよりは少し大きな声で、グスタフが言いました。

「十七の、何？」ダンカンがききました。

「ただのジュウナナだ！　それが名前だ。おれがつけたわけじゃない。うちでは一定の年齢になったら馬を与えられるんだが、年の順に馬の名前がつけられる。だからおれのはジュウナナなんだ」

「ぼくの馬の名はグウェンドリンです」フレデリックが言いました。「一緒に過ごした思い出が多いわけじゃないですけど。旅に出る日の朝に初めて乗ったんですから。でもぼくの悲惨な乗馬技術によく耐えてくれたことを思うと、かなりの愛情を感じるようになりました。いつかきっと再会したいですね」

「あれがそうじゃない？」木々を透かした向こうで草を食《は》んでいる黄褐色の雌馬を、ダンカンが指差しました。

王子たちは足を止めました。その馬の鞍《くら》には確かにハーモニアの紋章が刻まれています。四人はそっと近づいていきました。

「本当にグウェンドリンだ」驚きに打たれたフレデリックが声をもらしました。

「ジュウナナ！」グスタフも近くに自分の馬を見つけて笑みを浮かべました。そして自分が笑顔なのに気づくと、誰かに見られる前に急いで表情を変え、地面につばを吐きました。

「あそこにわたしたちの馬が全部いる」リーアムが言いました。

「うん、ぼくの以外ね」がっかりしたダンカンがつけ加えました。もしほかのみんなの馬がいるのなら、魔法のラッキーパワーによって一緒にパパ・スクートも戻ってきていいはずだと思っていたのです。

王子たちの馬三頭は（ほか何十頭もの馬と共に）間に合わせの囲いの中で木につながれていました。

「馬がたくさんいますね。あんなところで何をやっているんでしょう」フレデリックが言いました。「山賊王が仲買人か誰かにぼくたちの馬を売ってしまったんだと思います?」

「いや、ラウバーや手下たちが自分のものとして使っているんじゃないだろうか」リーアムが言いました。「あっちのほうを見てみろ。だが決して音を立てるなよ」

ほかの三人を促して山道を外れると、リーアムは木々の先に見える茶色いキャンバス地のテントを指差しました。

「山賊が何人か来てるってことかな」ダンカンが言いました。四人の王子たちは低く身をかがめ、静かに近寄っていきました。そのうちテントがひとつだけではないのが見えてきました。町ひとつ作れそうなほどのテントが一帯に設営されており、全部を数えることもできないほどです。中心にはためいている旗には、年老いた王が巨大な靴で蹴られている意匠《いしょう》が施されていました。山賊王の旗印です。

「山賊どもが全員来ているようだな」リーアムが言いました。

けだもののような外見の男たちがテントから出てきて――うち何人かは山賊王の城で見た覚えがあります――辺りをうろついては、しゃべったり小突き合ったりしていました。日が沈み、山賊たちはかがり火を焚《た》いて、黒ずんだ鍋でオートミールを温め始めました。

「やつらはめしの準備で忙しそうだ。気づかれる前に馬を取り返そうぜ」グスタフが言いました。

「いや」リーアムが制しました。「しばらく馬はそのままにしておこう。山賊どもが何を目論《もくろ》んでいるのか知る絶好のチャンスだ。盗賊の黒い服を着ている今なら、まぎれ込んで盗み聞きをするのにちょうどいい」

「見てください！」フレデリックが息をのみました。「ホーレスとネヴィルです！」

「誰だ？」

「シルヴァリアの家でぼくたちがつかまったふたり組ですよ。ダンカンに巨大な剣を投げた大きいのと、見すぼらしい口ひげの小さいのと」

「あ、ほんと。あいつらだ～」ダンカンが言いました。ホーレスとネヴィルは、野営地の周縁を歩きながら話し込んでいました。

「へっ。あいつら、ラウバーにやられてしまったかと思ってたぜ」グスタフが言いました。

「こっちだ」リーアムは小声で言うと、しゃがんでホーレスとネヴィルのうしろ一メートルほどのところまでこっそり忍び寄りました。ほかの三人も息をひそめてあとに続きます。

「おれたちゃ今後いったいどうなると思う？」ネヴィルのいつもの鼻声が聞こえました。

「元の仕事に戻してもらえるといいんだがな」ホーレスが言いました。「馬の世話をするような柄じゃねえんだ」

「そいつは無理そうだけどな。だろ？　何日も責め苦を受けて、殴られたあとがまだうずきやがる。正直、生きてられてよかったよ。頭がついたままでいられるなら、おれは秘密でも何でも喜んでもらしちまいそうだ」

「だけどよ、あのガキが人を殺すのは見たことないよな。おれらが仕えて働いてる相手は子供だってわかってるよな？」

ネヴィルがふいに足を止めました。同時にリーアムも止まったので、うしろの三人はぶつかって体勢を崩しました。四人の王子たちはもがきつつ、互いの肩をつかんでなんとか持ち直しました。

「それを言うなよ!」ネヴィルが押し殺した声で激しく責めました。「死にてえのか? やつのテントのすぐ近くなんだぞ。もし聞かれたら……おまえがやつのことを、こ、こ……」

「ちびの子供」

「あーっ、黙れ、黙れ、黙れーっ!」ネヴィルはかぶっていた黒いフェルト帽を取って、それでホーレスを叩き始めました。ホーレスはにやにやしました。びくつくネヴィルを見て楽しんでいるのです。

「坊やが何を欲しがってるか、ご用伺いに行こうぜ」ホーレスはそう言うと歌い出しました。「ぼろきれとカタツムリと仔犬のしっぽ、男の子ってそんなものでできている」

ネヴィルは言葉を失って、自分の額をぴしゃりと叩きました。

ふたりの山賊は大きなテントに入っていきました。王子たちは横歩きで裏に回り、泥のような色のキャンバス地に耳を押し当てていました。

「お呼びですかい、お頭《かしら》」ホーレスの声が聞こえました。山賊王について軽口を言ってネヴィルをやきもきさせるのを好む一方で、極悪非道の子供を前にしたときはいつも完璧に敬意を払ってみせるのでした。ディープ・ラウバーの逆鱗《げきりん》に触れて悲惨な最期を遂げるつもりはないのです。以前ラウバーのクッキーを一枚盗み食いするという間違いを犯し、一週間ＢＢ弾を当てられる刑に処された者がいるのをよく覚えていました。

「おまえらふたりを頼りにしてるのはわかってるよな?」ラウバーが持ち前の甲高《かんだか》い声で言いました。

「あー、はい、もちろんです」ネヴィルが答えました。

「やれることはなんでもやりますぜ」ホーレスが言い添えました。

「こないだの屋根の上での大失態をまだ許したわけじゃねえが、右腕として信頼できるやつが必要なんだ。嘆かわしいことに負け犬ぞろいの手下どもの中では、おまえらがまだましってわけだ」

「ありがたいお言葉」ネヴィルが言いました。

横からホーレスが小突いて耳元で言いました。「ほめられてねえぞ」

「で、これを言うのは非常に心苦しいんだが」ラウバーが必要以上に改まった口調で続けます。「ここにおまえたちふたりをおれ直属の正式な騎士に叙す。ホーレス卿、ネヴィル卿」

「光栄ですぜ、お頭」ホーレスが答えました。

「おれの騎士として、新しい城の日常業務を統括しろ。前のよりうんと大きい城だろうから、もっと掃除が必要になるだろうな。厨房《ちゅうぼう》もまともに働かせろ。全員を――ことのほかおれを――ちゃんと食わせていい気分にさせろ」

「こんなこときいていいかわかんねぇんですが」ネヴィルがおそるおそる言いました。「もしこいつとおれが騎士に出世したんなら、もうちょっと、なんつうか、おもしろい仕事をさせてもらえるんじゃねぇんですか？」

「BB弾の用意をしようか、ネヴィル卿よ？」

「いえ、お頭」

「さっきの続きだが、来客もおまえらふたりの担当とする。もしおれが王国を持ったら、遠い国からも、あらゆる要人が引きも切らず訪問してくるだろうからな。そういうやつらを晩餐会とかでもてなして、それから——よく知らんが——外交交渉とやらをやるんだ。そのあと持ち物を全部盗む」

ラウバーが笑うと、王子たちは信じられない思いで顔を見合わせました。

「すげえ、お頭。天才的な計画ですぜ」ホーレスがほめそやしました。

「当然だ！」喜色満面のラウバーが叫びました。「たった二時間警備するだけで、見返りに王国をまるごとひとついただく。王になったら、おまえらぼんくらどもだけじゃなく、大勢のお人よしどもをこき使えるんだぞ。楽しみでたまらん」

「五つの王国からどれでも好きなのを取っていいと魔女は言ってましたが、どれにするか決めたんですかい？」ネヴィルがききました。

「ああ、今いるこの王国が合ってる。ストゥルムハーゲンにするつもりだ」

「そうかい、上等だ」グスタフが食いしばった歯の間からもらしました。「今すぐ全滅させてやる」

「グスタフ、だめだ」リーアムがグスタフの腕をつかんで、立ち上がろうとするのを阻止しました。「こっちは四人、向こうは二百人くらいいる——やつの城で見たよりも多い。これは思わぬ障害だ。わたしたちの作戦に変更を加えねばなるまい。わたしたちだけでラウバーの全軍を相手にしていたら、地図を手に入れることさえできないだろう。まずはストゥルムハーゲン城へ走って援軍を頼むべきだ」

「いやだ、今すぐやつらを叩きのめす」グスタフがうなりました。

「グスタフ、理性的になれ。わたしたち四人だけで軍隊と戦うのは無理だ。だが、おまえの兄たちや城の衛兵が加われば――」

「こんなこと話しても時間の無駄だ。今すぐにこの布を破って、生意気なちびガキの相手をしてやればいいだけだ」

フレデリックとダンカンが、同時にしーっと音を立てました。

「グスタフ、今まで猪突猛進が役に立ったことがあったか？」リーアムがぴしりと言いました。

「じゃあ、もっといい考えを言ってみろよ、ひらめき教授」

フレデリックとダンカンは、ふたりを黙らせようとやっきになりました。

「いい考えはすでに言った。おまえの家族に助力を頼みに行くんだ」

「ありえねえ！　自力でラウバーをやっつける絶好の機会なんだぜ。ガキ大将さえ押さえれば、軍隊なんかすぐばらばらになるだろうよ」

「危険すぎる！　わたしの目の前でひとりでも死ぬようなことがあってはならない」

「ちょっと」フレデリックが小声で割って入りました。「声が大きすぎます」

「邪魔をするな！」リーアムとグスタフが声をそろえて叫びました。

「ありゃ何だ？」テントの内側で山賊王が言うのが聞こえました。

「しまった」リーアムがつぶやきました。

ホーレスとネヴィルを左右に従えたラウバーが、テントから飛び出してきました。

「こりゃたまげた」ラウバーがげらげら笑いました。「まぬけなやつらだとは知ってたが、自分で戻ってくるほどだったとはな！」そう言うとその場で踊り出し、喜びの雄叫びを上げました。

22　プリンス・チャーミングは覗き屋

山賊たちが四方八方から駆け寄ってきます。リーアムが「ふた手に分かれるんだ」と言ってダンカンの腕をつかみ、引っ張って走り出しました。グスタフはフレデリックの襟《えり》をつかんで反対方向に走ります。

「野郎ども！」ホーレスが放った大声は、テントの町に響き渡りました。「王子たちがいるぞ、つかまえろ！」

「うあぁ、足がしびれてる」無様《ぶざま》にぴょこぴょこと引きずられていくフレデリックが泣き声を上げました。「うぁ、うぁ、うぁ、うぁ、うぁ！」苛ついたグスタフは、フレデリックを肩にかつぎ上げて走り続けます。山賊たちが次々と突撃してきましたが、近くに迫るたびにグスタフは向きを変えてフレデリックを振り回し、靴のかかとで敵の顔を直撃しました。「うわぁ、足のしびれが治った」

ネヴィルがさっとグスタフの前に飛び出てきて道をふさぎ、鋭い刃《やいば》が光る短剣を抜きました。

「お願い、ナイフを持った男のほうに走らないで」フレデリックが言いました。

「つかまってろ」グスタフはそう言うと、せせら笑いを浮かべるネヴィルに突進していき、フレデリックの編み上げ靴を片方引き抜いて投げつけました。靴のかかとがちょうど眉間《みけん》を強打し、ネヴィルはうめき声を上げて地面に倒れました。グスタフはスピードをゆるめることなく腕を伸ばして投げた靴を拾い上げ、またフレデリックの足に履かせました。さらにおまけとして、ネヴィルの手を踏みました。グスタフはフレデリックを肩にかついだまま、大型トラックのように辺りをなぎ倒しながら走り続け、野営地を出て木々の向こうに消えていきました。

一方、リーアムとダンカンはホーレスに追われていました。「おまえら、おれたちに会いたくてしようがなかったんだろ」大きな山賊が叫びました。「またすぐ会いに戻ってくれて感動したぜ」

「完全に誤解してるよ！」テントを張った縄を次々と飛び越しながら、ダンカンが言い返しました。「会いたくなんか全然なかったよ！　そんな理由でここにいたんじゃないよ！」

「皮肉を言われたんだよ、ダンカン、皮肉」つかみかかってきた山賊をよけながら、リーアムが言いました。

「スピードを落としたほうがいいぜ。もうどこにも逃げられねえぞ」ホーレスが言いました。

前方で山賊たちが壁を作っているのを見て、リーアムは止まりました。右を見ても左を見てもテントや荷馬車、荷物の木箱がひしめいていて、抜けられそうにありません。罠にかかってしまったのです。ホーレスが棍棒を揺らしながら悠々と歩いてきます——人間の頭をクレープみたいに平たくつぶせそうなほど、ばかでかく強力そうな武器です。

「ぼくを投げてみて」ダンカンが言いました。「どうなるか試してみよう」

「ばかな」そう答えたものの、リーアムは少し考えてみました。いつもはダンカンが言う〝魔法のラッキーパワー〟を変人のうわ言程度にしかみなしていませんでしたが、存在すると思えなくもない場面も確かにありました。たとえばラウバーの城の屋根から落ちて助かったときなど。期待に満ちたまなざしのダンカンを見て、リーアムは「よし」と肩をすくめました。

小柄なダンカンを持ち上げると、ホーレスに向かって真っすぐ投げつけました。大きな図体の山賊はそれを片手で危なげなく受け止め、しっかり抱きかかえました。

「ふはっ」ホーレスが笑いました。「こりゃどうも。こんなに簡単だとは思わなかったぜ」

22 プリンス・チャーミングは覗き屋

リーアムはがっかりして頭を振り、うしろから襲いかかってきた十人の山賊たちに対して無防備になりました。手足を押さえつけられ、剣も奪い取られてしまいました。ダンカンの命が敵の手に握られている今、抵抗しようもありません。

ホーレスに足首をつかまれてだらりとぶら下がったダンカンは、ラッキーがまったく起こらなかったことに、ひどく動揺していました。ホーレスが突然の心臓発作に苦しんで倒れることも、地面が割れて山賊たちを呑み込んでしまうこともなく、代わりに悪者に捕らえられてしまったのです。もう疑いようがない、とダンカンは思いました。ラッキーパワーは消えてなくなってしまったのです。

23

プリンス・チャーミング、座る場所を間違える

　グスタフが走るスピードをゆるめてフレデリックを地面に下ろしたとき、すでに日はすっかり沈んでいました。山賊たちの野営地からは何キロも離れ、辺りは緑が濃く茂っています。

「足のしびれはよくなったか？」グスタフがききました。

「ええ、かついでくれてありがとう」フレデリックが答えました。

「まだ追ってきていると思います？」

「いや。ひと息つけるだろう」

「そうだ、グスタフ、忘れる前に……。考えていたんです。きみは剣をなくしてしまったじゃないですか。ぼくのはまだあるけど、ぼくが

23 プリンス・チャーミング、座る場所を間違える

持っていてもどうしようもないんで、きみに譲りたいんです。そのほうがお互いにいいと思って」

　フレデリックはベルトに手を伸ばしてドワーフの剣を取ろうとしました。しかし、そこに何もないことに気づいてハッとしました。「えっ、そんな——」

「慌てるな。もうもらってる。おれも同じことを考えて、何時間も前から預かってたんだよ」

「ぼくの剣を盗《と》ったということ？」

「おれが持っていたほうがいいと思うって言ったじゃないか！」

「ぼくからあげたかったんです。盗られたくはなかった」

「どういう違いがあるんだ？　おれが剣を持っていて、それでいいじゃないか」

　フレデリックはため息をつき、暗がりの中を手で探って太い木の幹を見つけ、そこに寄りかかりました。

「真っ暗ですね。ダンカンが今、一緒だったらよかったのに。きっとポケットかどこかから明るい松明《たいまつ》を出してくれたでしょう」

「そうだな、それからベッドと枕と、フルートだけのオーケストラによる子守唄」グスタフがにやりとしました。「だが、まじめな話、やつを調子に乗らせるのは、やめたほうがいいんじゃないか。魔法の力があるって本当に信じてるわけじゃないんだろ？」

「なんとも言えません。かぼちゃが馬車になるところを見て以来、そういうことに対する疑念が薄れたんですよね」フレデリックが誠実な表情で答えました。「ダンカンとリーアムも逃げられたと思います？」

グスタフは肩をすくめました。「今探しに行くのは無理だ。夜明けまで休んで、それから出発しよう」

「それがいいですね」フレデリックは辺りを見回しました。頭上を厚く覆う緑の天蓋《てんがい》から、かすかに月の光がもれ落ちています。見えるのは木の輪郭だけです。フレデリックは背中を滑らせて地面に座ったかと思うと、金切り声を上げて飛び起きました。「イラクサだ！　とげだらけのイラクサがそこらじゅうに生えてる」

グスタフは足を前後に動かしました。「払いのければいい」

「横になるのにもっといい場所がないか探してみませんか？」フレデリックは草木をかき分けて、影の中にやわらかそうな緑色のものを見つけました。「あそこに良さそうな苔《こけ》のベッドがありますよ」

グスタフがそちらに目をやったとき、フレデリックはちょうど身を投げ出して、眠っているトロールのもさもさした緑色の毛皮に乗ったところでした。

「だめだ！」グスタフが叫びましたが、すでに遅すぎました。

「トロールに座った、誰？」怪物は大声でうなると起き上がりました。フレデリックは宙に放り出され、イラクサの茂みに背中から落ちました。「いてててててて！」わめきながらごろごろ転がるフレデリックを、トロールが拾い上げました。

「そいつを放せ、トロール」グスタフが剣を抜きながら脅しました。

「グアグアグア！　いがぐり男、おもちゃの剣、持ってる！」トロールの笑い声は、猫が毛玉を吐き出そうとするみたいに喉から絞り出されました。

23 プリンス・チャーミング、座る場所を間違える

「お遊びじゃないぞ、トロールめ。これはドワーフ製の鋼《はがね》だ。その男をすぐに降ろさないと、おまえを刺し貫いてやる」

「でも、いててて男、トロールに座った。いててて男、トロールの捕虜だ」

鉤爪のついた毛だらけの手を口の横に当て、トロールは木々の間に響き渡る大声で叫びました。

「トロール、捕虜とったどー！」

グスタフの周りで木々ががさごそと揺れ動きました。数秒もたたないうちに、さらに六頭のトロールが姿を現しました。うち一頭が「トロールの捕虜、二匹！」とうれしそうに言いました。

グスタフは剣の柄をぎゅっと握りしめました。数で圧倒されているうえ、暗闇の中で敵の姿がほとんど見えないにもかかわらず、いつものように戦いを挑もうとしたのです。

「やめてください、グスタフ」フレデリックがトロールの腕の中から懇願しました。「後悔するようなことをしないで」

今回ばかりはグスタフも思いとどまり、剣を地面に放ると、両手を上げました。トロールたちが飛びかかってきて、グスタフを高く頭上に持ち上げ、「ほ・りょ！　ほ・りょ！」という掛け声と共に暗がりの奥へと行進していきます。

グスタフは素早くフレデリックの姿を確認しました。最初のトロールの肩からぶら下げられています。「苔のベッドか――ふん」

翌朝、日が昇るとともに目覚めたフレデリックとグスタフは、トロールの村の中心で木の檻《おり》に入れられていました。とりあえず、トロールの村ということにしておきます。トロールが〝村〟

と言っているものは、人間にとっては〝丸太や枝の散乱状態〟であるからです。

トロールは建築に優れていません。彼らの〝家〟は、三本から五本の丸太を適当に寄せ集めているだけで、建築物とさえいえない代物《しろもの》でした。上等なトロールの家は〝扉〟を備えていることもありましたが、単にもう一本の丸太が立てかけてあるだけでした――出入りするときに、その余分な一本を脇にのけるのです。

王子たちが入れられている檻もお粗末な造りでした。フレデリックでも容易に折ることのできる細長い枝を縦に並べているだけなのです。しかも折る必要さえありません。格子の幅が充分に空いているため、そのまま外に出られるからです。しかも枝はつなぎとめられもせず、ただ立っているだけなのでした。たぶん息を強く吹きかけただけで壊れてしまうだろうな、とフレデリックは思いました。「ぼくたちがここから逃げられないと本当に思っているんでしょうか?」

沼地のような深緑色の大きなトロールが、まるで王子たちはしっかり閉じ込められているから安心とでもいうように、呑気《のんき》にぶらぶら歩いています。

「知るか。行こう」グスタフは格子の間を抜けて、村の広場に出ていきました。フレデリックも慌ててあとに続きました。檻から数歩進んだところで、昨夜《ゆうべ》ふたりをつかまえた大きなトロールが走ってきました。

「どこ行く? いがぐり男、いててて男、捕虜だど。オリに戻れ」

「戻るもんか」グスタフが目を険しくすがめて言いました。

「ぼくの友達が言いたいのは、話し合いで解決できないでしょうか、ということです」フレデリックがとりなそうとしました。

23 プリンス・チャーミング、座る場所を間違える

「おい口うまマン、トロールと交渉しようとしても無駄だぞ。頭が悪いんだから」

「オリに戻れ！」トロールが命令しました。

「やなこった！」グスタフが面と向かって怒鳴り返しました。「邪魔するな、トロール。さもないと斬《き》って捨てることになるぞ」

「ねえ、トロールさん」フレデリックがききました。「どうしてぼくたちを閉じ込めておきたいんですか？」

「いてて男、トロールに座った」トロールが腕組みをして言いました。

「それについては本当にごめんなさい。事故だったんです。とても暗かったし、あなたがいるのが見えなくって。悪気のない失敗なんだから、きっと許してくれますよね。誰かの上に座るのは違法というわけでもないですし」

「トロール法、違反だど」むっつりとトロールが言いました。

「トロールの上に座るのは、トロール法に反してるって？」グスタフが呆《あき》れ声を上げました。

「そう」

「刑は何なんですか？」フレデリックがききました。

「トロール、よく知らない」怪物があごをかきながら言いました。「トロール、トロールに座らないよう、とっても気をつける。座ったトロール、今までいない」

「ふむ、それなら牢屋に一晩入れておくというのでいいんじゃないですか？　もう刑には服したということで」フレデリックが提案しました。

「だめ。トロール法、トロールにはとっても大事。オリに戻れ。トロールに座った刑、探してく

る」

「見た目よりずっと愚かなようだな、トロール」グスタフが吼《ほ》えました。「おれたちを食うことに決まるまで、おとなしく檻の中で待ってるとでも思ったか」

トロールは苛々して両手を振り回しました。「トロールは草食、なんで人間、覚えない！」そして、もじゃもじゃの毛から角《つの》が一本突き出ている頭を低め、怒りをこめてうなりました。「トロールはベジタリアン！　いがぐり男、いててて男、肉でできてる！　うがー、人間は石頭、トロール、うんざり」

グスタフとフレデリックは呆気にとられて何も言えませんでした。玉ネギみたいなにおいの怪物の息を顔に吹きかけられるまま、ただ立ち尽くしています。

「うがー、トロール、苛々する！　いがぐり男、怒りんぼ男にそっくり！　シャベル奥さんの子供、食ったと言った！　トロール、赤カブが好きなだけ！」

グスタフは目をみはり、「嘘だろ」とつぶやくとフレデリックのほうを向きました。「こいつはどうやら、おまえと出会った日に赤カブ農家で戦ったトロールのようだ」

「ほんとに？」フレデリックとトロールが同時に叫びました。

「農家にいたのと同じトロールですって？」フレデリックがききました。

「ああ、間違いない」

「トロール、怒りんぼ男と戦った。いがぐり男じゃない」トロールが反論しました。

「あー、トロールさん」フレデリックが言いました。「いがぐり男が怒りんぼ男なんですよ」

「でも怒りんぼ男、枯草みたいな髪、長かった」

23 プリンス・チャーミング、座る場所を間違える

「長かったんですけど、枯草の髪とはさよならしちゃったんです。で、今はいがぐり頭となったんですよ」

トロールはグスタフの顔をまじまじと見つめました。「うあー。いててて男の、言うとおり。トロール、枯草の髪ない、怒りんぼ男、わかんなかった。人間みんな、同じに見える」

「へえ、石頭なのはどっちだろうな?」グスタフが嘲《あざけ》るように言いました。

「じゃ、トロール、怒りんぼ男をつかまえた? それなら、話変わる。トロール、怒りんぼ男、大嫌い。今日だけ、トロール、肉食になる」

「ちょっと待ってください!」フレデリックが急いで言いました。「彼が前にあなたを痛めつけたからといって、報復しなくてもいいでしょう? ぼくたちは——」

トロールが、胸の悪くなるような笑い声を立てました。「グァグァグァ! 怒りんぼ男、トロール、痛めつけてない。トロール、怒りんぼ男、痛めつけた」

「いやいやいや」フレデリックの前で面目を保とうとして、グスタフが言いました。「間違いなく、おれがおまえを痛めつけた」

「怒りんぼ男、トロール、痛めつけてない。シャベル奥さん、トロール、痛めつけた」

グスタフは頭の横で指をくるくる回し、トロールの頭がおかしいんだと強調しようとしました。

「誰が誰を痛めつけたかは問題じゃありませんね」フレデリックが言いました。「トロールさん、ここにいるぼくの友達があなたと戦った理由は、あなたが農家から作物を盗ったせいだとわかってくださらなければ」

「トロール、食べ物、盗らなきゃいけない。じゃなきゃ、トロール、何食べればいい?」トロー

ルのじゃりじゃりした声に心なしか震えが混じりました。「トロールはベジタリアン。でも、トロール、森に住んでる。森の土、野菜、育たない。野菜盗らなきゃ、トロール、飢える」

「では、あなたがたに必要なのは作物の採れる畑なのですね」話が読めてきたフレデリックが言いました。「トロールさん、みんなで森を出て移住したらいかがですか？」

「トロール、森出る、人間、追い返す。欲張り人間、畑、ひとり占め」

「うーん、それはちょっと違いますね」トロールが置かれている状況を理解し、フレデリックは真剣な表情になりました。ストゥルムハーゲンの住民はトロールを怪物だと思っているので——そのとおりではあるのですが——トロールたちが森から出て畑に適した土地に移住しようとする動きをことごとく襲撃だとみなしてしまうのです。フレデリックが間に入れば、そこに和平交渉を結ぶチャンスが見出せそうです。

「あなたがたは幸運ですよ。手助けにぴったりの人物がここにいるんですから。トロールさん、怒りんぼ男が本当は誰なのかご存じですか？」

「怒りんぼ男は、怒りんぼ男。トロールに意地悪言って、トロールのご飯、邪魔した」

グスタフは顔をしかめ、警戒するようにフレデリックを見ました。

「いいえ。この人はストゥルムハーゲンの王子です。彼の一族がこの国を治めているんです。彼なら、あなたがたのために農地を用意することができますよ」

グスタフがぐいとフレデリックの肘を引きました。「おれにそんな権限は——」フレデリックがグスタフを素早く蹴りました。

「怒りんぼ男、本当にできるか？」トロールが希望をにじませた声できききました。

23 プリンス・チャーミング、座る場所を間違える

「ええ、もちろんできます」フレデリックが自信たっぷりに言いました。「必ずやそうするでしょう」

トロールは両手を上げて仲間を呼びました。「トロール、集まれ！　怒りんぼ男は、怒りんぼ王子！　怒りんぼ男、トロールに、トロールの畑、くれる！」

村のあちこちから約七十頭のトロールが弾むように集まってきました。まるで、ブロッコリーの波がうねり迫ってくるようで、一瞬、この生き物が野菜を食べるのは共食いみたいだとフレデリックは思いました。

トロール村のトロールたちは喜び、歓声を上げました。「ヤーイヤイヤイ、怒りんぼ男！」「ヤーイヤイヤイ、野菜！」といった囃《はや》し声がそこかしこから聞こえます。

「みなさんに喜んでいただけてよかったです。ところで彼の本当の名前は、ストゥルムハーゲン王国のグスタフ王子です。それからぼくはフレデリック」

「トロールは、怒りんぼ男、いてて男と呼ぶ」トロールが、さも当然というふうに言いました。

「それが、トロールのやり方。トロール、最初に見たもので、名前つける」

「まあいいでしょう。では、あなたの名前も教えていただけますか？　トロールさん」

トロールは毛むくじゃらの眉をひそめました。「いてて男、怒りんぼ男、トロールの名前、もう知ってる。トロールの名前、ずっと呼んでる」

「ごめんなさい、ちょっとよくわからないのですが」

「トロールの名前、トロール」満面に笑みを浮かべて、トロールが言いました。「全員トロール」

そしてトロールの集団から、一頭ずつ紹介し始めました。「これはトロール。あれはトロール。

それもトロール……全員トロール」

「どのトロールも単にトロールという名前だというのか?!」信じられないというようにグスタフが言いました。「それじゃどいつがどいつだか、わからなくなるだろ」

「そう」トロールがため息をつきました。「難しい」

「えっと、トロール――」フレデリックが言いかけました。

「トロールさんと呼んで」トロールがさえぎりました。「トロール、その響き、好き」

「わかりました……トロールさん。ぼくたちをどうするつもりですか? 牢屋に閉じ込めておきます? それとも怒りんぼ王子を城に帰らせて、あなたがたのために素敵な土地を用意させますか?!」

「怒りんぼ男、行っていい!」トロールさんが大声で宣言すると、トロール村全体から喝采《かっさい》が沸き起こりました。そしてフレデリックのほうを向くと、まじめな顔で言いました。「でも、いてて男、ここにいる。いててて男、トロール法、違反。いててて男、刑、受ける」

「そんな、トロールさん」フレデリックは必死に懇願しました。「グスタフにはぼくが必要なんですよ。もしぼくがあの檻の中に何年もいなくてはならないとしたら、あなたがたの土地も手に入りませんよ」

「うぉう! うぉう! トロール、見つけた!」集団のうしろから声が上がり、ずんぐりした三本角のトロールが前に出てきました。大きな葉を何枚も重ね、尖《とが》った小枝で端を留めてあるものを持っていきます。「トロール、トロール法の本、見つけた!」

フレデリックとグスタフは不安そうに視線を交わしました。トロールの牢に百年もいなくては

23 プリンス・チャーミング、座る場所を間違える

ならなかったらどうしよう……いや、もっと悪いかも……恐れが胸をよぎります。

ずんぐりしたトロールの手が〝本〟の葉をめくり、何枚かはがれて落ちたりしつつも、とうとう目当てのページにたどり着きました。そして文字と想像されるぐちゃぐちゃの線の塊《かたまり》を指差して、読み上げました。「トロールに座った、人間に、与える刑は……トロールが、人間に座る」

「やった！」喜んだグスタフがフレデリックに言いました。「ほら、地面に寝ろ。さっさと済ませようぜ」

「いててて男、聞いたか」トロールさんが命じました。「横になれ」

フレデリックは深く息をつくと、泥の中に横たわりました。まだ身体を落ち着かせないうちから、トロールさんがその上にドスンと座りました。フレデリックがカエルのつぶれたような声を上げると、トロールさんは立ち上がりました。

「終わり。いててて男、行ってよし」

「それほどひどくはありませんでしたよ」汚れをはたきながら、フレデリックが言いました。「巨人に押しつぶされた経験に比べたら、トロールなんて重さも感じませんね」

お楽しみが終わったので、トロールたちはそれぞれやりかけていた仕事——野菜泥棒、人間脅しなど——に戻っていきました。

「トロールのみなさん、待って！」フレデリックが頭の上で手を振りながら、大声を出しました。怪物たちがまったく反応しなかったので、フレデリックは檻を尻で押して、全体がばらばらに壊れるにまかせました。期待したとおり、散らばった枝の山の中に立つフレデリックとグスタフを見に、ほとんどのトロールが引き返してきました。

「いててて男、オリ、壊した！　建て直すの、何分もかかる！」トロールさんは怒りましたが、その作業についてちらりと考えてから、毛むくじゃらの大きな手をいやそうに振りました。

「あー、トロール、あとで直す。いててて男、またトロール座るまで、オリいらないから」

「今は檻のことより、とても大切なお話があるんです」フレデリックがトロール全員に向かって話しかけました。「トロールのみなさんに関係することです。ええ、トロール、あなたにも。トロール、あなたにもですよ」

一頭のトロールが、満足げに隣のトロールに耳打ちしました。「ひとりひとりに言われるっていいね」

「さっきも言ったように、ぼくの友達グスタフはストゥルムハーゲンを治める一族に属していて、あなたがたトロールが専用の農地を持てるよう取り計らうことができます。彼はトロールが好きだからそうするんです。トロールがいい……人たちだとわかっていますから」たくさんのトロールたちがうれしそうにうなずきました。フレデリックはグスタフをちらりと見て、邪魔しようとしていないか確認しましたが、グスタフは静かに腕組みをして、これから何が始まるのかと興味深そうに立っていました。

「しかしですね、すべての人間が彼みたいにいい人じゃないんですよ。トロールを嫌っている人もいます。まさに今、トロールを大嫌いな人間の一団が、ここからそう遠くない森の中に来ているんです」トロールの集団から怒りのざわめきが上りました。

「その陰湿な反トロール人間たちが、ストゥルムハーゲン王国を乗っ取ろうと画策しています。もし山賊王と手下たちがそれに成功したら、怒りんぼ男はあなたがたトロールを助けることがで

23 プリンス・チャーミング、座る場所を間違える

きなくなります」

「トロール、そんなの、許さない！」トロールさんがはっきりと宣言しました。「トロール、山賊男、止める！」

「いや、あれはどっちかというと山賊坊やだ」グスタフが言いました。

「男、坊や――トロール、どっちでもいい。怒りんぼ男、今、トロールの友達。山賊坊や、悪いことするなら、トロール、山賊坊や、やっつけるど」トロールたちの雄叫びが一帯に響き渡りました。

「悪い人間、どこだ？」トロールさんがききました。もともとかわいらしくはなかった顔がゆがみ、怒りにぎらぎらと燃える目、むきだした歯、逆立つ毛が迫力を増して、世にも恐ろしい形《ぎょう》相《そう》となりました。フレデリックの全身に震えが走り、グスタフでさえ一瞬たじろいだほどです。

「ここから西にある広い野原で野営しています」フレデリックが言いました。

「トロール、行くど！」トロールさんが吠えました。「トロールの襲撃だ！」

トロールさんは片手でフレデリックを拾い上げて肩に乗せました。のっぽで背中の曲がったトロールが、グスタフをつかんで同じようにしました。トロールの上に腰を落ち着けながら、グスタフがフレデリックを見ました。「こりゃすごい騒ぎになるぜ」

フレデリックがうなずきました。

「だが、今までで最高の機転だったな」グスタフが愉快そうに言いました。

大地が地響きを立てて揺れました。トロール村のトロール全員が西へ向かって移動し始めたのです。

24

プリンス・チャーミングは子供が嫌い

「やあ、坊や」リーアムが挑発するように言いました。

山賊の野営地の端で、ダンカンとリーアムはそれぞれ木の幹に縛りつけられており、そこで一晩過ごしたところでした。長く眠れない夜の間（少なくともリーアムは一睡もできませんでしたが、自信喪失して疲れ切ったダンカンは数時間は意識を失いました）、リーアムは山賊王にどう対抗するかの作戦を立てていました。今まで見聞きしたことを総合すると、ラウバーにはひとつ弱点があります――自分の年齢の話題に神経質だという。そこで、朝になって山賊王が近くを通りかかったとき、リーアムはさっそく始めたのです。

「小さな坊や、おまえに話しかけてるんだが」

ラウバーと側近たちが立ち止まりました。「ホーレス、聞こえたか？　王子がおまえのこと、小さいってさ」山賊王は右側にいたホーレスをつついてにやにや笑いました。（あとふたりの王子を取り逃してしまったネヴィルはBB弾の的《まと》に降格され、旗竿《はたざお》からぶらぶらと逆さまに吊られていました）。山賊たちがみんな笑いました。

「おもしろいことを言うな、少年」リーアムが言いました。「だが、おまえのことを言っているとわかっているんだろう？　生意気坊主よ」

「殴っときやしょうか？」ホーレスがラウバーにききました。

山賊王は首を振り、リーアムに言いました。「よお、てめえは賢いやつだと思ってたが、本当はそっちで居眠りしてるのが、てめえらの仲間の脳味噌だったみてえだな」

かすかにいびきをかいていたダンカンが身動きし、目をぱちっと開けました。「うぅ〜ん、何？フルートレッスンの時間？」

「そりゃないか」ラウバーがばかにして笑いました。

「ダンカン、わたしたちは山賊王の野営地にいるんだ。わかるか？」

「あー、うん、そうだった」ダンカンが陰気に答えました。「ぼくがばかなことをしてメチャクチャにしてしまったんだ。ラッキーパワーは消えてしまった。思い出したよ。で、リーアム、きみが話してたのは……」

「あそこにいる、悪者ごっこが大好きな鼻たれ小僧の注意を引こうとしていたんだよ」リーアムがラウバーに向かってせせら笑いました。

「何、侮辱してんだ。どういうつもりだ？」ラウバーの声が硬くなりました。

「怒らせようとしてんですよ」ホーレスが横から言いました。「本当に殴っとかなくていいんですかね？　おれの腕は充分長いんで、どっちの王子の顔も同時にぶちのめすことができますぜ」

「してみたらいいんじゃない」ダンカンが鬱々《うつうつ》として言いました。「きっとどんなふうにやっても、ばっちりぼくに当たるよ。だってラッキーパワーはもうなくなってしまったんだから」

「いいや、ディーブくん、怒らせようとしているんじゃない」リーアムが言いました。「見たままを言ってるだけだ。そこのホーレスと同じようにな」

ホーレスが眉を上げました。

「よし、王子よ、聞いてやる。どういう話になるのか興味が湧いたからな」ラウバーが顔をゆがめました。「ホーレスについて何が言いたい？」

「ああ、単にそいつは、おまえがちょろちょろしたちびのガキでしかないと思ってるってことだ。おまえについて仲間に何と言ってるか聞いたほうがいいぞ——確か、子供に仕えて働くのはアホらしいとかなんとか……」山賊が何人か、息をのみました。

「……それから、大の大人が小さな少年にびくついていると言って、笑ってもいたかな。その気になれば、易々《やすやす》とつぶしてしまえるとか……」

焦ったホーレスは急に汗をかき始めました。「嘘ですぜ、お頭。作り話ばかり言いやがる」

ラウバーがホーレスの足首にきつく蹴りを入れました。「そういえば昨夜、テントの外で、仔犬のしっぽがどうちゃらと歌ってるのが聞こえた気がするぜ。単なる空耳かと思ってたがな。おれの縄張りでそんな歌を歌うまぬけがいるとは想像もできなかったからな。この裏切り猿め！」

ラウバーが二発目、三発目の蹴りを入れると、ホーレスは縮み上がりました。本当に効いていたわけではありませんが、山賊王の逆鱗に触れると、どういうことになるのかよくわかっていたからです。

「そりゃおれじゃありません。ネヴィルのやつです!」ホーレスが叫びました。

「そうかそうか! ネヴィルはおれが鼻くそを飛ばすだけで気絶しちまうようなやつだ。反逆するようなタマじゃない」ラウバーが言い返しました。「おまえこそが、自分はおれより優れていると――おれより性悪だと思ってるんだろう。どっちが上か身に染みることになるぜ。うしろ髪で吊り下げてやる!」

ダンカンがハッと自分を取り戻しました。リーアムがラウバーを操るやり方を見ていて気づいたのです。リーアムは自らの意思に基づいて計画し、行動を起こしていて、運などに頼っていません。いえ、自分自身で運を切り開いているのです。

「おい、ぼくちゃん」さらに畳みかけようと、リーアムが叫びました。「いい考えがあるぞ。手下を自分で痛めつけるのでなく、わたしと戦わせてみたらどうだ? おまえのようなガキ大将は殴り合いを見るのがたまらないんだろう」

「おお、そりゃいい案だな!」ラウバーがこれ以上ないというくらい皮肉たっぷりに言いました。「てめえの縄をほどいて武器を持たせる――悪くねえ考えだ! 決闘すると提案しておいて、逃げるってことはねえだろうからな!」そして縛られたリーアムのところまで走り寄り、背伸びしてにらみつけました。「ばかにするな!」

「え、何だって?」リーアムがこともなげに言いました。「おまえ、背が低いから、もっと大きな声で言ってくれないと聞こえないな」

かんかんになったラウバーは手下の山賊たちのほうへ歩いていき、適当なやつの袖をつかみ、リーアムを縛りつけている木まで引っ張っていきました。そして無理矢理四つん這いにさせると、その背中に乗ってリーアムと鼻を突き合わせました。

「これで聞こえるか？　ばかにするな！」

このとき、リーアムが上半身を倒して山賊王に渾身《こんしん》の頭突きをくらわせました。ラウバーはうしろに倒れ、台にしていた手下から落ちて、草の中に仰向けにのびてしまいました。

山賊たちは唖然《あぜん》としました。「ホーレス、今がチャンスだぞ！」耳鳴りが収まるよう頭を振りながら、リーアムが大声を上げました。「やつが気絶している間に縛ってしまえ。頭目《とうもく》の座を奪うんだ」

ホーレスも頭を振り、疑わしそうに言いました。「どういうことだ？　最初はおれを陥れようとして、次におれの味方をしようとしている」

「ずっと味方していたってことだ」リーアムが言いました。早く話を進めて、ラウバーが目を覚ます前に逃げ出さなければなりません。「協力し合おうじゃないか、ホーレス。わたしはそちら側だ」

「おれ側だって？　英雄気取りの王子が山賊の軍隊に入りたいってか？　信じられねえな」

「もちろんリーアムは山賊軍に入りたいんじゃないよ」ダンカンが割って入りました。「ここ数日でこの人のことよくわかったんだけど、断言するけど、自分が英雄であるのがいちばん大事って人だから」

「おい、ホーレス、彼の言うことを聞くな」リーアムは、ダンカンが自分の策略をぶち壊さないよう祈りました。「ダンカン――だったかな、名前は？　よく知らない人間だ」

24 プリンス・チャーミングは子供が嫌い

「そんなに謙遜しないでよ、リーアム。きみこそ世界一の英雄だよ」ダンカンはリーアムにウインクをして、続けました。「いやそれとも〝だった〟かな。今じゃみんなに嫌われてるもんね。眠り姫を捨てちゃってから」

「おお、そうだ、そうだった」ホーレスがどっちつかずの笑みを浮かべました。「おれらの仲間になったほうがいいかもな、ハハハ」

「でも、みんなに英雄として見てもらえなくなって、彼は苦しんでるんだよ」ダンカンはついに、ただボサッと立ってラッキーパワーが助けてくれるまで待っているのをやめたのです。これからは、自らの運命を握るのは自分自身です。「リーアムはまたみんなから愛される方法を探していたんだよ。それには有名な山賊王をつかまえることほどすごい勝利はないでしょ？　ぼくの友達リーアム王子は、ディープ・ラウバーを地下牢に入れるという栄誉を手にしたい。わかる？　だから提案を持ちかけたってわけ」

「なるほどな」ホーレスが納得したというふうにうなずきました。「きらきらのリボンで包装した山賊王を寄こせってわけか。だがよ、おれへの見返りは何だ？　莫大な身代金を上回るもんがあるか？」

「うむ、気づいてないようだから繰り返すが、わたしはみなから嫌われている」リーアムが言いました。「わが国からはたいした身代金を引き出せないだろう――それは確実だ。身代金なんかより王国ひとつはどうだ？　代わりにストゥルムハーゲンの支配者にしてやるぞ」

　ホーレスがくつくつと笑いました。「ストゥルムハーゲンは、ばあさんからもらうことになってんだよ」

「ばあさんは死んだ」

リーアムの言葉に、ホーレスの目が見開かれました。「どういうことだ」

「わたしのズボンの右ポケットの中を見てみろ。横にある長いのだ」

ホーレスは警戒しているようでした。

「そこに魔女の脅迫状が入っている。わたしたちが押さえたんだよ」

ホーレスは仲間に命じてリーアムのポケットを探らせました。巻物を開いて中身をあらためた山賊が「本当だ」と言い、元に戻しました。

「魔女の計画を察知したから、夜の間に根城に忍び込み、寝ているところを殺害した」リーアムが言いました。「わたしたちがなぜこんな黒装束で、また森に戻ってきたと思ったんだ?」

ホーレスは驚きで言葉を失いました。

「そういうわけで、ストゥルムハーゲンをすぐに手に入れることはできないだろう。少なくとも魔女の助力は得られない。だがわたしなら違う方法を提案できる」

「言ってみろ」ホーレスが頭をかきながら言いました。

「ラウバーを捕虜としてストゥルムハーゲン城へ連行したら、わたしは最大の英雄として扱われ、尊敬を集めることだろう。その上でわたしが、ある国に大変な脅威が迫っていると言えば――そうだな、たとえば遥か遠くのフロストヘイムあたりがいい――わたしの言葉を信じて、ありったけの軍隊を差し向けてくれるはずだ。どういう意味かわかるか? 城を空にしてやる、と言っているんだよ。あんたたちはのんびりやってきて、王を玉座から蹴落としてやればいい。そしてストゥルムハーゲンの新しい支配者になる。どうだ? 互いに損はなかろう。わたしは栄誉を得る、あんたは王国を手にする。取引しようじゃないか」

ホーレスが角ばった大きいあごをかきました。「そこのちびにはふさわしい計画のようだ。おまえは相当悪賢いやつだな。本心から言ってればの話だが。信じてもいい根拠がどこにある？」

「わたしには敵が必要だからだよ、ホーレス。人々は忘れっぽい。山賊王を捕らえた英雄といえど、忘れ去られるのは時間の問題だ。注目を集め続けるには、次々と新しい功績を挙げねばならない。だがそう都合よくチャンスを見つけるのは、想像以上に難しいものなんだよ。だからこそ悪役がいるってわけだ。戦う敵がいなければ、英雄にもなれないからな。あんたがストゥルムハーゲンの王の座についたら、わたしは挑戦に行くか？ 答えはイエスだ。わたしをどうにかしたかったら、そのときにすればいい」

ホーレスは重そうな棍棒をくるくる回すと、にやりと笑いました。「縄を外してやれ。そんで代わりに元・山賊王を縛りつけるんだ。きつくしっかりとな」

数人の山賊がさっと集まり、リーアムとダンカンを縛っていた縄を切り離しました。解放された王子たちは凝った手足を伸ばしました。

「ありがとう、ダンカン」リーアムが耳打ちしました。「わたしが裏切り者だとやつに信じさせるのに、ぴったりのことを言ってくれた」

「そういうつもりだったわけじゃないけどね」ダンカンが目を輝かせてささやき返しました。

「ぼくはまた決闘を挑もうと思っていたんだ」

「そうか、それもよかったかもな」そう言いつつ、リーアムは安堵《あんど》の息をつきました。ダンカンの意図どおりになるより、ずっと安全にことが進んだからです。

「で、リーアム、本当にやるんじゃ……」

「大丈夫だ、ダンカン、心配するな」

「ふぅ。そうだと思ったよ。あれは単に、えっと――方便だよね。覚えなきゃいけない新しい会話法がいろいろ出てくるから大変だよ～」

「有意義な取引だったよ、陛下」ホーレスのほうに歩きながら、リーアムが言いました。「これでわたしたちは行ってもいいということかな?」

「おれは約束を守る男だ」ホーレスは大きな棍棒を地面に置き、リーアムと握手しようと近づいてきました。「また数か月後に会おうぜ」

遠くからかすかに地鳴りが響いてきました。

「なんだろ、雨じゃなさそうだけど」ダンカンが雨粒を感じようと腕を広げました。

地鳴りはだんだんと大きくなり、地面が揺れ始めました。リーアム、ダンカン、ホーレス、その他の山賊たちは動きを止め、東の方角を凝視しました。

「何が起こってる?」ホーレスがつぶやきました。

突然、すさまじく躍動する緑の塊が、大波のように木々の間から流れ出てきました。

「怒ってる大きなサラダみたいだ」圧倒されたダンカンが言いました。

「トロールの大群だ!」リーアムが叫びました。

「見て!　グスタフとフレデリックみたいな人形を持ったトロールもいるよ」

「あれは本物のグスタフとフレデリックだ。信じられない」

「この口先男め!　おれをはめたな」ホーレスがリーアムに向かってうなりました。

24 プリンス・チャーミングは子供が嫌い

「はっ！　誰が誰をはめたって？」ホーレスの背後から甲高い声が響きました。ラウバーです。怖気《おじけ》づいた山賊たちが縛る役を押し付け合っている間に目を覚まし、みながトロールに気をとられている隙に、誰にも気取《けど》られず起き上がってホーレスの大きな棍棒を拾い上げたのです。

「でも、あの、お頭――！」ホーレスはそれだけ口にしたところで、ラウバーが振り回した棍棒に頭を強打されました。ものすごい音がし、邪悪な笑みを浮かべた十歳の少年の足下に巨体が崩れ落ちました。

「あの子、危険だよ、リーアム！　ホーレスが殺されちゃったよ！」ダンカンが震えながら言いました。

トロールたちは山賊の野営地になだれ込んで、テントを踏みつぶし、荷馬車をなぎ倒しました。さらにオートミール粥《かゆ》の鍋をひっくり返すわ、旗竿を地面から引き抜くわ、ビール樽に穴を開けるわで、猛然とわめきながら大混乱を引き起こしました。ものの数秒とたたぬうちに、トロールは相対した山賊たちを容赦なくなぶり者にしました。まだ旗竿に吊られていたネヴィルはかわいそうに、二頭のトロールに人間けん玉のようにして遊ばれました。

「今はラウバーのことはいい。逃げよう」リーアムが言いました。

「どこへ？」ダンカンがききました（ちゃんと確認してくれたことにリーアムは満足しました）。

「馬のところだ」ラウバーが棍棒を振り上げて迫ってくるのを見て、リーアムが促します。「さあ、行け！」

ダンカンが走り出すと同時に、リーアムは振り向いてラウバーと対峙しました。山賊王が棍棒で殴りかかってきたとき、リーアムは編み上げ靴を履いた足で胸を蹴り上げました。ラウバーはひざをつき、身体をよじりました。

「うぅ」胸に手を当てたラウバーが悲痛な声を上げました。「年下の子供を蹴るなんて信じられない！　王族のくせに」哀れっぽくうめくラウバーの目に涙がたまるのを見て、リーアムは良心がうずき、一歩前に出て手を差し伸べました。

「立てるか？」

「ああ、もちろん。てめえは？」ラウバーはにやりと笑うと、棍棒を振ってリーアムの横ひざに当てました。強烈な痛みでリーアムは地面に倒れ、足を押さえました。ラウバーが跳ね起きて高笑いし、とどめの一撃のために棍棒を振り上げた瞬間のことです。怒り狂ったトロールの一団が突っ込んできました。まばたきをする暇もなく、山賊王の姿は消えてしまいました。

少しすると、別のトロールの集団がドタドタと走ってきました。リーアムは身体をよじって転がり、すんでのところで踏まれずにすみました。

「トロール、止まれ！」上のほうから声が聞こえました。

一頭のトロールがリーアムからほんの数センチ前で足を止めました。見上げると、怪物の毛深い肩の上にまたがっているのはグスタフです。

「トロール、よじよじ男、踏んじゃだめ？」トロールがききました。

「そうだ、トロール。よじよじ男は味方だ」

トロールは手を伸ばしてリーアムをつまむと、グスタフのところまで持ち上げました。

「楽しそうだな」リーアムが言いました。

「いつもなら皮肉で返してやるところだが、実はこれ、すげえおもしろい」

24 プリンス・チャーミングは子供が嫌い

「フレデリックはどこだ?」

「あいつはトロールさんと一緒にその辺にいるよ」

「トロールさん?」

「そうだ」そう言うと、グスタフは身をかがめました。「おい、トロール、この男も乗せてやってくれるか?」

グスタフが乗っている背中の曲がったトロールは、通りかかった五本角のトロールを叩いて「トロール」と呼びかけました。「この人間、よじよじ男、乗せて」

五本角のトロールがリーアムをひょいと肩に乗せました。

「ありがとう。だが、わたしの名前はよじよじ男じゃない」

「もう遅い」グスタフが笑いました。

トロールの肩の上から見渡すと、山賊たちはほぼ壊滅状態でした。恐怖で顔をひきつらせた男たちが、右へ左へと宙に投げられています。

気を失った山賊を片手にひとりずつ持ったトロールさんが、大股に走ってきました――フレデリックは必死で背中にしがみついています。

「いててて男、これも、いい人間?」トロールさんがリーアムを指差してききました。

「そうです、仲間です」フレデリックが蒼白《そうはく》な顔をトロールさんのうしろから覗かせました。

「こんにちは、リーアム」

「何が起こっているのかまだひとつも理解できないのだが、とにかくまた会えてよかった。ダンカンは馬のところに行かせた。だが今や馬は散り散りだな。ダンカンを探しに行かなければ」確かに何十頭もの馬が荒々しく走り回っていて、混乱をますます助長しています。

「さあ行くぞ、トロール」グスタフが言いました。

「お願いですから、あまり揺れないようにしていただけますか」フレデリックが悲鳴を上げ、トロールさんの毛皮に顔を埋めました。

三頭のトロールは、山賊の残党を蹴散らしながら、さっきまで馬が繋がれていた木々に向かって突進しました。馬をすべて解き放ったのは、山賊との戦いに役立とうとしたダンカンでした。しかし、自分たちの馬の綱までほどくべきじゃなかったと気づくのが遅すぎました。サンダーブレイカー、グウェンドリン、ジュウナナを逃がさないようにするために、ダンカンは一度に三頭に乗ろうとしていました。

「あぁ、よかった」友達の姿を見て、ダンカンが喜びの声を上げました。「来てくれて助かったよ〜。もう無理かもと思ってきてたとこ」ダンカンは三頭の馬の背に寝そべって、一頭の手綱《たづな》を手に、もう一頭の手綱を腰に、最後の一頭の手綱を足に巻きつけています。

「とにかく、いそうな場所にいたわけだ」グスタフが言いました。

王子たちはトロールから降りて、こんがらがったダンカンをほどきました。山賊たちは惨憺《さんたん》たる有様でした。ほとんどが肩を脱臼したり、骨折したり、足首がねじれたりして、草地の上に転がっていました。運のいい者は気を失っていました。その周りではまだトロールたちが嬉々《きき》として破壊を続けていました。着替えの入った木箱を壊し、中から引っ張り出した黒い革ズボンを結んで綱引きをしています。武器置き台を投げて粉々にし、山賊の旗をびりびりに破いています。食糧庫を見つけたトロールは、腕いっぱいにネギを抱えて笑っています。

24 プリンス・チャーミングは子供が嫌い

「うむ、これで問題はひとつ解決だな」リーアムが言いました。

「うん、トロール、山賊ども、閉じ込める。だから、山賊ども、いてて男と友達、邪魔しない」トロールさんがうれしそうに言いました。「だから、トロール、待ってる。怒りんぼ王子、トロールランドくれる」

リーアムはグスタフを見ました（怒りんぼ王子が誰のことか当てるのは、難しくありませんでした）。

「あとで説明してやるよ」グスタフが言いました。

「知りたいのはラウバーがどうなったかだ。どこにも姿が見えないが」

「ねえねえ、みんな、ぼくが持ってるもの見て〜」ダンカンの手には四本の新しい剣が握られていました。ありがたいことに、今度は人間の手にちょうどいいサイズです。「もういらなそうと思って、山賊たちから拝借してきたんだ」

「それに馬も取り戻しましたしね」グウェンドリンをやさしく叩きながら、フレデリックが言いました。

「カピバラのステーキ肉もあるよ」肉汁の染みたリュックサックをダンカンが掲げました。「これはうれしいことかどうかわからないけど、前よりずいぶんくさくなってる」

「よし、みんな、宮廷詩人たちの救出に出発だ」リーアムが言いました。

王子たちはそれぞれ馬にまたがりました。

「なぜ山賊どもの馬から自分用のを取っておかなかったんだ?」うしろに乗ってきたダンカンに、リーアムがききました。

「三頭押さえておくだけで精いっぱいだったんだよ〜。うん、四頭は無理だったと思う」

王子たちはトロールに感謝しつつ手を振って別れを告げると、ザウベラとの対決に向けて馬を走らせました。また四人がそろい、ほのかに勝利の感触を得たことで、これ以上ないくらい楽観的な気分になっていました——もし、この中でひとり、待ち受けている戦いから無事に帰ってこられない者が出ることを知れば、とてもそんな気分にはなれなかったことでしょうけれど。

おっと、すみません。今のは「ネタバレ注意」と警告しておくべきでしたね。

ONCE UPON A TIME,
THERE WERE A PRINCE AND A PRINCESS...

25

プリンス・チャーミング、何が起きているのかいい加減わかってもいい

王子たちがバットウィング山に向けて馬を走らせているとき、まったく同じ場所を目指しているエラは、徒歩でかなり近くまで到達していました。ワンピースのスカート部分を半分ほど裂いて裾をひざの回りで結び、即席の半ズボンのように作り直したことで、森の中を走り抜けるのがずいぶんと楽になりました。

エラは魔女の地図を実際に手にするのが待ちきれませんでした。走りながら、かわいそうな人質をひとりまたひとりと救う場面を思い描き、興奮に打ち震えました。また、さまざまな種類の異様な怪物が行く手に立ちはだかるところも想像しました。それは巨人かもしれないし、ゴブリンかもしれないし、巨大なゴブリンかもしれません（エラの怪物に関する知識は極めて限定されたものでした）。

25 プリンス・チャーミング、何が起きているのかいい加減わかってもいい

バットウィング山まであと数キロという地点まで来たとき、茂みの間をよたよたと歩く不審な影が目に入りました。かなり小柄だったので、エラは最初、またゴブリンが現れたのかと思い、念のために近くに落ちていた大きな枝を拾い上げました。しかし、謎の影が表によろめき出てきたとき、ゴブリンなどでないことは一目瞭然でした。人間の子供だったのです。それもただの子供ではありませんでした。

「ディーブ?」信じられないといった面持ちでエラがききました。「いとこのディーブ?」

そうです、ディーブ・ラウバーはエラのいとこなのです——正確に言うと義理のいとこですが。ディーブも同じくらい驚きました。意地悪な伯母エスメラルダの義理の娘なんて、ストゥルムハーゲンの森でもっとも会いそうにない人物だったからです。それにずいぶんとおかしなズボンを穿《は》いているのも気になりました。

「大丈夫? 調子悪そうだけど……」エラが言いました——これはかなりマイルドな表現です。少年の服はびりびりに破け、目の回りには黒いあざをつくり、血の出ている右脚を引きずっていたのですから。

ラウバーは本能的にエラに石を投げようとしましたが、すぐに考え直しました。今はひどい怪我をしていて手当てが必要です。覚えている限りでは、エラは親切で世間知らずな人物でした——格好のカモといえるでしょう。山賊王の邪悪な演技力を発揮するときがきたぜ、とディーブは思いました。

「ディーブ、あなたなんでしょう?」エラがやさしく声をかけながら、よく見ようと近づきました。「前に会ったときはずいぶん小さかったから、わたしのこと、覚えていないかもしれないけ

ど……」

「もちろん覚えてるよ、いとこのエラ」無邪気を装ったラウバーが言いました。「忘れられるわけないよ。エスメラルダおばさんを訪ねたとき、とても親切にしてくれたから」

エラは驚きました。ディーブには嫌われているものとばかり思っていたからです。午前中いっぱいかけてエラが一生懸命集めたゴミを、撒き散らして笑っていた姿をよく覚えていました。でもそんないたずらは何年も前のことです。たぶん成長して変わったのでしょう。

「こんな森の中にひとりでいったい何をしているの?」ラウバーが木の根元に腰をおろすのを手伝いながら、エラがききました。「なぜこんな怪我を?」

「馬に乗ってて落ちてしまったんだ」ラウバーが涙を浮かべました。「とっても怖かった。ああ、いとこのエラ、ぼくを助けて。お願い」

「ほら、よく見せてご覧なさい。できるだけのことをしてあげるから心配しないで、小さなディーブちゃん」

「そんなふうに呼ぶな」ラウバーは、怒りを見せないように努力しつつ「……いで、お願い」とつけ加えました。

「誰かと一緒じゃなかったの?　お父さんとお母さんは?」

ラウバーは笑い出しそうになりましたが、咳をしてごまかしました。エラは持っていた小さな荷物を開き、スカートを破いた余りの端切れ、残っていたパンとチーズ、水筒を取り出しました。水筒を手渡されたラウバーは、ごくごくと貪《むさぼ》るように飲みました。

「ぼくはひとりだった」袖で口を拭きながらラウバーが言いました。「ばかだったたってわかってる。乗馬は誰かと一緒にするべきだよね」

「そうよ、特にあなたぐらいの年ではね」エラは水筒を受け取って端切れを湿らせ、それでラウバーの脚の切り傷などを拭きました。「乗馬はまだ早すぎたんじゃない？」

ラウバーは怒りのあまり、鼻にしわを寄せて寄り目になりました。

「あら、痛かった？　しみたのだったらごめんなさいね。でもきれいにしないとね。痛いの痛いの飛んでけ～。治ったら、またほかの男の子たちと一緒に、走ったり遊んだりできるようになるわよ」

ラウバーは深く息をつきました。赤ちゃん扱いをいい加減やめてもらわないとキレてしまいそうだったので、代わりに「あれ、チーズ？」とききました。

「どうぞ、食べていいわよ」ラウバーの脚に布を巻きながらエラが答え、さっき見つけた枝を添え木にして怪我をしている脚に結びつけました。ラウバーはパンとチーズをひっつかみ、がつがつと口の中に押し込みました。

「おい、見ろよ」呼ばれたエラが目を上げると、ラウバーは口を大きく開けて、噛んでどろどろになった食べ物と舌を突き出してみせました。「ふぅ。六歳のときにもそうやってたわね。もうちょっと成長してると思ってたんだけど」

「へぇーっ！」ラウバーが口からパンくずを飛ばしながら言いました。「どっちなんだ？　おれは小便くさいかわいい赤ちゃんと思われてるのか？　それとも成長したお兄ちゃんか？　両方いっぺんには無理だ」

「どうどう、ディーブちゃん」エラがやさしくなだめました。

「頭、鈍いのか？　その呼び方はやめろと言っただろ！　いや、頼んだだろ」

エラが厳しい目でじっと見据えました。

「お願い」ラウバーがつけ加えました。

「ディーブったら、お行儀があまりよくないようね」

「ううん、そんなことないです。さっきはごめんなさい。これからは気をつける」ラウバーは笑みを浮かべて、抑えがたくなってきている怒りをなんとか隠そうとしました。

「本当にそうよ。お母さんにもそんなふうな口のきき方してるの？」

もう耐えきれません。「いや」ラウバーはにやりと笑いました。「食糧庫の扉の下から『おれがおまえを閉じ込めた』と書いた紙を入れてやったぜ」そして腹を抱えて大笑いしました。

「男の子っておかしなこと言うのね。そんな冗談の何がおもしろいのかちっともわからないわ」ばか笑いを続けるラウバーを見て、冷めた声でエラが言いました。

ラウバーが見下すように手を振りました。「あー、おまえみたいな煤《すす》掃除婦に、おもしろさの何がわかるっていうんだ？」

エラは傷に布を巻いていた手を止めて立ち上がり、腕組みをしてラウバーを見下ろしながら、「もう大丈夫みたいね」と素っ気なく言いました。「前と同じ、無作法な子供のままね。歩けるかどうか立ってご覧なさい」

ラウバーは立ち上がって怪我した脚を動かすと、頬をゆるめました。

「問題なさそう？」困ったいとこだと思いつつも、うまく手当てできたことにエラは満足感を覚

25 プリンス・チャーミング、何が起きているのかいい加減わかってもいい

えました。

　ラウバーの顔に意地悪そうな笑みが広がりました。「おう、気分最高だ」そしてエラのほうに身を乗り出しました。「おまえが罠《わな》にかかったからな！」

「え、何って？」意味のわからない子供の遊びにつきあうのに、ほとほとうんざりしながらエラが言いました。

「おまえを罠にはめて、おれの手当てをさせたんだよ！」ラウバーが芝居がかった調子で続けました。「おれのことを、無邪気でかわいい小さないとこと思ってるようだが――」

「えっと、面倒なガキだと思っているけど、どうぞ続けて」

「困ってるいとこにやさしくしただけと思ってるんだろうが、実はおまえが助けたのは……山賊王なんだよ！」

　エラはいぶかしげな顔でじっと見ています。

「おれは山賊王だ！」もう一度、ラウバーが宣言しました。

「すごいわね。でも今は遊んでいる時間はないの。おうちまで送らなくても大丈夫？　わたし、大切な用事があるのよ」

　ラウバーはエラのそばまで寄っていって「山・賊・王」と繰り返しました。「七つの王国に悪名をとどろかせ、もっとも恐れられている男、それがおれだ！」

「ひとりで大丈夫ってことね？」エラが頭を振りながら言いました。「泥棒と警察ごっこに夢中みたいね――まあいいけど。まだ子供なんだし。でもわたしは行かなくちゃ」

「遊んでるんじゃねえぜ」ラウバーが言いましたが、泣きそうな雰囲気がほんのちょっとだけ混

じっていました。「なめてると死人が出るぞ」

エラは笑い出さずにはいられませんでした。

「嘘だろ」ラウバーがぼやきました。「山賊王が怖くないなんて言わないよな」

「怖がるところなの？　ごめんなさいね。そのお話、読んだことないから」

「がぁっ！　お話じゃねえっ！」ラウバーは近くの木をこぶしで殴りました。「おれの人生をかけた存在だ！」

「ふふふ」エラが笑いました。「人生って。何歳だったっけ？　九歳？」

「十歳だ！」怒りのあまり、ラウバーはぶるぶる震えていました。「十年で、おまえなんかが一生かけても無理なほどすごいものを手に入れた。山賊王を知らないなんてことがあるか？　おれは有名なんだぞ！　有・名・なん・だ！」

「ねえ、ディーブ」小さないとこの肩をやさしく叩きながら、エラが言いました。「とっても想像力豊かなのね。でも命を危険にさらされている人たちがいて、わたしは今すぐ助けに行かなきゃならないの。ひとりでおうちに帰れるわね？　ちゃんと気をつけるのよ。それからプルーディおばさんによろしく言っといてね」

エラはしゃがんで荷物をまとめようとしましたが、持っていけそうな物はもう残っていませんでした。ふうと息を吐くと、空の袋をラウバーに投げて渡しました。

「なんで山賊王を軽く見るんだ！」

「じゃあね、ディーブ」エラは背中を向けて歩き出しました。ラウバーはあとを追おうとしましたが、脚に添え木が結びつけられているため、あまり早く動けないのに気づきました。腕をめち

25 プリンス・チャーミング、何が起きているのかいい加減わかってもいい

やくちゃに振り回し、怪我していないほうの足で地団太を踏みました。

「逃げるんじゃやねえ！」ラウバーは顔を真っ赤にして叫びました。「おれの名を聞くと王だって縮み上がるんだぞ！　おれの影が差すだけで誰だって戦慄《せんりつ》する。おれは悪の帝王だ！　悪なんだあああああ！　何ごともなかったように立ち去るんじゃやねえ！」

しかしエラは何ごともなかったように立ち去りました。山賊王の決定的敗北の瞬間といえるでしょう。

26

プリンス・チャーミング、絶体絶命

フレデリックは、ザウベラの城塞の周囲に広がる芝生をゆっくりと爪先《つまさき》立ちで横切り、列をなす観客席、「ドリンクはいかが」と看板を掲げた屋台、魔女の名前が書かれた横断幕のそばを通り過ぎました。もちろん、本当はつかまるつもりでいるのです――リーアムの立てた計画どおりに。まさか自分が身体を張ったおとりになる日がくるとは思いませんでしたが、仲間が地図を盗み出す間、巨人の注意をそらすにはそうするしかないのでした。エラのためなら何でもできる、と思ったところでフレデリックは足を止めました。違います、エラのためだけではありません。これはリーアム、グスタフ、ダンカンのためでもあります。誰ひとり欠けさせるわけにはいきません。

巨人のリースは、塔から数メートルほど離れたところに立ち、手押し車で歯をほじっていまし

26 プリンス・チャーミング、絶体絶命

た（二本の取っ手がちょうど歯の隙間にはまって好都合なのです）。フレデリックは、巨人が気づくかとちらちら見上げながら、こそこそと歩きました。が、どうもついていません。リースは、臼歯《きゅうし》の間に挟まっている岩のように大きいヤク肉をほじくり出すことに集中していました。

そこでフレデリックは咳をしました。次にもっと大きな音を立てて咳をしました。リースは全然気がついてくれません。フレデリックは口笛を吹いてみましたが、それでも無視されます。やっかいな塊《かたまり》をとうとう歯から取り除くことができたリースは、視界の下のほうに注意を払うこともなく――フレデリックは逆立ちをしてアピールしていたのですが――グロテスクな肉を指先に載せてまじまじと見つめ、口の中に戻そうかどうしようか熟考していました。

地面では、フレデリックが腕を振りながらぴょんぴょん飛び跳ねていました。側転も試してみました。ついには、過去に実績のある方法を拝借することにしました。「ストウゥウゥウゥウルム・ハアァアァアァア・ゲエエエエエン！」グスタフの雄叫《おたけ》びを真似《まね》し、新しく手に入れた剣をめちゃくちゃに振り回しながら、巨人に向かって突進しました。

とうとう効果が出たようです。驚いたリースは肉塊を地面に落として、「なんだよー」とつぶやき、手を伸ばしてフレデリックをつまみ上げました。「戻ってくんなよ」フレデリックは、実際に刺す前に気づいてもらえてほっとしました。相手に取り入らなければならないのに、剣で斬《き》りつけてしまってはあとが難しくなりますから。

リースはフレデリックをよく調べました。「ちょっと待て。おまえ、前にしつこく刺してきたやつじゃないな」

「違います。それはぼくの友達、グスタフですね」

「そいつも来てんのか？」巨人は眉をひそめ、辺りを見回しました。

「いいえ！」フレデリックは急いで答えました。「彼は……トロールに食べられてしまったんです」とっさに頭に浮かんだ思いつきを口にしてしまいましたが、すぐに後悔しました。

「トロールはベジタリアンだと思うけどな」リースが疑わしそうに言いました。

「えーと、通常はそうですね」フレデリックは頭をフル回転させました。「でもグスタフはひどくトロールたちを怒らせて、例外として食べられてしまいました」

「ありうる話だ」リースはそう言うと、ちょっと良心が咎《とが》めたようで、同情をにじませた声で続けました。「うーん、あのうるさいやつがいなくなって残念だと言うつもりはないけど、おまえは悲しんでるよな。友達だったんだもんな。だから、なんていうか、お察しするよ。ずいぶんつらい思いをしたんだろうな」

フレデリックは巨人の荒れたてのひらに座り直し、剣をさやに収めました。礼儀です！　礼節を心得た巨人を相手にしているのですから。

「ありがとう。お心遣い、いたみいります。あなたみたいに捕虜を丁重に扱ってくれる人は――小さい人でも大きい人でも――見たことがありません」

「喜んでもらえてこっちもうれしいよ」リースはもう一方の手で無精ひげだらけのあごをかきました。「ところで、どうしてまた戻ってきたんだ？　ぼくの目をすり抜けることなんて、できないってわかってただろうに」

「えー、そうですね。当然あなたに止められるだろうと思っていました。あなたはとても大きいし、いかにも強そうだし、それに前にお会いしたとき、倦《う》むことを知らぬ決然たる敵対者だということを見せつけられましたから。でもぼくはここに、親友の追悼のために来なければならなかったんです。この城塞にあるものをひどく欲しがっていたので、もはやトロールの胃の中で消化されてしまった彼のために、最後の願いをかなえてやりたかったんです。ドラゴンのこともちょっと心配だったんですが——もうここにはいませんよね？」

「裏のほうにいるよ。ぼくはあいつ嫌いなんだけど」

「ぼくもです。ドラゴンなんか信用できません。でもあなたは……もしつかまっても、きっと正当な扱いをしてくれるだろうと思っていました」

「なんでぼくが単に握りつぶしてしまわないってわかったんだ？」

「いい印象があったんです。前にぶつかったとき、立派な人なんだなということが伝わってきましたから」

「ママに厳しく教えられてるからね」

「そうだと思いました。ぼくの受けた第一印象は正しかったようですね。なんて感じのいい人なんでしょう。でも不思議で仕方ないんですけど、どうしてあんな邪悪で恐ろしいザウベラみたいな魔女に協力しているんですか？」

巨人が笑い出すとともに全身が大揺れして、フレデリックは振り落とされないよう巨大な小指にしがみつかねばなりませんでした。「そんなにおかしなこと言いました？」

「礼儀正しくしてやってるが、ぼくはばかじゃないぞ。同じ手に二度と乗るもんか」

フレデリックは焦りました。作戦が失敗しそうになっているのでしょうか？「他意はありませんよ！思ったままを言っただけです。それに『同じ手に二度と』ってどういう意味ですか？

だって話したのは初めてじゃないですか」

「おまえじゃないよ。茶色い髪の女の子だ。まったく同じことをやったんだ。まずぼくをおだて、魔女がどんなにひどいか言いたてて、信用させた。そのあと逃げ出してしまった。まんまと一杯食わされたんだよ。でも二度目はないぞ」

「エラのことを話しているんですね？」フレデリックの胸に、温かく幸せな気持ちが押し寄せてきました。自分が試そうとしているのと寸分違《すんぶんたが》わぬ作戦を使って逃げ出したとは、やはりふたりの間には通じ合うものがあるのです。

「おっと、言っちゃいけないんだった」周囲におどおどと目をやりながら、リースがつぶやきました。「魔女にはまだバレていないんだから」

「そうなんですか？」フレデリックが反応しました。どうやら望みはまだ捨てなくていいようです。

「そっくりな人形を作って、塔の中に入れてあるんだよ。自分で言うのもなんだけど、あれほどの芸術的才能に恵まれてるなんて思ってもいなかった。まあ今はその話はいいや。おい、魔女には言うなよ。ベーコンの塊になりたくはないからね」

「最後の部分についてはよくわかりませんが、要するに、ぼくに頼みごとをしているってわけですね」よかった、うまくいきそうだ、とフレデリックは思いました。

少し前のことです。リーアム、ダンカン、グスタフは、バットウィング山の麓《ふもと》にある岩の陰から、フレデリックと巨人のことを見ていました。

26 プリンス・チャーミング、絶体絶命

「ストウゥウゥウゥウゥウルム・ハアァアァアァア・ゲエェエェエェエン！」と叫ぶフレデリックの声が聞こえてきました。

グスタフがほかのふたりを見て、にやりとしました。「おれの真似してるぜ」

「あのダンスもよかったよね」ダンカンが言いました。「あとで忘れずに振りつけを教えてもらわなきゃ」

「しっ！　何か話している。よく聞かないと」リーアムが注意しました。

「ドラゴンのこともちょっと心配だったんですが――もうここにはいませんよね？」フレデリックの声が聞こえます。

「裏のほうにいるよ」

「よしっ、おれの出番だ」グスタフが言いました。「おまえらふたりは早く地図を取りに行け。無駄に命を危険にさらしたくないからな」

リーアムが鼻を鳴らしました。「いつも無駄に命を危険にさらしてるじゃないか。趣味かと思ってたよ」

グスタフは無視して剣を抜き、城塞の裏側へと走っていきました。

このときを待っていました。兄たちの中にドラゴンと戦ったことがある者はいません。ハラルド（八番目の兄）はゴブリン二匹を串刺しにした件で名声を得ていますし、ラース（十二番目）は野生の犬男をつかまえて面目を施しました。ヘンリク（一番目）とオズワルド（五番目）は、沼男などという貧弱な怪物を倒して称賛を浴びました。いずれもドラゴンとは比べものになりません。もしグスタフがドラゴンに対抗できたら、間違いなく、ストゥルムハーゲンの王子たちの

中で最大の功績となるでしょう。グスタフは、自分にならできるという自信にあふれていました。それればかりか怪物を完膚《かんぷ》無きまでに倒してしまうこともできると信じていました。しかし、ドラゴンが死んでは計画が台無しになってしまいます。あとで巨人を襲わせるために必要なのですから。今回ばかりはグスタフも計画どおりに動こうと決心しました。

これは彼自身にとって名誉を回復する絶好のチャンスです——どんなにすごいことができるか、みなに知らしめてやるのです。

しかしドラゴンは眠っていました。

「冗談だろ」グスタフは肩を落とし、苛々《いらいら》して石を蹴りました。「戦う役のはずだったのに。ペットの世話係なんかしたくねえ」

高くそびえる塔の陰で呑気《のんき》にいびきをかいている怪物を見ているうちに、起こしたい誘惑にかられました。剣でちょいとつついてやればいいだけです。

それでも、グスタフは我慢しました。計画どおりに行動し、チームのためをいちばんに考えなければなりません。ありったけの自制心を奮い起こして草地の上に座り、眠るドラゴンをじっと見張りました。

これほど退屈な任務があるだろうか、とグスタフは思いました。

グスタフがドラゴンを目指して走っていくとすぐに、リーアムとダンカンは城塞の正面にある大きな木の扉まで急ぎました。フレデリックが何か言って巨人が笑っています。気づかれずに忍び込むには今しかありません。

26 プリンス・チャーミング、絶体絶命

なぜかダンカンも笑い出し、リーアムが制しました。

「ごめん。巨人があんなに笑うなんて、フレデリックは相当おもしろいことを言ったのかなと思ったんだ。何を言ったんだろうって想像したら――ははっ！――思った以上に笑えちゃって」

「ダンカン、集中してくれ」

ダンカンが口をつぐんでうなずくと、リーアムは扉に取り付けられた鉄製の丸い取っ手をぐいと引きました。開いた扉の間から、ふたりは中に滑り込みました。

そこはがらんとした大きな部屋で、リーアムが最初にドラゴンと対峙した（そして地図を見失った）場所でした。古代ルーン文字の本、フクロウの骨格標本、乾燥したヘビの皮、スライムの入ったバケツ、干し首が盛られた鉢など、膨大な品々が並べられています。しげしげと眺めていたダンカンが、「怪談博物館みたいだね」と感動した声をもらしました。

「今までのところ、完璧に計画どおりに進んでいる」入ってくる者がないか扉に気を配りながら、リーアムは静かに言いました。「気に入らないな」

「どういう意味？　だってきみが立てた作戦でしょ。当然うまくいくよ」

「信じてくれているのはうれしいが、前回もわたしが立てた作戦だったのは覚えているだろう。少なくとも、わたしの頭の中ではそうだった。それがどういう結果に終わった？」

「完璧な人間はいないよ、リーアム」両手をリーアムの肩に置いて、ダンカンが言いました。「きみはぼくたちの中でいちばんの英雄じゃないか。魔女の計画を阻止してみんなを救える人がいるとしたら、きみ以外にないよ。きみのそばにいられるだけで大変な名誉だとぼくは思ってるよ」

リーアムは弱々しく微笑みました。ダンカンが寄せてくれている称賛を鵜呑《うの》みにはできません

でしたが、それでもずいぶんと励まされました。

「きみはいい友達だな、ダンカン」

「それ、ずっとみんなに気づいてほしかったんだよ〜！」

「よし。ここで扉を見ていてくれ。わたしはあっちの隅を調べてくる」リーアムは大きな部屋を横切って、最後に地図を見た場所に向かいました。暗い隅にかがむとすぐに、地図が石の床に落ちているのが見つかりました。

「うむ、これはよくない。こんなに都合よくいくわけがない」

リーアムは不安そうに地図を拾い上げて丸めました。「何かまずいことが今にも起こりそうだ。そんな気がする。ダンカン、すぐ外に出よう」

しかし、振り返って出入口の扉のほうを見たとき、ダンカンの姿は消えていました。


リーアムが「扉を見ていてくれ」と言ったとき、それが正面の扉のことかどうかダンカンにはよくわかりませんでした。つまり、その部屋にはいくつも扉があったのです。ダンカンはちょっと考えたあと、出入口の大きい扉はそう注意しなくても大丈夫だろうと結論づけました――見過ごすことはなさそうですから。それよりも、もっと小さくて見えにくい扉のほうが心配です。

ダンカンは壁に沿ってこっそり歩き、ひとつめの扉のところまで行きました。おもむろに開けて中に頭を突っ込むと、おまるしか置いてないのを見て笑いました。そこは閉めて、次の扉に向かいます。ふたつめの扉の向こうは、ほうきがたくさん並んだ小部屋でした。乗ってみることを少し考えましたが、内ももにとげが刺さったら困ると考えてやめておきました。三つめの扉を開

26 プリンス・チャーミング、絶体絶命

けると、松明《たいまつ》の光に照らされた長い廊下が続いていました。曲がり角の向こうから足音が聞こえたので閉めようとしましたが、もし魔女なのだとしたら、リーアムに教えなければなりません。しかし、どうも魔女ではなさそうです。

ダンカンは爪先立ちで廊下を進んでみることにして、角を曲がると、茶色い髪の少女と鉢合わせして心臓が止まるかと思いました。エラも同じくらいびっくりしました。どちらも飛びすさって身構えました――エラは腰を落としてカンフーの構えをし、ダンカンは片足立ちになって両手で顔を隠しました。

「誰？」ふたりの声が重なりました。

「わっ、ごめん。お先にどうぞ」こんなときでも礼儀正しいダンカンがゆずりました。

「あなたもあの人の番人？」エラがたずねました。口元はキッと結ばれて、すぐにも攻撃してきそうです。

「誰の番人？」

「魔女よ」

「違うよ。きみはそうなの？」

「もちろん違うわ。もしわたしも番人なのだとしたら、あなたが番人かどうか、きくわけないでしょ」

「ぼくを引っかけようとしてるんじゃないかと思って」

「してないわ」

「ぼくだってしてないよ」

「じゃ、あなた盗賊ね？　服装からすると」

「ああ、この服はずんぐり猪犬亭《ししいぬてい》でそろえたんだ」

「ずんぐり猪犬亭って誰よ？」

「ずんぐり猪犬亭は人じゃないよ」

「ふぅん、じゃ、それは何？」

「ひどい味のレモネードを出すところだよ」

「わたしを混乱させようとしてるでしょ」

「違う、してないよ。きみのズボン、個性的で素敵だね」

「話をそらすのはやめて。何者か名乗りなさい」

「ぼくはダンカン。お会いできてうれしいです」

「こちらこそ。ここで何をしてるの？」

「地図を探しに来たんだ」

エラは息をのみました。「わたしも地図がいるのよ！」

「だめだよ！」ダンカンが反抗的に言いました。

エラは両手でダンカンの襟《えり》をつかんで脅しました。「地図を渡しなさい！」

「ぼくは持ってないよ！」ダンカンが金切り声を上げました。「まだ見つかってないんだ！」

エラは手をゆるめました。「地図が本当に必要なの。そのために命をかけてここに戻ってきたのよ」

「ぼくたちもだよ」

26 プリンス・チャーミング、絶体絶命

「あなたも？　待って、〝ぼくたち〟って誰？」

「ぼくとリーアムとグスタフとフレデリックだよ」

「フレデリックですって？」その名を聞いて驚いたエラは、手を放して後ずさりました。ラプンツェルの塔でフレデリックと出会ったと思ったのは、魔女の仕掛けた幻覚か何かだったのではないかと考えるようになっていたのです。

「ハーモニア国のフレデリック？　彼もここにいるの？」

「フレデリックを知ってるの？」

「わたしたち、結婚することになっているの」

「じゃあきみがエラ？」ダンカンは興奮して大声を上げました。「ぼく、きみは木の枝なんだと思っていたよ！」

「はぁ？」

「うわぁ、すごい、すごいよ。一緒に来て！」ダンカンはエラの手を握ると、引っ張って大部屋まで走りました。

「ダンカン！　よかった、無事か」扉のうしろから現れた友の姿に、リーアムが安堵《あんど》の声を上げました。

「誰を見つけたか見て！」ダンカンが叫びました。「エラでーす！」

「エラ？　何だと？　彼女がここにいるのか？」

ダンカンのうしろからエラが出てきました。その瞬間、リーアムは心を奪われてしまいました。髪は乱れてボサボサ、服は破れて泥だらけでしたが、リーアムには輝いて見えました。何よりも、

その目に惹きつけられました。向こう見ずで大胆な力強さをたたえた瞳――そんな目を持った人は、ほかにはただひとりしか見たことがありません――鏡の中の自分です。「わお」

「わお？」状況をはかりかねたエラがおうむ返しに言いました。

「『わお、きみを見つけられたなんて信じられない』って言いたかったんだよ」ダンカンが補足しました。

「そうだ、もちろん」リーアムは感情を表に出さないよう努力しましたが、幻惑されたようにエラのことを見つめたままでした。「何日も前に逃げ出したものとばかり思っていた」

「そのとおりよ。でも地図を取りに戻ってきたの。もし見つけたのなら教えてくれない？」

「見つけた」羊皮紙《ようひし》を巻いたものをリーアムが見せました。

「その地図に何が書かれているかわかってる？　魔女が塔に人質を閉じ込めているのよ」

「やはり！　推理したとおりだ」

「えっと、それは見ればわかったことじゃない？」ダンカンが言いました。「だって〝人質〟って書いてある――」

「わたしが推理したとおりだ」最後まで言わせず、リーアムが繰り返しました。「きみはもう自由なのだから除いて、あと五人救わなければならないのだな」

「四人よ。ひとりはわたしが助けたの」

「きみが？」リーアムは近くの石棺に肘をついて髪をかき上げ、何気なく、かつ粋に見えるようなポーズをとりました。「きみはたいした女性だな」

「ありがとう。人質というのは全員、宮廷詩人なのよ。魔女は、この世界の娯楽産業の中枢を攻撃しているの。狂気に満ちた見世物の一環として、宮廷詩人たちを殺すつもりでいるのよ」

「わかっている。それが行われるのは今夜だ。だから、地図を手に入れるため、ここに戻ってこなければならないとわたしは主張した。ほかのみんなはもう終わりにしようと言ったが、わたしは――」

「ほかのみんな――ああ、なんてこと」エラが息を弾ませて言いました。「フレデリックも本当に一緒なの？」

「ああ、フレデリックね、そうだ、来ている」リーアムは声を落としました。友達の婚約者に浮ついた気持ちを持ったのが恥ずかしくなったのです。しかし同時に、どうしようもないことだとも思いました。とにかくエラは、なんというか、「わお」と言うしかない女性だったのですから。

「そうだよ」ダンカンが口を挟みました。リーアムはエラに魅了されているようで、ちょっといやな雰囲気だな、と思っていたのです。「ぼくたちがここにいるそもそもの理由は、フレデリックだよ。彼がぼくたちみんなを見つけて、きみを探すために一緒に行動するようになったんだから。みんなフレデリックが言い出したことなんだ」ダンカンが非難めいた視線を投げると、リーアムはきまり悪そうに肩をすくめました。

「それであなたたちはいったい誰なの？」エラがききました。

「ぼくたちはプリンス・チャーミング同盟だ」ダンカンが誇らしそうに言いました。

「違う、プリンス同盟だ」リーアムが訂正しました。「ただのプリンス同盟」

「いいけど」ダンカンがしぶしぶ同意しました。「でもぼくたちみんな、プリンス・チャーミングなんだよ」

「それでフレデリックはあなたたちと仲間になったというの？　わたしの唄の中でプリンス・チャーミングと呼ばれていたから？」

「そのとおり！」ダンカンが笑みを浮かべました。「そしてぼくは白雪姫《スノー・ホワイト》の唄のプリンス・チャーミング」

エラがリーアムのほうを向くと、少し顔が赤くなったように見えました。「で、あなたは？　あなたは誰のプリンス・チャーミングなの？」からかうようにリーアムを肘でつつきます。

「眠り姫だ」仕方なくリーアムも言いました。「だが、わたしについて聞いたことを全部は信じないでほしい」

「わたしは最近、誰のこともあまり聞いてないわ。ちょっと忙しかったの」

「本当か。ではわたしについて特に何も知らないのだな？　エリンシア国のリーアム王子のことも？　噂をまったく聞いてない？」

「全然」

「ではきみの知る限り、わたしは人を救うために自分の命をかけている勇敢な男というわけだな」

「あっ、待って――エリンシア！　あるわ！」

「だと思ったよ」リーアムががっくりしてつぶやきました。

「妹さんが探していたわよ」

「ライラが？」

「そう。とってもいい子ね」

「いったいどうして――」

26 プリンス・チャーミング、絶体絶命

ダンカンが足を踏み鳴らしました。「もう早く外に出て、フレデリックが無事かどうか確認しないと」

「そのとおりね、行きましょう」自分を探すためにフレデリックが困難をくぐり抜けてここまで来たことに、エラは胸が熱くなりました。そして、これ以上彼を危険な目にあわせるわけにはいかないと思いました。「ところでフレデリックはどこなの？　木の上から見張りをしているとかかしら？」

「ううん、外で巨人の注意をそらしてるよ」ダンカンが言いました。

「巨人？」エラは息をのみ、リーアムをどんと突きました。「巨人のところにフレデリックを置いてきたってこと？　彼を死なせたいの？」

「フレデリックなら対処できる」リーアムは断言しました。「信じてくれ、彼は変わったんだ」

「正気の沙汰《さた》じゃないわ」エラが叫びました。「フレデリックは綿ぼこりだって怖がるのよ！今すぐ助けに行かなきゃ」リーアムを押しのけると、エラは出入口まで走っていきました。しかし扉までたどり着いた瞬間、うしろからシューシューという音とうめき声が聞こえました。振り向くと、リーアムが胸をつかんで床に転がっています。その背後に邪悪な笑みを浮かべたザウベラが立ち、手を上げて青いエネルギーの稲妻をほとばしらせて、再びリーアムを打ちました。

「このザウベラの家を、また訪ねてきてくれてうれしいよ」魔女が言いました。不自然な風がうずまいて、赤と灰色のぼろ服をなびかせました。

事前に想定していたより魔女の力が大きそうだと悟り、エラは恐れに震えました。また、名前はウェンディではないらしいことにも気づきました。

「彼に手を出さないで！」エラが叫んでリーアムのもとへ駆けつけました。「わたしを連れていけばいいわ。目的はわたしなんでしょ！」

「おお、心配いらないよ――おまえもどこにも行けないんだから。かわいい仔猫ちゃん」ザウベラは冷笑して、エラに魔法の稲妻の一撃を浴びせ、リーアムと並べて横たわらせました。

「卑劣な悪鬼《あっき》め」床に這《は》いつくばったまま、引きつった声でリーアムが言いました。

「あたしがプリンス・チャーミングをおびき寄せて、わざとシンデレラを連れていかせようと仕組んだとは思いもしなかっただろう？」

「どうして誰か知ってるの？」ダンカンがギョッとしてききました。

ザウベラはリーアムを見て、緑色に変色した歯をむき出して笑いました。「ああ、そうかい。おまえがそうか。実際、おまえだと思っていたよ。ほかの三人はなんていうか……ねえ」

リーアムが手を伸ばしてダンカンの手に地図を押しつけました。「作戦を思い出せ、ダンカン。持って走るんだ！」

ひと言も発さず、ダンカンは地図を手に駆け出しました。ただし出入口のほうにではなく、真っすぐ近くの壁に向かって。ぶつかって二、三歩うしろに下がるとくるりと回転し、魔法の杖を並べた棚のうしろを走って、カエルの瓶詰を盛大にぶちまけました。

「そっちに出口はないよ」魔女が親切ごかしに教えてくれました。

次の瞬間、ダンカンはまた体勢を立て直し、正面の扉へ走って外に出ていきました。

ザウベラが手をこすり合わせて悪魔のような笑みを浮かべました。「シンデレラとプリンス・チャーミングが手に入った！」

26 プリンス・チャーミング、絶体絶命

リーアムはエラと共に床に転がったままです。痛みと息切れがひどく、逃げ出せそうにありません。「はっ。わたしの友が地図を持って逃げたぞ、魔女め。これで邪悪な計画もおしまいだ」

「おや、そうかい？」ザウベラが楽しそうに言いました。「あたしがあいつを止めようともしなかったのに気づかなかったのかい？」

「観念しろ、魔女。おまえの負けだ。あの地図さえあれば、わたしの仲間がたちどころに宮廷詩人たちを解放する」

「おまえが言っているのはこいつらのことかい？」ザウベラが骨ばった指を鳴らすと、天井から紫色のツタが四本、下りてきました。からまる蔓《つる》にぶら下げられているのは、さらわれた宮廷詩人たちでした。リリカル・リーフ、音色満ちるタイリース、ウォレス・フィッツウォレス、韻律の公爵レイナルドです。いずれも蔓でさるぐつわをされていて、悲しげにリーアムとエラを見つめています。

「おのれ」リーアムが声をもらしました。

「こいつらの作る杜撰《ずさん》で中傷的な唄にはもう我慢ならないんだよ。あたしの評判をめちゃくちゃにしやがって。目にもの見せてくれるわ」

「どうかしてるんじゃないの、魔女」エラが言いました。「ラプンツェルがあなたから逃げたと世界に知らしめたからって、それだけで彼らを殺すというの？」

「ラプンツェルはあたしから逃げ出してなんかいないよ！」ザウベラが金切り声を上げました。

「あたしが外に出してやったんだよ！　ザウベラから逃れられる者はいない！」

「いや」リーアムがさえぎりました。「少なくとも、われわれ全員が一度は逃げている」

「ザウベラから逃れられる者はいない！」魔女が大声で繰り返しました。「それに、宮廷詩人どもを殺しはしない。殺戮《さつりく》を目撃して唄にする者が必要だからね。今や宮廷詩人どもはあたしの広報係だ。代わりにほかのやつらを殺す。もちろんそのために、おまえたちを利用するんだよ」

蔓がするすると動いて宮廷詩人たちが見えなくなりました。

「あんたの思いどおりになんかならないわ、魔女！」エラが叫びました。

「おまえらみんな、侮辱《ぶじょく》であるかのように〝魔女〟と言うけどね。あたしは魔女以外の何者でもないよ。とにかく、おまえらは自分でどうこう選べる立場にないんだよ」

ザウベラがまた指を鳴らしました。紫色の蔓がするすると床を這ってきてリーアムとエラにからみつきます。

「来な。今度は彼氏と一緒に閉じ込めてやる」

「彼氏じゃないわ！」エラが叫びました。

「そうだ、わたしは、えー、その……」リーアムが口ごもりました。

「彼氏でも婚約者でも何でもいい」ザウベラが鼻であしらいました。「シンデレラとプリンス・チャーミング——英雄たちを釣るには、それだけで充分だ」

魔女の言葉の意味がよくわからず、リーアムとエラは目と目を見交わしました。ザウベラは展望塔へ向かってらせん階段を上り始めました。人質を捕らえたツタがのたうってあとに続きます。

「光栄に思ってもらいたいもんだよ。これは史上最大の殺戮となる。そしておまえらふたりが餌《え》食《じき》のトップスターだ」

「忘れていることがあるぞ、魔女」リーアムが言いました。「わたしの仲間だ」

26 プリンス・チャーミング、絶体絶命

ザウベラがくつくつと笑いました。「お仲間とやらが、出口さえ満足に見つけられなかった、さっきのちびみたいなやつのことだとしたら、たいして心配いらなそうだね」

27

プリンス・チャーミング、いいニュースと悪いニュースを聞く

夕暮れの光の中に飛び出したダンカンは、グスタフがいる城塞の裏のほうへ全速力で駆けました。目をつむって走ることで、巨人からも自分の姿が見えなくなるのを期待しました。

「やっと来たか！」グスタフが立ち上がり、剣をさやに収めて言いました。「どれほど退屈だったかわかるか？」

「リーアムとエラが魔女につかまった！」ダンカンが叫びました。

「なんだと、ちくしょう！　優等生王子のやつ、ひとつもまともにこなせやしない。おい、ちょっと待て、エラって言ったか？」

「でも見て、地図は手に入れたよ！」

「そりゃよかった。だがよ、ドラゴンがまだ眠ってるのに、どうやって巨人を倒す？」

27 プリンス・チャーミング、いいニュースと悪いニュースを聞く

ダンカンはグスタフの背後を見ました。「うーんと、ドラゴンは眠ってないよ」

目覚めたばかりのドラゴンが大声で吠《ほ》え、尾を振ってグスタフの背中を打ちすえました。グスタフはダンカンの上に倒れて、ふたりとも地面に転がりました。その上に怪物が吠え声を浴びせ、今にも強烈な火炎を放とうとしています。死ぬのか、とグスタフは思いました。こんな最期では無念極まりません。

しかし、こんがり焼かれようかというまさにそのとき、理解できない言葉を叫ぶしわがれ声が聞こえました。ドラゴンが動きを止めて後ずさりました。

「バンチュク!」

「グラット!」

「ツァーカ!」

複数の不機嫌そうな声が、さらに謎の命令を響き渡らせます。ドラゴンは横を向いて〝伏せ〟の姿勢をとり、グスタフとダンカンは立ち上がりました。

塔の壁に手をついて息を整えながら、ふたりは目の前の光景に圧倒されていました。ドワーフのフリック、フラック、フランクがドラゴンを取り囲み、不思議な異国の言葉を唱えて手を激しく動かしています。

ドラゴンはすっかり静まりました。

「フランク?」ダンカンが呼びましたが、フランクは人差し指を立てて黙らせ、ドラゴンから目を離しません。

「バンチュク! グラット!」ドラゴンが頭を垂れると、フリックがすぐそばまで歩いていって

鼻面をなでました。怪物は爬虫類めいた目を閉じ、ゴロゴロと喉を鳴らしました（少なくともグスタフにはそう聞こえました）。

フランクが王子たちに近づいてきて言いました。「おまえらふたり、何ぼさっと見ている？ドワーフはドラゴン調教の専門家なんだ」

「そうだろうとも」グスタフは汁のにじんだリュックサックを腰から外し、地面に投げ出しました。「くさいカピバラ肉を持ち歩いたのも無駄になったってわけか」

「どうやるか教えて！　どうやるか教えて！」ダンカンが飛び跳ねながらせがみました。

「いやだ」フランクが言いました。

「いいじゃない〜、謎の言葉ちょっとだけでも」ダンカンがくいさがります。「ひとつかふたつでいいから。何だっけ？　チャップチャップ！」ドラゴンが尾をぴしゃりと打ちました。

「ドラゴン調教語をうかつに試してみようとするな。誰かが食われるようなことになったらたまらん」

ダンカンが不満そうに言いました。「だいたいなんでここにいるの？　スノーちゃんに会いに行ってって言ったのに」

「会ったわよ」スノー・ホワイトが近くに停まっていた荷馬車から降り、走り寄ってきました。

「スノーちゃん！」ふたりはひしと抱き合いました。

「ここで何をしているの？」ダンカンがききました。

「フランクたちはあなたに頼まれたとおりのことをしたのよ」ダンカンをぐるぐる回し、怪我がないか全身くまなくチェックしながらスノー・ホワイトが説明しました。「それで、あなたが参

27 プリンス・チャーミング、いいニュースと悪いニュースを聞く

加してるというとんでもない作戦のことを聞いたとき、いてもたってもいられなくなって、あなたのもとへ連れていくよう命じたのよ。あなた、いったいどうしちゃったの？　なぜ忍者の格好をしているの？」

「ということは、小鳥のメッセージは受け取ってないんだね？」

「月曜バードのことを言ってるの？　あの子、先週は怠けたのか現れなかったのよ」

「あの子らしくないね！　でも違う、それじゃなくて、コマツグミのことだよ」

「いいえ、コマツグミは見なかったわ。ダンカン、話を元に戻すと、ドワーフたちのおかげで、絶妙なタイミングで到着することができたのよ。もし数秒でも遅かったら……ああっ、考えたくもないわ！」

「おれたちだけで何とかできた」グスタフが口を挟んできました。スノー・ホワイトが見上げました。

「あなたも、あのう、王子のひとりなの？」

グスタフがスノー・ホワイトに歩み寄って握手をし、含み笑いをしながら言いました。「グスタフだ。ダンカンと結婚したとは、幸運な女性だな」

スノーは疑わしそうな目を向けると——こんな男がプリンス・チャーミングだなんてことがありうるでしょうか？——ダンカンのほうに戻りました。

「とにかく、あなたが無事でよかったわ。あんなふうに出て行っちゃうなんて、何を考えてたの？　魔女や巨人と戦うですって？　あなた、リスを追いかけるだけでも息切れしてたじゃない」

「ああ、おもしろかったよ～。でもきみがぼくを追ってきたなんてまだ信じられない」そう言うと、ダンカンは小声でつけ加えました。「ぼくのこと、いやになったんだと思ってたから」

「まあ、ダンキィ」ダンカンのちぢれ髪をやさしくなでながら、スノーが言いました。「たまに苛々しちゃうこともあるけど、愛してるのに変わりはないのよ。ちょっと休みたいだけだって言ったでしょ。いなくなって欲しかったんじゃないわ」

グスタフがうめきました。

「二度ともうばかなことはしないって約束して。あら、わたし何を言ってるのかしら。そんなの無理よね。今日はもうばかなことはしないで。それならできるでしょ？」

ダンカンは黙っていました。

「ダンカン、今すぐ一緒に帰りましょ」

「うーん……もう少ししたらね」スノーの顔に失望が広がったのにダンカンは気づきました。

「だってほら、友達がいるから……もう大親友になったんだよ！　ちょっと今、大変な状態で……リーアムはあっちの恐ろしい城の中にいて、ひどく意地悪な魔女につかまってるし。シンデレラも！　あ、きみも会ってみるといいよ、すっごくいい子だから。それにフレデリックは巨人に連れ去られてどっか行っちゃったし――」

「ぼくはここです！　無事ですよ」フレデリックが走ってきました。

「大丈夫か？　何があった？　巨人はどこだ？」グスタフが勢い込んできました。

「ええ、リースから聞いたんですけど――あ、巨人のことです――彼が木の枝で人形を作って、塔の独房に置いておいたらしいんですよ。エラが脱走したことを魔女に見つけられたくないそう

27 プリンス・チャーミング、いいニュースと悪いニュースを聞く

です」フレデリックが説明しました。「おや、初めてお会いする方がいますね！　ぼくはハーモニア国のフレデリックです。お見知りおきを。あなたは？」

「スノー・ホワイトです」

「おお、まさかこんなところでお会いできるとはうれしい驚きです」

「うわぁ、それで思い出した……」ダンカンが声を上げました。

「なんと、あれはドラゴン？」フレデリックがハッとして身構えました。

フランクがダンカンとスノー・ホワイトの間に割って入り、満足そうな笑みを浮かべて言いました。「心配するな。あのドラゴンはこちらの手の内にある」

「あなたがたも来ていたとは。久しぶりにお会いできてうれしいですね」

「そうだよね、フレデリック。でも今大事なのは――」ダンカンが言いかけました。

「ちょっと待って。これをお話ししなければ」フレデリックがさえぎって、話し続けます。「それで、巨人は魔女を怖がっているんですよ。エラが逃げたことを知られたら何か恐ろしい仕打ちを受けると心配しているんです。ベーコンと関係するようなんですが、そこはちょっとよくわからなくて。とにかく、今リーアムが塔にいて、きっとすでに人形を見つけ、魔女にそのことを話してしまうと言ったら――」

「ねえフレデリック」ダンカンが切羽詰まったように邪魔しました。

「もう少し待ってください！　そうして、どこかへ逃げて隠れるようリースを説得したんです。でもそんなことしても絶対見つけられると言うから、自分自身の人形を作ってまた魔女をだましてみたら、と提案したんです。彫刻の才能があると自信満々のようでしたから。それで……」フ

レデリックはみなを塔の前まで連れていき、草地の上に鎮座している巨大な何かを指し示しました。「あれが巨人です」

ほとんど枝を落とされた松の巨木から、枝が二本だけ腕のように両側に突き出していて、巨人のシャツを着せられています。幹の上のほうでは、顔が――目を表す二つの穴、三日月形に切り込んだ口など――雑に彫られており、髪の代わりとして、ヤクの死骸が何頭分か上に積み重ねられています。

「つまり半裸の巨人がその辺にいるってことか?」グスタフが身震いしました。

「残念ながら、そういうことですね」

「フレデリック!」ダンカンが叫びました。いつもだったら、こういう話にはうっとり聞き入ったことでしょうが、もうこれ以上待てません。「エラが中にいるんだよ!」

「えっ、本当に? エラが来てるんですか?」

「また魔女につかまってしまったんだよ! リーアムと一緒に」

「どこに連れて行かれたんです?」

「あそこに見えるおかしな光から推測すると、最上階じゃないか」グスタフが展望塔を指差して言いました。

「こんなところに立っている場合じゃないですよ。行きましょう」

「おれにまかせろ」

ふたりは城塞の扉に向かって走り出しました。「ダンカン、きみはどうするんですか?」フレデリックが振り返って呼びました。

27 プリンス・チャーミング、いいニュースと悪いニュースを聞く

　ダンカンは友達と妻を代わる代わる見ました。スノー・ホワイトは有無を言わせぬ力強さで首を振っています。一方、王子たちはダンカンにとって初めての本当の友達です。四人が年をとって、若き日の突拍子もない冒険について笑い合うところを想像しました。これほど幸せを感じさせる夢想はなかなかありません。しかしスノーは結婚相手で、初めて敬意をもって接してくれた人でもあります。

「ぼくは行けないかも」悲しそうにダンカンが言いました。

「いいんですよ」フレデリックが言いました。「気持ちはわかります。本当に。友達になれてうれしかったですよ、ダンカン」

　フレデリックとグスタフは血気盛んに城塞へと入っていきました。しかし、もし次章のタイトルを知っていたら、ダンカンと共に留まる道を選んだのではないでしょうか。

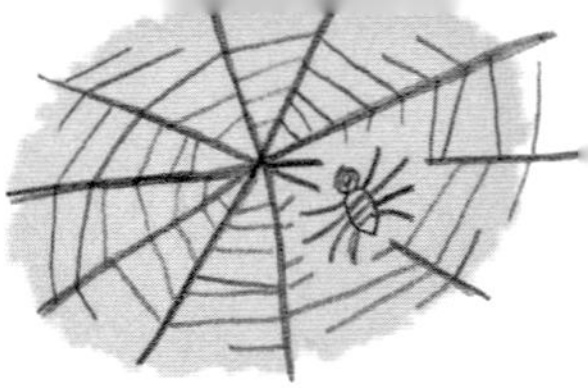

28

プリンス・チャーミング、命運が尽きる

「縛りつけられるのはこの二日間で二度目だ。今朝やっとの思いで解放されたのに、いい加減うんざりする」リーアムが不平をもらしました。天に届くほど高いザウベラの展望塔の中で、紫色の魔法の蔓《つる》がふたりを黒い大理石の柱に縛りつけています。

「わたしなんて、今月に入ってから魔女の塔三本目よ」隣の柱からエラがリーアムに言いました。

「ふたりとも、おしゃべりはやめな」ザウベラが叱りつけました。机に向かい、〝シンデレラとプリンス・チャーミングの盛大な最期〟と名づけた計画図を大急ぎで仕上げています。

「どうした、魔女？　集中できないというのか？」リーアムが揶揄《やゆ》しました。

「心配無用だよ、ハンサム王子。あたしは一度にいくつものことに集中できるんだからね」目を上げもせず、ザウベラが答えました。「おまえとしゃべりながら計画を練っているし、同時に驚

28 プリンス・チャーミング、命運が尽きる

異的な精神力でもっておまえらをしっかりと縛りつけている。続けな――あたしの蔓がほどけるかどうか、せいぜいのたくってみるがいい」

リーアムとエラは締めつける蔓と格闘しましたが、ほんのわずかも動かすことができません。

「なんとかして魔女の精神に揺さぶりをかけないと、この蔓から逃れることは不可能だ」リーアムがエラにささやきました。

「あたしは耳もいいんだよ」ザウベラが大声で言いました。

「なぜわたしたちを一気に殺して終わりにしてしまわないの？」エラがききました。

「それだけでは誰も驚かせられない」そう答えると、年に似合わぬ生気《せいき》をたたえてザウベラは立ち上がり、ふたりに走り寄って書き上げたばかりの計画図を見せつけました。「わかるかい？これは歴史に残るね」

図は複雑にこんがらがっていて、リーアムとエラは完全に解読することはできませんでしたが、断片だけでも充分恐ろしく感じられました。魔女の計画はどうやら、展望塔の尖頭からふたりを吊るし、城塞に近づく者すべてがその姿を目にするけれども、まったく手出しができないという状態をつくることのようです。略図によると、大人数が城塞に押し寄せるのをザウベラは想定しています。そこには〝英雄ども〟と注釈がありました。そしてどちらの方向から近寄ろうと、彼らには死の運命が待っていました。東から来る者には落石を。北から来る者は突如として起こる竜巻に舞い上げられて粉々に。南からの者は炎の壁に巻かれ、西からの侵入者は果てしなく落ちてくる稲妻に焼かれるのです。

「わたしたちはおとりなのか」リーアムが慄然《りつぜん》とつぶやきました。

「そのとおり、利口だね。ものすごい見世物になるよ。ひとつはっきりさせておきたいんだが、おまえらふたりも死ぬんだよ。最終的にね」

「いったいなぜ、こんなことをするの?」エラがききました。

「英雄が嫌いだからさ。自分を誰より優れているとでも思ってるんだろ。手柄は全部自分のものにできるとでも? あたしはついに実力にふさわしい名声を得るんだ。目障りな英雄どもを最後のひとりまで滅ぼすことで成し遂げる。笑ってしまうほど簡単だろうよ。あたしは英雄というものを知り尽くしてるからね。どこかで問題が起こってると聞けば、解決できるのは自分しかいないとおまえらは考える。そうとなったら自分を抑えることなどできやしない。栄光のチャンスと見てとったら、脇目もふらず真っしぐらに突っ込んでいく。この世でもっとも有名なカップルをさらったと知らしめたら、あとはただ座って英雄どもがやって来るのを待つだけだ。そして現れたが最後、全員が死の運命をたどる。やつらは自信過剰で、あたしを見くびっているからね。城塞の壁にさえ近づけないうちに、この場所から狙い撃ちにしてやる。あとからあとからやって来るだろうよ」

リーアムは身体をよじり、右手の指を使ってズボンのポケットに入れてあった巻物をなんとか取り出し、勝ち誇ったように言いました。「計画に狂いがあるようだな、魔女。わたしたちが囚《とら》われたことは誰も知らない。脅迫状はこちらで押さえたからだ」

ザウベラの薄い唇がゆがみ、冷たい笑みを形づくりました。「おや、その手紙は狙ったとおりの相手に届いたようだね。それはおまえらに宛てた内容なんだよ」

リーアムは言葉を失いました。

28 プリンス・チャーミング、命運が尽きる

「おまえがプリンス・チャーミングだとわかったとき、これはグランドフィナーレに不可欠だと考えた。あの運び屋はずいぶんとちょうどよく現れただろう？　おまえらのあとをつけて、疑われないよう手紙を渡せと命じてあったのさ。思ったとおり、英雄として典型的な反応をして真っすぐここに戻ってきたね。あたしの予想が正しかったことを証明してくれてありがとうよ。おかげで特別な人質がおまけで手に入った。さっき言ったとおり、三人の友達は外で死ぬことになる。助けを呼びに行くほどの知恵もないだろうからね。違うかい？」

リーアムは頭を低く垂《た》れ、何も言いませんでした。なぜこんなにも計算違いをしてしまったのでしょう？　この二日間における行動はすべて、魔女のてのひらで踊らされていただけでした。無能にもほどがあります。

「ところで本当にあたしが、そんじょそこらにありそうな手書きの手紙なんかで、計画を世に知らしめようとしたと思ったのかい？　見てな。いよいよショーが始まるよ」

魔女が手を素早く動かすと展望塔の円錐《えんすい》形の屋根がふたつに開き、頭上に雲ひとつない青空が広がりました。そして腕を上下に激しく振り、てっぺんに開いた穴の外へ強烈な閃光《せんこう》をいくつも放ちます。リーアムとエラは目がくらまないよう瞼《まぶた》をかたく閉じました。火花の散るような音が収まったとき、再び目を開けて空を見上げると、大空に炎で文字が書かれていました。

「シンデレラとプリンス・チャーミングは預かった」

みなしごの荒野は五つの国に囲まれた土地であるため、巨大な炎文字はどこからでも見ることができます。ストゥルムハーゲン、シルヴァリア、エイヴォンデル、ハーモニア、エリンシアのあちこちで、人々は恐慌状態に陥りました。誰から送られたメッセージかはわからずとも、とて

つもない魔力を持つ者の仕業《しわざ》だというのは明らかだったからです。本当かどうか疑う理由もありません。そしてザウベラが期待したとおり、各地の英雄たちが行動を始めました。騎士たちは甲冑《かっちゅう》を身に着け、レンジャー部隊は矢筒《やづつ》をいっぱいにして弓を背負い、戦士たちは槍《やり》を準備し、勇士たちは剣を研ぎ、暴れ者たちは暴れる心構えをしました。これら全員がバットウィング山に参集するのは時間の問題でした。

「魔女の計画どおりになりそうだ」あきらめの混じった声でリーアムが言いました。

「どうしてそんなことを言うの？」エラが苛立たしそうに言い返しました。

「言っていたとおりだからだ。自分のことを英雄だと考えている者は無数にいるし、彼らは来る。わたしだってそうしただろう」

「ふぅん、落ち込みからさっさと立ち直ることね、英雄さん。だってあなたとわたしはここから抜け出して、誰も来ないうちに魔女を止めなきゃならないんだから」

「うむ、きみの言うとおりだ。少なくとも数時間の猶予《ゆうよ》はあるだろう。もしかしたら朝まで大丈夫かもしれない。それまでにこの蔓から抜け出さなければ」

「おやおやまあ！」ザウベラが楽しそうに大笑いしました。西方に開いた大きな窓のそばに立っていいます。「最初の客が到着したよ！　一個連隊だ。思っていたよりずいぶん早かったね」

「ありえない」リーアムがつぶやきました。西の窓から遠くに、馬に乗った何百もの兵士たちが城塞を目指して丘を越えているのが見えます。ここまで二十分もかからないでしょう。

「どうしてそんなことが可能なんだ？」

「ごめんなさい、リーアム」エラが言いました。「妹さんに助けを呼びに行ってもらったのよ。

28 プリンス・チャーミング、命運が尽きる

きっとエリンシア軍だわ」

「ライラもあそこにいるのか？」リーアムが息をのみました。

エラは肩をすくめようとしましたが、突然、蔓がより強く締めつけてきて身動きひとつできなくなりました。ザウベラが怒りで荒れ狂ったように、四方の窓に次々と駆け寄って外を覗《のぞ》いています。そして東の窓からろくに見もせずに大声で命令しました。「リース、休むのはまだ早いよ！　武器を用意しな！」そこに置かれている木の幹は、もちろん何の行動も起こしません。

それからザウベラは北の窓へ走って怒鳴りました。「唄歌いども、位置につけ！」紫色の蔓が城塞の壁に沿って這い動くにつれ、吊るし上げられた宮廷詩人たちのすすり泣く声がリーアムとエラに聞こえました。

今度は南の窓へと急いだ魔女がぶつぶつ文句を言いました。「山賊どもはどこだ？　すっぽかすつもりか？　ふん、どっちにしろすべてが終わったら皆殺しにする予定だったがね」

「さてと、花形役者の出番だ」部屋の中央に戻ってきたザウベラがくるくると手を回しました。リーアムとエラの抵抗もむなしく、周りに新たな蔓が這い寄ってきてふたりを大理石の柱から引きはがし、てっぺんに開いた穴へ向かって持ち上げました。迫りくる軍隊をザウベラが今一度確認すると、先頭で兵士を率いているのは黄金の馬車だとわかりました。

「最高だ」魔女が満足そうに言いました。「わが家に王族をお迎えできるとは」

ライラだ！　とリーアムは思い、魔女に懇願しました。「やめろ、必要ないだろう。わたしを殺したいなら殺せばいい。だが外の人々は放っておいてくれ」

「なんと騎士らしいことよ」ザウベラが冷笑しました。「ほかの人間が傷つけられると思うと耐

えられないんだろう？　だからこそ、あいつらの死を見せつけてやるのがおもしろくてたまらないんだよ」

「だめだ」蔓の締めつけがきつくなり、息ができなくなってリーアムの声はかすれました。

そのとき、聞き慣れたグスタフのうなり声が聞こえました。頑丈な禿《は》げ頭の王子が階段を駆け上がり、剣を構えてザウベラに突進してきたのです。魔女はすぐさま青いエネルギー玉を出現させてグスタフに投げつけました。

「グスタフ、これは全部罠だ！」リーアムが叫びました。「外の軍隊を皆殺しにしようとしている！　わたしの妹もいるんだ！　しゃがめ！」グスタフはしゃがみました。光を放つ青い玉がその頭上で爆発し、北側の壁に穴を開けました。オレンジ色の夕日が展望室に流れ込み、レンガや瓦礫《がれき》、魔女が計画を練った何百枚もの没原稿が遥か下の芝生まで舞い散りました。

ほこりと煙が空気中に充満する中、階段からフレデリックが姿を見せました。

「フレデリック！」エラが叫びました。フレデリックはこの瞬間をずっと想像してきました――エラの名を呼びながら、両腕を広げて駆け寄るというような――が、すっかり息が上がっていたので身体をふたつに折ってひざに手をつき、かろうじてエラのほうにうなずくくらいしかできませんでした。

再びグスタフが剣で魔女に斬《き》りつけました。ザウベラは身をかわしましたが、苦しそうです。

「接近戦は得意じゃないんだろ、え、ばあさんよ？」グスタフが剣を振りながら嘲《あざけ》りました。

「エラ、きみがここにいるなんて信じられない」フレデリックは、エラとリーアムを縛って屋根から吊っている魔法の蔓を切ろうと奮闘しました。

28 プリンス・チャーミング、命運が尽きる

「この蔓にぼくの剣はまったく効かない」

「魔女が念力で操っているのよ」

「フレデリック、ザウベラの集中力を邪魔しなければだめだ」

「今グスタフと取っ組み合いしてるけど……それだけでは集中力は途切れないということ?」

「あの魔女はすさまじい力を持っている。本当の意味で集中力を阻害しなければならない。それも素早く」リーアムは西のほうを見ました。軍隊が近づいています。あと十分くらいでしょうか。「グスタフがやってくれるはず。見てください、魔女は弱ってきています。グスタフより先に疲れきるのは明白です。グスタフは誰にも止められないんですから」

フレデリックの言ったとおりでした。ザウベラの動きが鈍ってきて、とうとうグスタフは一太《ひと》刀《た》浴《ち》びせることができました。剣が魔女のぼろ服を切り裂き、左腕にまで届いて血が飛び散りました。

リーアムは蔓を切ろうとしましたが、まだ固く締まっています。「くそ、なんと手ごわい」

グスタフがさらに一閃《いっせん》、ザウベラの肩を斜めに斬りつけました。魔女はよろめいて後ずさり、東側の窓敷居に寄りかかりました。

「おしまいだ、ばあさん!」グスタフが突進しながら怒鳴りました。しかし三度目を成功させる前に、窓の外に見えたものに衝撃を受けて動きが止まってしまいました。「冗談だろう……見たちが?」

ザウベラが傷を受けていない右手でグスタフをつかみ、頭上に持ち上げると、部屋の反対側まで投げつけました。筋骨たくましい身体が大理石の柱に打ちつけられ、「甲冑さえあれば」とう

めき声を上げて、グスタフはどさりと床に崩れました。

ザウベラは振り返って窓の外を見ました。グスタフの兄たちがバットウィング山の麓《ふもと》を縫うように進んできます。あと七、八分で城塞までたどり着くでしょう。「これはこれは」魔女は口の端からしたたった血をぬぐいました。「王子の一団だ。願ってもないことだね」

フレデリックは懸命に蔓をめった切りにしましたが、何の効果もありません。「ごめんなさい、ぼくには無理みたいです」とあえぎながら言うばかりです。

ザウベラが血の気のないくちびるをなめて指の関節をポキポキと鳴らし、両手の間に大きなエネルギーの玉を形づくると、青い火花がはぜました。通常の魔法の稲妻より三倍以上ものパワーがありそうです。

突然、階段から妙に音楽的な音が立ち上ってきて、全員の注意を引きつけました。

「ワイルド・カード！」部屋の真ん中に躍り出たダンカンが歌うように言いました。闖入者《ちんにゅうしゃ》に虚を突かれて、ザウベラのエネルギー玉はしぼんでしまいました。

「魔女めー！　肉でもくらえ！」じくじくとした麻布のリュックサックを開き、分厚いカピバラのステーキ肉を取り出したダンカンが、ザウベラに向かって投げつけました。ビタン！──鼻が曲がりそうなほどくさい肉が額《ひたい》に命中し、ずるずると滑って、ぽかんとした魔女の顔に、べたつく脂《あぶら》と緑がかった肉片のかけらを残しながら床に落ちていきます。あまりにも想定外、あまりにもアホらしい攻撃だったものですから、ザウベラは完全に面くらってしまいました。

「何じゃあ！」目をこすって、べとつくカピバラの脂肪をぬぐいながらザウベラが悲鳴を上げました。そして恐慌状態に陥り、火の玉や稲妻をめったやたらに打ち放ちました。壁に掛けられた

28 プリンス・チャーミング、命運が尽きる

魔法の鏡が割れました。魔女の黒猫が焦げました（え？　魔女のそばに猫がいるのは当たり前でしょう？）。危うくグスタフにも当たるところでしたが間一髪でよけ、逃げ込んだ柱にひびが走りました。

ひとつの稲妻がダンカンを直撃し、身体が宙に浮いて吹っ飛びました。シルヴァリア国の王子、大胆不敵のダンカンは、塔の壁に空いた穴から外に落ち、視界から消えてしまいました。

みな凍りついたように、ついさっきまでダンカンがいた空間を凝視しました――ザウベラもです。目に脂が入って、何が起こったのかよく見えていなかったのです。聞こえるのはレンガやタイルが床に落ちる音ばかりだったそのとき、リーアムが重大なことに気づきました。胸の回りの蔓がゆるんでいたのです。

「蔓がゆるくなっている！　ダンカンのおかげだ！　ついに魔女の集中を破ったんだ！」

フレデリックが力の限りに剣を振るって、エラを縛っていた蔓を切り離しました。床に転げ落ちたエラをフレデリックが助け、残りの蔓もほどきました。エラはフレデリックの頬に手を当てて「ありがとう」とささやくと、その剣をつかんでリーアムを助けに走りました。

そのころにはザウベラもなんとか立ち直り、フレデリックとエラがリーアムを解放しようとしているのに気づくと、腕を振り上げました。

「おーい、肉食ばあさん！　こっちだ！」グスタフが怒鳴りました。

すかさずザウベラが青い稲妻を放ちました。それが胸に命中し、ひびが入って崩れかけた柱に叩きつけられてグスタフは床に倒れました。それと同時に天井との接続部分が砕け落ち、大きな石の柱がぐらついて傾き始めました――打撃でぼうっとなったグスタフがその真下にいます。

友達がつぶされそうになっているのを見てとったフレデリックは、あたう限りのスピードで部屋の反対側から走り、あと数十センチというところで頭から飛び込みました。柱がガラガラと崩れ落ちたまさにその瞬間、フレデリックの伸ばした手がグスタフを安全な場所まで突き飛ばしました。

転がったグスタフは四つん這いに身体を起こして、あえぎあえぎ「助かった」と言い、感謝の気持ちを込めてフレデリックの手を握りました。その手は、冷たく生気がないように感じられました。そのときやっと、エラがフレデリックの名を叫んでいるのに気がつきました。まだ頭がはっきりしない状態で、グスタフは友達を見ました。グスタフが固く握っているフレデリックの手は、崩れた大理石の塊が積み上がった下から突き出ています。身体は柱の下敷きになっていたのです。

「嘘だ」グスタフの息が詰まりました。

駆け寄ってきたエラと共に、急いで重たい石の塊をどけます。倒れた柱の下に隙間が空いたのでグスタフが中を覗くと、狭く暗い空間にフレデリックの穏やかな顔が見えました。目は閉じています。真の恐怖とはどういうものか、グスタフは生まれて初めて知りました。

「外に出してやるぞ」グスタフがやさしく言い、柱の下に肩を差し入れて押し上げました。

崩壊した展望室の反対側では、リーアムが決死の覚悟を決めていました。魔女の力は絶望的なまでに強く、武器もありません。唯一の望みは、ダンカンがされた仕打ち――壁の穴から外に突き落とす――を魔女に返してやることです。このときまでに、レンガがさらに崩れて穴は数メートルの大きさになっていました。魔女をそっちへ追い込まねばならないと心に思い定め、グスタ

28 プリンス・チャーミング、命運が尽きる

フがよくやる動き――ランニングタックル――を試すことにしました。

リーアムは頭を低くし、荒々しい雄叫びを上げながら、真っすぐザウベラへと突進しました。腹を目がけて肩から突っ込み、ふたりはひと塊になって倒れて手足をばたつかせ、壊れた壁まであと数十センチのところまで転げました。しかし魔女が先に立ち上がり、リーアムを見下ろして笑いました。

「愚か者めが！　なぜ観念しない？　決して敵《かな》わないのが――」

ザウベラは最後まで言うことができませんでした。エラが走ってきて、驚くほど強力なアッパーカットを魔女のあごに浴びせたのです。魔女はうしろによろめき、壁の穴のそばまで近づきました。必死で腕を動かし、体勢を立て直そうとしています。かかとが端まで数センチのところまできました。

しかし魔女はバランスを取り戻し、満足そうに笑いました。

「くそっ」リーアムがつぶやきました。

「おまえら、あたしの言ったことを聞いてないね」ザウベラが再び両腕を上げ、魔法の稲妻をつくり出しました。「ザウベラを軽く見るんじゃないよ」

突然けたたましい羽ばたきの音が辺りを満たし、魔女のうしろにある壁の穴がさえぎられて暗くなりました。赤く硬い皮膚に覆われた巨大なドラゴンが飛んできて、穴の外で力強く翼を動かしています。その首にまたがっているのはダンカンでした。

「おーい、みんな、ドワーフに習った技を見てよ！　クワンチュク！」

ドラゴンが激しい火柱を噴き出し、ザウベラはぎりぎりのところでしゃがんでよけました。エ

ラとリーアムも飛びすさって炎から逃げます。しかし服に火がついてザウベラが悲鳴を上げました。ダンカンも悲鳴を上げました。「どうしよう！　間違えた！　えーと、チックチュンク？」

ドラゴンが前に進み、大きな頭を壁の穴から部屋の中に突っ込みました。そして口を開けると、大蛇のような舌をザウベラに巻きつけました。魔女はわめきながらドラゴンの舌をひっかきましたがどうにもなりません。

「コルチャク？」自信なさげにダンカンが言いました。

「英雄どもめ」ドラゴンに丸呑みされる瞬間、魔女の悲壮な声がもれ聞こえました。怪物が炎混じりのげっぷをし、魔女は消えてしまいました。

「うーん、やろうと思っていたのよりずっと残酷なことになってしまった」ダンカンがしかめっ面で言い、「でも魔女をやっつけたね。やったーってとこだよね」と気まずそうな笑みをリーアムとエラに向けました。

ドラゴンが羽ばたくたびに、塔を支えている梁《はり》や屋根のタイルがますます崩れていきます。

「ダンカン、離れてくれ！」騒音の中、リーアムが叫びました。「下で会おう！　この部屋は崩れそうだ！」

ダンカンはうなずき、ドラゴンの向きを変えさせて地面へと降りていきました。

リーアムとエラは降りかかってくる瓦礫をよけながら、グスタフのところへ走りました。グスタフは全身の筋肉を使ってフレデリックの上から大きな石の柱をどけようとしています。リーアムは絶望的なまでに傷ついた友の姿を見て背筋が凍りつきました。

「フレデリックを運ぶのを手伝わせてくれ。早くここから出ないと危ない」

28 プリンス・チャーミング、命運が尽きる

グスタフはリーアムの手を振り払い、目を上げもせず言いました。「おれがやる。おまえらは行け」そして細心の注意を払ってフレデリックをかつぎ上げ、足を引きずりながら、リーアムとエラのうしろから階段を降りました。数階降りたところで、最後まで残っていた展望室の壁が崩れ去った音が聞こえました。

やっとの思いで城塞から出ると、ダンカンとスノー・ホワイトが駆け寄ってきました。

「ぼく、ドラゴンにつかまったんだよ!」ダンカンが興奮してしゃべり出しました。「もう死ぬかと思ったんだけど——ははっ!——気づいたら乗っていたんだ。それからとうとうフランクを説得することができて……ドラゴンの……言葉を……」

ダンカンの声がだんだん小さくなり途切れました。グスタフがぐったりしたフレデリックの身体を草の上に寝かせました。

「生きてる?」エラがききました。

グスタフはフレデリックの胸に耳をつけました。「息はしている。だがかすかだ。危険な状態だと思う」

エラが顔を両手にうずめて泣き出しました。ダンカンはひざががくがくと震え、頬に流れる涙をぬぐう間、スノー・ホワイトに支えてもらいました。

リーアムがフレデリックの脇にひざまずき、重々しく言いました。「怪我が重すぎる。手の施しようがない」

グスタフがふいに決断したかのように、フレデリックを抱きかかえました。「だが何とかできる人物がいる。急いで行かなければ。ダンカン、ドラゴンを連れてきてくれ」

29

プリンス・チャーミング、絶対にしないと言っていたことをする

ストゥルムハーゲンの南、草木がみずみずしく茂る人里離れた谷に、ラプンツェルの住む質素な木の小屋があります。病気や怪我で苦しむ者たちを癒《い》やす長い一日を終え、ラプンツェルは疲れて戻ってきました。自宅の場所を内緒にしておくのは気がとがめますが、特別な能力のことが広く知れ渡ってしまうと、くちびるがひび割れた農夫や紙で手を切ったノームなどがひっきりなしに訪れてくるであろうことがわかっていました。自分の能力は、本当に必要としている者たちのためにとっておきたいのです。ラプンツェルは妖精や精霊のネットワークを持っていて、病人や怪我人が出たらいち早く知らせが届くようになっています。馬車の事故、オオカミの襲撃、水疱瘡《みずぼうそう》の流行などがあれば、すぐに情報をつかんで治療しに出向きました。

29 プリンス・チャーミング、絶対にしないと言っていたことをする

その日の朝は、ひと釜のオートミール粥《かゆ》のせいで誰も彼もが腹痛を起こした近くの村に行きました。そのあと、うっかりクマに吸い込まれてしまった精霊の家族の世話をしに渓谷を訪れました。丸一日よく働き、今は早く家に入って一杯のカブのスープと本を供に静かな夜を過ごすのが楽しみでした。あいにく、そういうわけにはいかないようです。庭にたいそう大きなドラゴンが羽を休めているのを見たとき、時間外労働を覚悟しました。白いエプロンで手を拭き、入口の扉の両脇にあるランタンに火を灯《とも》しました。

ふたりの人影がドラゴンの首から滑り降りてきました。ひとり目は顔から地面に落ちましたが、すぐ何ごともなかったかのように立ち上がりました。ふたり目は禿げ頭の大柄な男で、大きな荷物を抱えて片足を引きずっていました。

ふたりとも盗賊か殺し屋のような黒装束です。近づいてくるにつれ、禿げ頭の男が運んでいるのは三人目の人間だということに気づきました。おそらく強盗とか脱獄とかの途中で怪我をしたのでしょう。犯罪者を癒やさなければならないのかと思うとラプンツェルは気が沈みました。

禿げ頭の男が真っすぐ歩いてきて、ラプンツェルの足下に仲間を降ろしました。小さいほうの男は邪魔にならないよううしろに立っています。地面に横たわった怪我人を見たラプンツェルは息をのみました。かなり悪い状態です。

「治せるか?」大きい男がききました。それはラプンツェルの知っている声でした。

「グスタフなの?」黒装束に禿げ頭、何より二度と会うことはないだろうと思い込んでいたせいで、ラプンツェルは今まで相手に気づかなかったのです。ほんの数か月前には、結婚するだろうと全世界から期待されていたふたりだというのに。

「髪を切ったんだな」グスタフが言いました。ラプンツェルの輝く金髪は太ももにかかるくらいの長さでしたが、以前とは比べものになりません。

「あなたもね」ラプンツェルが答えました。ウィンドチャイムを連想させる、鈴を転がして音楽を奏《かな》でているような声です。

「友達なんだ——治せるか？」グスタフが繰り返しました。〝友達〟という言葉を聞いてラプンツェルは目をみはりました。グスタフの口から出るとは思いもよらない言葉だったからです。

「彼に何があったの？」グスタフの目をじっと見つめてラプンツェルがききました。以前ふたりの間に流れていた冷たい空気は消え去ってしまったようでした。

「おれの命を救ってくれた。それも二度も。もっとかもしれない。おれにもわからない。フレデリックは本当にばかなやつなんだ。こいつには呆《あき》れることばかりで、目玉を回しすぎて捻挫《ねんざ》しちまうんじゃないかと思うくらいだが、でもいいやつなんだ。おれなんかのために死ぬなんて間違ってる」

ラプンツェルは驚きました。グスタフが心からの思いを包み隠さず表現しているのです。自分の涙がグスタフの目を治したことなどより、ずっと目覚ましい奇跡といえるでしょう。「大丈夫よ、グスタフ」心を落ち着かせる天使のような声で、ラプンツェルが言いました。「全部吐き出していいのよ。泣くのを恐れないで」

グスタフが顔をしかめました。「おれは泣いたりなどしない」

「泣くわよ。あなたにも魔法の涙が流せるんだから」

グスタフは手を伸ばして、ラプンツェルの髪を一瞬だけぎゅっと引っ張りました。

29 プリンス・チャーミング、絶対にしないと言っていたことをする

「キャッ！」ラプンツェルは悲鳴を上げて後ずさりました。「痛いじゃない」

「すまん。だが、今ので涙は出たか？　こいつが死んでしまう前になんとか頼む」

ラプンツェルはフレデリックのそばにひざまずいてささやきました。「グスタフみたいな乱暴でひどい人のために命をかけるなんて、きっとあなたは聖人なのね。これほどまでに気高い犠牲は見たことがないわ」

　そして涙がこぼれ落ちました。

　きらきらと光るしずくがフレデリックに降りかかったとき、その身体に震えが走り、かすかな鼓動が響きました。次の瞬間、フレデリックの目が開きました。

「やったぁ！」ダンカンが叫びました。

　フレデリックが起き上がりました。「グスタフ？　ここはどこ？　何があったんですか？」

　グスタフは目を閉じて深く息を吐き、「ありがとう」と小さな声でラプンツェルに言いました。これがグスタフからの初めての〝ありがとう〟でした。

「ダンカン！」フレデリックが叫びました。「ダンカン、きみ、生きてたの！」

「一回も死んでないよ〜」ダンカンが陽気に答えました。

　ダンカンがフレデリックを支えて立たせ、「どんな気分？」と熱心にききました。

「えーと、大丈夫、と思います」手足を動かしてみながらフレデリックが言いました。「実際、すごく爽快《そうかい》ですよ。ハーモニアを出てからいちばんと言っていいくらい」

「わあ、どうもありがとう！　ラプンツェルさん」ダンカンが大声で感謝し、感激のあまり全身で抱きついてラプンツェルを驚かせました。「ありがとう、ありがとう、ありがとう！」ラプン

ツェルから離れると、次はフレデリックを抱きしめました。

「ラプンツェル？」フレデリックはまだ混乱しています。「あなたがラプンツェルですって？」

「そうよ」

「じゃあ、きみが、その、えーっと……魔法の涙で？　ぼくを治してくれたんですか？」

ラプンツェルがうなずき、微笑《ほほえ》みました。フレデリックの温かさと感じのよさがすぐに伝わってきて、彼の命を助ける手伝いができて本当によかったと心から思いました。

フレデリックは両手でラプンツェルの右手をとり、恭《うやうや》しくキスをしました。彼女の魔法の続きなのか、それともただ自分にとってそんなふうに感じられるだけなのか、ラプンツェルは光り輝いて見えました。「すばらしい方ですね。ぼくを助けてくださったのと同じように、人々を助ける――とても立派な行いです。もし協力が必要なことがあれば……もし、ぼくにできることがあったら……」

ラプンツェルは頬を赤らめました。「わたしはひとりで大丈夫ですわ。でももし助けが欲しいときがきたら、どなたにお願いすればいいのかわかりました。いつか精霊がお訪ねすることがありましたら、どうか追い払わないでくださいね。わたしの使いかもしれませんから」

「精霊ですね、承知しました。とても小さくて青みがかった者たちですよね？　アンテナみたいなものがついた？」

「そうですわ。彼らは〝触角〟と呼ぶほうを好みますけど」ラプンツェルがおかしそうに言いました。

「小さなお客さまのために部屋を用意しておきましょう。そのときのために」フレデリックは、

29 プリンス・チャーミング、絶対にしないと言っていたことをする

まだラプンツェルの手を握ったままだったことに気づきました。「そうだ、あなたに会ったと言ったら、ぼくの婚約者が大騒ぎすることでしょう。それで思い出しましたが……エラはどこですか？　リーアムは？　魔女はどうなったんですか？」

ダンカンがフレデリックに腕を回して言いました。「来てよ。全部話すから」

「ちょっと待ってください」フレデリックはグスタフのほうを向きました。「ありがとう、グスタフ。ここに連れてきてくれたのが、きみにとってどういうことだったか、よくわかってるつもりです」

「別に深い意味なんかない。おれたちはチームってことになってるだろ？　やるべきことをやっただけだ」

「ええ、いずれにしてもありがとう」そう言うと、フレデリックはダンカンに連れられていきました。

鼻から煙を噴き出しながら草の上で居眠りしているドラゴンを見たとき、フレデリックは驚いて少し飛び上がりました。

「ドワーフたちがドラゴンを手なずけてくれたんですね？」

「そう、心配いらないよ～。ぼく、乗れるようになったんだ。実はきみも乗ったんだよ。ほとんど死んでたから覚えてないだろうけど。ぼくの運転テクニックも心配いらないよ～。左、右、上、下しか試さないってフランクと約束したから」

「お役に立ててよかったわ」ラプンツェルがグスタフに言いました。

「は？　ああ、どうでもいいが。おれはもう行く」

「あなたのことは治さなくていいの？　足を引きずっているじゃない」

「いい。あんたの助けはいらない」グスタフは、自分で思ったよりきつい言い方をしてしまいました。

「あなたのことを理解できそうにないわ、グスタフ」

「理解するって何をだ？」

「フレデリックは見るからに温かくて親切な人柄だわ。話してすぐにそれが伝わってきた。そして彼とあなたはお互いを気づかっている」

「ふん」

「あなたはまだ、感情を表に出さずに、男らしくぶっきらぼうな英雄にならなきゃと思っているのね。人からもそう期待されていると信じてる。でも、認めたくないかもしれないけど、あなたの中には別の部分があるのよ。そしてそれはよい部分なの」

「おれの全部がよい部分だ。わかったか？　おれについてあんたから教えてもらう必要はない」

気づかう気持ちを相手に知られても何も問題はないのだということ、友達と近づきすぎたと感じても距離をおく必要などないことを、ラプンツェルはグスタフに伝えたかったのですが、やめておきました。グスタフを怒らせて、子供っぽい言い争いになってもしようがないと思ったのです。しかしラプンツェルの言い分は当たっていました。グスタフの中には本人が認めたくない部分がいくつもあって、そこにはラプンツェルのことをまだ嫌いになれない部分というのも含まれていたのですから。

グスタフとラプンツェルは、しばらく無言で立っていました。

29 プリンス・チャーミング、絶対にしないと言っていたことをする

「で、なんで髪を切ったんだ?」とうとうグスタフが沈黙を破りました。

「あんなに長く伸ばしていたのは、ザウベラに命令されていたからよ。解放された今となっては、邪魔なだけだもの」

　グスタフが鼻を鳴らしました。「おれの場合、自分で決めて切ったわけじゃない。あそこにいるのが床屋だよ」と言いながら、背後にいるドラゴンを指差しました。すでに目を覚ましており、首にダンカンとフレデリックがまたがっています。

「もう行く」グスタフが無愛想に言いました。

「グスタフ、発《た》つ前に――ひとつ質問があるの。どうやってわたしを見つけたの?」

「ここにいることはずっと知っていた。あのあと、うしろからついて行ったんだ。森は危険だらけだからな。そして帰った」

　それだけ言うとぷいとうしろを向き、仲間と一緒にドラゴンに乗りました。空に向かって飛び上がっていくのを見ながら、ラプンツェルは頭《かぶり》を振りました。「やっぱり、あなたのことを理解できそうにないわ」

30

プリンス・チャーミング、ほぼ成功を収める

「彼、大丈夫だと思う?」

エラが心配そうにききました。リーアム、スノー・ホワイトと共にザウベラの城塞の外に広がる草地にたたずみ、グスタフとダンカンが瀕死のフレデリックを抱えてドラゴンで飛んでいくのを見ていたときのことです。

「祈るしかない」片手を掲げてまぶしい夕日をさえぎりながらリーアムが言いました。「こういうことを自分が言うとは予想もしなかったが、今はグスタフを信じれば間違いないと思う」

青々と茂っていた周りの草が、急に乾燥して黄色く変化していきました。風が吹き、足下に土ぼこりが舞います。エラは不安そうにリーアムのほうを見ました。

「きっと今、魔女の命の火が消えたんだ」リーアムが言いました。

30 プリンス・チャーミング、ほぼ成功を収める

「すみません！　殿下、お嬢さまがた」いきなり声が降ってきたのでリーアムとエラが見上げると、リリカル・リーフが紫色の蔓にからまっていました。「お手数ですが、どうにか地面に降りられるようご助力いただけますかな？」

「宮廷詩人たち！　忘れてた」リリカル・リーフほか三人は、城塞の壁の上のほうに引っかかっています。「ちょっと待ってくれ、今助ける！」リーアムが叫び返しました。

「まあ、見て！　ウォレス・フィッツウォレスがいるわ」蔓にぶら下がる宮廷詩人に、スノーが親しげに手を振りました。「フィッツィ、唄を歌ってちょうだい」

　リーアムは走って、近くで待っていたドワーフたちのところへ行きました。

「フリック、フラック、フランク！　荷馬車をここに持ってきて手を貸してくれないか？」

「まさかわしらの本当の名前だと思ってるんじゃないだろうな」フランクが苦々しげに言いました。「それはダンカンが勝手に呼んでいるだけの名前だ」

「すまない、気がつかなかった。あなたがたの本当の名前は？」

「ふん、何でもいい。荷馬車を取ってくるよ」

　リリカル・リーフの真下に荷馬車を据えると、リーアムとエラがその屋根の上に登りました。

「わたしがきみを押し上げれば、なんとか彼に届くと思う」

　しかし、エラは遠くから近づいてくる軍隊に気をとられていました。先頭の黄金の馬車は今まさに城塞近くの平地に差しかかっています。「エリンシアの旗って、真ん中に黄金の星はないわよね？」

「そうだが、なぜ？」

「じゃあ、あの馬車の上ではためいているのは、どこの旗？」

リーアムも振り返りました。エイヴォンデルの旗が目に入ると口の中がからからになり、「ブライア・ローズだ」とつぶやきました。

金箔が施された馬車からは、ブライア・ローズ、ライラ、蒼《あお》のラフィアンが、城塞の巨大な塔が崩れ落ちていく様を見ていました。そのあと、ドラゴンが茜《あかね》色の空へ舞い上がっていく光景に啞然《あぜん》としました。

「いったいあそこで何が起こっているというのかしら？」とうとうブライアが口を開きました。

「遅すぎたんじゃなきゃいいけど」ライラが息を詰まらせました。

「まさか！　わたくしの婚約者がつぶされたとか食べられたとか言うんじゃないでしょうね？　そうなのかしら？　何とか言いなさい」

むっつりとした賞金稼ぎは長々とため息をつくと、小型の望遠鏡を右目に当てて様子をうかがいました。「ふむ。ふむむ。あぁー……」

「どういう意味なの？」ブライアが叱りつけました。「何か言いなさい！」

「ちょっと待って。ラフィアン、わかるように言葉で言ってくれない？」ライラが補足しました。

「揺れすぎですな」ラフィアンが言いました。

ブライアは不愉快そうに鼻を鳴らすと窓の外に身を乗り出し、司令官に向かって怒鳴りました。

「止まれ！　全隊その場で止まるように！」

馬車が急停止すると同時に、五百人から成る騎兵隊も前進を止めました。

30 プリンス・チャーミング、ほぼ成功を収める

「このままご命令をお待ちします、姫」司令官が大声で言いました。

ブライアは馬車の中に身を戻しました。「どう?」

「ご所望の王子は生きております」ラフィアンが物憂げに言って望遠鏡を下ろすと、姫たちに陰《いん》鬱《うつ》な視線を投げかけました。

「わたくしにも見せなさい」ブライアはそう言うと、「あなた邪魔よ」とライラを押して座席から落としてしまいました。そして賞金稼ぎの望遠鏡をつかんで遠くの光景を調べ始めました。

馬車の床に転がり落ちたライラは、ありがと、と胸の中でつぶやきました。とうとう手錠を外すチャンスが訪れたのです。エラからもらったヘアピンを引き抜くと巻き毛が奔放に散らばりましたが、重要なのはこれが錠《じょう》前《まえ》破りの道具になるという点です。ブライアとラフィアンが言い合いをしている間――「彼はどこ? さっき見たと言ったでしょう」「確かにそう申した。おかしな青い短パンを穿《は》いた少女に腕を回しておりました」「少女? 少女って何よ。何者なのかおっしゃい!」「それがしが知るよしもない」――ライラはピンを手錠の鍵穴に差し込んで回し、開くことに成功しました。

ラフィアンとブライアがまだ喧嘩している隙に――「もし望遠鏡を返していただけたら、もう一度見てしんぜるが」「わたくしがこのがらくたを使いこなせないとでも言いたいの?」――ライラは手錠にブライアの美しい巻き毛の束を通して結んでしまいました。そしてラフィアンが望遠鏡を取り戻そうと手を伸ばしたとき、立ち上がってその手首にもう片方の手錠をかけました。

「何をいったい――」

ブライアが叫び出す前に、ライラは開いた窓をまたいで弾丸のように飛び出しました。ラフィ

アンとブライアはつかまえようとしましたが、手錠のおかげでもつれ合ってしまいました。ラフィアンがブライアの上に倒れ、プリンセスの豊かな髪を引っ張ってマスクをかぶせたような形になりました。ブライアが悲鳴を上げようとしても、口の中にふわふわとした巻き毛が詰まってまなりません。

「じゃあねー！」馬車の外に出たライラは駆け出しました。

あとを追うためラフィアンは起き上がろうとしましたが、動くだけでブライア・ローズの髪を引っ張ってしまいます。ブライアの金切り声は、次第にうなり声に変わっていきました。

「それがしの腕と姫の髪が手錠でつながれている」信じられないという声でラフィアンが言いました。ここ何年かで初めて、蒼のラフィアンの口がゆがんで笑みに似たような形をつくりました。

ラフィアンは扉に向かってもう一歩進みましたが、ブライアのくぐもった悲鳴を聞いて止まりました。ブライアは賞金稼ぎの頭巾《ずきん》をつかんで引き寄せました。

「いふぁいふぁふぁい！」髪の毛で口をいっぱいにしながらブライアが叫びました（「痛いじゃない！」と言いたかったのです）。

ラフィアンは手錠に結ばれた髪の毛をほどこうとしましたが、「難しすぎる。非常に豊かでコシの強い髪だから」と言って小刀を取り出しました。

「ふぇっ。ふぁい。きっふぁ。ふぁふぇっ（ぜっ。たい。切っちゃ。だめっ）」

ラフィアンは両手を上げました。「ではいかがしろと？」そして窓の外に向かって、静かにゆっくりと一本調子に呼びかけました。「衛兵。いささか助太刀《すけだち》を」これがラフィアン流の助けの求め方なのでした。

「おおひふぁほふぇふぁふぁふぁふぇないふぉっ（大きな声が出せないのっ）」

「衛兵」もう一度、ラフィアンが少しだけ大きな声を出しましたが、まだ図書館でも問題なく許容される程度でした。

馬車の外では、ライラが走り去っていくのを兵士が見ていました。「司令官殿、あの者を止めるべきでしょうか？」

「姫が怒ったところを見たことがないのか？　やれと言われたこと以外、やってはならないのだ」

「止まったわ」エイヴォンデル軍を見ていたエラが言いました。

「何があったんだろう。だが今が宮廷詩人たちを解放するチャンスだ」リーアムは腰を落とし、重ねた両手を差し出してエラが足をかけられるようにしました。

「待って、見て！」エラが呼びかけました。荷馬車の上から、草地を横切って駆けてくる少女の姿が見えます。

「ライラ！」

ふたりが声をそろえて叫びました。

ライラは荷馬車までたどり着き、屋根の上までよじ登るとリーアムに抱きつきました。

「おまえとここで会えたなんて信じられない」

「わたしも」ライラは腕をほどくと、今度はエラのほうを向きました。「あなたもやり遂げたのね。本当にすごい！　でも三秒以内にここから逃げないと。来て！」そしてふたりの手を握り、引っ張って荷馬車の屋根から降ろそうとしました。

「わかった。だが、その前に宮廷詩人たちを降ろさなければ」リーアムが言いました。

「恐れ入ります」上からリリカル・リーフの声がしました。

「わかってないよ。ブライア・ローズが自由になった途端、あの軍隊全部が兄さんに襲いかかってくるんだよ」

「自由になる?」エラがききました。「あなた、いったい何をやったの?」

「あとで話すから。早く!」ライラが飛び降りました。

「しかし宮廷詩人たちが!」リーアムはまだ抵抗します。

「あっちの大きなお兄さんたちが何とかしてくれるよ」すぐ近くまで行進してきているグスタフの兄たちを指して、ライラが言いました。

「ストゥルムハーゲンの王子軍、参上!」一の王子ヘンリクが名乗りを上げました。「救助を必要としている者はどちらか」

リーアムはブライアの黄金の馬車を見ました。内部で乱闘が行われているかのように揺れたり跳ねたりしており、兵士たちが何人か疑わしそうに近づいています。「わかった、行こう」リーアムは地面に飛び降りると、「あちらの方々に助けてもらってくれ!」と宮廷詩人たちに向かって大声で言いました。エラもあとに続きました。

「スノー・ホワイト姫、きちんと自己紹介もしておらず大変恐縮だが、ここから脱出するために同乗させてもらえないだろうか?」リーアムが言いました。

「もちろんよ、どうぞ」スノーが答えました。

30 プリンス・チャーミング、ほぼ成功を収める

フランクは不機嫌になりましたが、それでも全員を乗せて荷馬車を出発させました。ヘンリクが見上げました。「おお！　巨匠リーフではないか！　英雄が救いに参ったぞ」

31

プリンス・チャーミング、欲しいと思っていたものを手に入れる

ダンカン、グスタフ、フレデリックはドラゴンの背に乗ってストゥルムハーゲン城まで飛び、そこでリーアムやエラと合流しました（ライラは、スノー・ホワイトとドワーフたちに送ってもらって家に帰りました。部屋からまったく出ていないふりをするためです）。心温まる再会のあと、一同は頭から爪先《つまさき》まで厚い毛皮を身に着けたオラフ王とバーティルダ王妃に対面し、何もかもを報告

31 プリンス・チャーミング、欲しいと思っていたものを手に入れる

しました。山賊王の軍を壊滅させたこと、巨人をだまして退散させたこと、ドラゴンを手なずけたこと、魔女を倒したことなどすべてです。いつもなら物ごとに動じない王と王妃ですが、熱心に耳を傾け、だんだん末の息子のことを認める気持ちになっていきました（彼らが動揺を見せたのは、フレデリックが「ところで、トロールに貴国から土地を与えることになっています」と言ったときだけでした）。

甘美な詩人ペニーフェザーもそばに控えて王子たちの話を聞いていました。エラを見たときにはつば広帽子を取って挨拶をし、自身の最高傑作かつヒット作になるであろう次の唄について意欲的に構想を語りました。

話の締めくくりとして、グスタフが言いました。「以上だ、父上。おれたちは残りの宮廷詩人が無事に帰還したかどうか確認しに戻る」

「その必要はなかろう」オラフ王が言い渡しました。「おまえたちは汚すぎる。グスタフ、おまえの頭は焦げてるし、左足をかばっているではないか。リーアム王子も足を引きずっているな。そこのお嬢さんもまるで麦の脱穀場を通ってきたかのような有様《ありさま》だ。それに小さい友人は見るからに様子がおかしい」王はダンカンを指差しました。

「あんたがたには休息が必要だよ」バーティルダ王妃が言いました。「ストゥルムハーゲンと世界のために、すでに充分よくやってくれた。お返しに世話をやかせておくれ」

「だけど宮廷詩人たちが――」グスタフが食い下がりました。

「問題ない。兄たちが適切に処理しているはずだ」オラフ王も引きません。

「だけど、おれたちがずっとここまでやってきたのに。おれたちこそが――」

オラフ王は片手を上げて末の息子を制しました。「グスタフ、わしはおまえを誇りに思う。とにかく今は休め」

生まれて初めて、グスタフは頰を赤らめました。


その後、赤い絨毯《じゅうたん》（正確に言うと、赤く染められた毛皮でした――ストゥルムハーゲンでは何でもかんでも毛皮でできているのです）が、元プリンス・チャーミングたちとその仲間のために広げられました。怪我は手当てされ、渇きや飢えは癒やされ、乱れていた部分は整えられました。着替えも全員に支給されました。新しい服は非常にありがたく、フレデリックでさえ、アナグマの毛皮で飾られた悪趣味な上着を甘受しました。

ペニーフェザーの新作「シンデレラとプリンス同盟」が国を超えて大評判となるには一週間ちょっとかかりました。四人の王子たちが強大な魔女から世界を救うために、シンデレラをリーダーとして集結する話に人々は熱狂しました。ペニーフェザーは典型的な宮廷詩人で、必ず間違った内容を盛り込んでしまうのです。しかしここが重要な点ですが、今回は四人の王子たちの名前が正しく伝えられていました。ザウベラの名前についてはまったく触れられておらず、魔女があれほど切望していた名世は結局かなうことなく終わりました。

その後すぐ、ストゥルムハーゲン城の外で大パレードが行われました。鮮やかな花々が沿道をきらびやかに飾り、楽隊が勝利の音楽を演奏しました。ストゥルムハーゲンの国民ほぼ全員が――および周辺国から数百人規模のファンが――お祝いのために集まりました。「おめでとう！　シンデレラとお供のプリンス同盟」と書かれた横断幕が張られています。

31 プリンス・チャーミング、欲しいと思っていたものを手に入れる

「そんなことだろうと思った。おれたちはまた女の脇役か」グスタフが言いました。「いや悪気はないが」

「気にしてないわ」エラが言いました。「むしろごめんなさい。まさかこんなことになるなんて。わたしは別に有名になんてなりたくないのに」

「問題なかろう」リーアムが言いました。「今日ここに集まった人々は、われわれ全員を祝してくれているのだから」

「それにとうとうぼくたちの名前も知ってもらえましたしね」フレデリックが言いました。「グスタフ、今では名実ともにきみが家族の中でいちばんの英雄だと思いますよ」

その言葉を聞いて、グスタフの顔に笑みが広がりました。

五人は主賓としてオープンタイプの華麗な馬車に乗り、頭飾りをつけられた見目よい馬たちがそれを牽《ひ》きました。道中ずっと、エラと王子たちは歓喜する群衆に手を振りました。最前列にレジナルドの姿も見えます。

「レジナルド、来てくれたなんてうれしいよ」驚喜したフレデリックが呼びかけると、レジナルドは小走りに馬車の横についてきました。

「見逃すはずがございませんよ」レジナルドの顔は誇りで輝いていました。

「父上は来ていないよね」一抹の期待を漂わせながら、フレデリックがききました。

「いいえ。伝言のみ申しつかっております。許すから早く戻ってくるようにと。ですが、ゆめゆめ気を許してはなりませんよ。王からフリムシャム・ブラザーズ・サーカスにトラのレンタルを依頼する手紙も預かっておりますから」

「忠告ありがとう」フレデリックが礼を言い、パレードが進んで、レジナルドは群衆の中にまぎれてしまいました。

混み合った角を曲がると、さらに熱狂的なファンやはしゃいだ観衆が待っていました。城の横を通り過ぎたとき、王子たちの似顔絵が織り込まれた大きなタペストリーが上方の窓から広げられました。

「うーん、こういうのあとでは、家に帰るのも思ってたほど楽しくなさそうですね」フレデリックが言いました。

「少なくともきみには帰る家がある」リーアムが言いました。「ライラの話によると、エリンシア国民はわたしが国内のどこに現れても、ブライア・ローズとの結婚を強《し》いるつもりのようだ」そしてため息をつきました。「今後どうすべきか」

「いろいろ落ち着くまで、ぼくと一緒にハーモニアに来たらどうですか？　仲間がいれば父と対抗するにも心強いですし」

「願ってもないことだ、フレデリック。そうさせてもらえるとありがたい」

エラが身を乗り出してきました。「ねえ、フレデリック。わたし、ばたばたと出てきちゃったけど、またあなたと一緒にお城に帰れればと思うの。もちろん許してくれればだけど」

今回のいろいろな経験を考慮すると、最終的にエラとうまくいく可能性もあるんじゃないかとフレデリックは思っていました。リーアムと肩を並べられるほどになるには、いっそうの頑張りが必要なのはわかっていますが、人生で初めて、挑戦できるという気分になっていました。

「ふたりの親友と一緒に住めるなんて。これ以上うれしいことはありません。あ、でも言ってお

31 プリンス・チャーミング、欲しいと思っていたものを手に入れる

かなきゃならないことがありました。もし精霊が訪ねてくることがあっても、追い返さないでくださいね。ぼくへのメッセージを携えているはずですから」

「見て！　観衆の中に『大胆不敵のダンカン』のプラカードを持ってる人がいるよ！」ダンカンが叫びましたが、すぐに声を落としました。「なんだ、フランクだった。あれ、いい意味で言ってるんだと思う？」

「彼らに関しては何とも言えないな。だが、わたしたちは言葉どおりだと信じている。それでいいんじゃないか？」リーアムが言いました。

グスタフが呆《あき》れたように目玉をぎょろつかせました。

大きな石造りの演台に到着してパレードは終了しました。演台の上には、英雄的なポーズをとったシンデレラと四人の王子たちの実物大立像が設えられています。なんとか間に合うよう、つい前日に急いで作られたものです。馬車から降りた本日の主役たちは演台に上がって、初めて像を間近に見ました。

「ねえ、この像のぼくって、本当のぼくより背が高いよ。気に入ったな」ダンカンが言いました。

「なんだよ、ちくしょう」グスタフが悪態をつきました。「なんで髪なしで作っちまったんだよ。すぐ元どおり生えるはずなのに」

「この像はいったい何でできているんだろう？」リーアムが自分の分身をこんこんと叩くと、空《うつ》ろな音が響きました。

「張り子じゃないでしょうか」フレデリックが言いました。「制作期間が非常に短かったことを考えれば、これくらいで上々でしょう」

「雨にならないといいけどな」リーアムが言いました。

エラは静かに演台から降りて、注目が王子たちだけのものとなる機会をつくりました。相当な数の人々が集まっており、手を振ったり、喝采《かっさい》したり、名前を叫んだりしています――彼らの本当の名前を、です。〝プリンス・チャーミング〟という言葉は聞こえません。

四人の王子たちは、かつてそれぞれ、このような瞬間を夢みたことがありました。しかし何よりすばらしいのは、大勢のファンが集まっている事実ではありません。その思いをダンカンが完璧に言い表しました。両手を宙に突き上げて、「ぼくは友達と一緒にいる！」と叫んだのです。

一部の観衆が笑い出しました。ダンカンをばかにされたように感じたグスタフが、身構えるように言いました。「ああ、ここにいる気まぐれフルート吹きはおれの友達だぜ。文句あるか？」

さらに多くの人々が笑い、指差す者もいました。

当惑して、リーアムとフレデリックは顔を見合わせました。

王子たちが振り向いたちょうどそのとき、黒装束の山賊ふたりが像を軽々と持ち上げて、演台のすぐうしろに停めた荷馬車に積んでいるところでした――その荷馬車にはすでに、特大の花飾り、「プリンス同盟」の横断幕、何十ものトランペット、王子たちの似顔絵が織り込まれた特注タペストリーなどが、あふれそうなほど積まれていました。御者台《ぎょしゃ》に座っているのはディーブ・ラウバーです。

「そうだ、おれだよ、王子ども」にやにや笑いの少年が大声を上げました。「今まさに盗みの最中なんだよ！　実はパレード全体も盗んでやったぜ。てめえら負け犬どもが祝っている間、おれもうしろに乗っていて、すべていただいたのさ！」ディーブはばか笑いし、王子たちに向かって

31 プリンス・チャーミング、欲しいと思っていたものを手に入れる

お尻を振ってみせました。そして手下が馬に飛び乗ると同時に、分捕り品と共に走り去っていきました。

「だからおれにあいつをつぶさせろと言ったんだ」グスタフがぼやきました。

エラが演台の上に駆け上がってきました。「わたしのいとこがここで何やってたの?」

「きみの……何ですって?」フレデリックが息をのみました。

「ディーブ、ママに言いつけるわよ!」エラが怒鳴りましたが、ラウバーの荷馬車は道の向こうへ消えてしまいました。

「わたしたちは何を突っ立っているんだ? ラウバーを逃がすな」リーアムが叫び、山賊たちを追って走り出そうとしたとき、観衆から罵声が飛んできました。

「ははは! 小さな子供に像を盗《と》られてる」

「山賊王を負かしたんだと思ったがな」

「あんなのがおれらの英雄だって? 冗談じゃない!」

やがて、群衆全員が彼らのことを笑っているような状態となりました。最悪なことに甘美な詩人ペニーフェザーもそこにいて、新しい唄の構想を大急ぎで書き始めています。

「なんということだ」ペニーフェザーを見たリーアムがこぼしました。「これはやめてくれ! この事件を唄にするんじゃないだろうな?」

「またかよ」グスタフが吐き捨てました。

「どっちにしろたいした像ではありませんでしたよ」フレデリックが言いました。

「あの巨人に新しいのを作ってもらったらどうかな」ダンカンが提案しましたが、大きな笑い声

がどっと弾けてほとんど誰にも聞こえませんでした。

そのとき、グスタフの十六人の兄たちが演台の上に行進してきました。現実が見えていなかったグスタフは、一瞬、兄たちが擁護しに来てくれたのかと思いましたが、もちろん違いました。

「みなの者、静粛《せいしゅく》に」ヘンリクが大声を出しました。「特別に大事な知らせがある」

リリカル・リーフ、音色満ちるタイリース、ウォレス・フィッツウォレス、韻律の公爵レイナルドも上がってきて、演台で押し合いへし合いしています。リリカル・リーフが前に進み出て観衆に語りかけました。

「紳士淑女のみなさん、一週間と少し前のことです。わたしと仲間の作曲家たちはよこしまな魔女にさらわれて、とてつもない恐怖に突き落とされておりました。そこに現れてわたしどもの命を救ってくださったのが、勇敢でたくましい英雄の方々です。感謝の意を表するために、わたしどもは協力し合って究極の物語を唄に仕上げました。今ここで披露いたしましょう。紳士淑女のみなさん、『ストゥルムハーゲンの十六人の英雄に捧ぐ唄』です！」

「十六人?」四人の宮廷詩人たちが声をそろえて歌い始めると、グスタフがうなりました。「十六人だと?」

グスタフは今にも宮廷詩人たちに飛びかかって彼らのリュートに噛みつきそうな勢いでしたが、リーアムとフレデリックに止められました。

「さて、どうします?」フレデリックがききました。

「ラウバーはもう遠くまで逃げてしまっただろう」リーアムが無念そうにつぶやきました。

「そしておれらはまた、もの笑いの種というわけだ」グスタフがぼやきました。

31 プリンス・チャーミング、欲しいと思っていたものを手に入れる

「最悪だ。これからどこへ行こう？」リーアムが言いました。

「ぼくたちを歓迎してくれる人たちがいるとこ？」ダンカンがおずおずと笑みを浮かべました。

フレデリックが目を輝かせました。「それがいい！　行くべき場所がわかりました」

エピローグ

プリンス・チャーミング、名前を知られている場所へ行く

リーアム、フレデリック、グスタフ、ダンカンがずんぐり猪犬亭《ししいぬてい》の敷居をくぐると、けたたましい拍手喝采で迎えられました（エラが入ってくると、いっそう熱烈な歓呼が沸き起こりました）。

「またのお越しを首を長くしてお待ちしてましたよ」酒場のリプスナード親父が嬉々《きき》として言いました。

「わたしたちの新しい唄をもう聞いているんだな？」リーアムがききました。

「聞いたどころか。おかげさまで商売繁盛でさあ」リプスナードが指差したバーカウンターの向こうには、へこんだ盾とイエティの頭部の剝製に挟まれて、「ずんぐり猪犬亭――プリンス同盟誕生の地」と手書きされた看板が掲げられています。

「おうよ、ここ最近、おれんとこにも船乗り志願の新人がひきもきらねえぜ」ひげの海賊も会話

に加わってきました。「あそこの隅にある〝プリンス同盟結成の公式テーブル〟を見に観光客がやって来たら、おれは大口開けて笑いかけて、『おうよ、この歯抜けは強大なグスタフ王子にやられたんだぜ』と教えてやってんだ」

グスタフは実にうれしそうでした。

「これこそぼくたちが求めていたものですよね」常連たちがサインを求めて何十人も集まってきたのを見て、フレデリックが言いました。

「そうだな。しかしパレードで起こったことを彼らが知ったら、どうなるだろう?」泥棒の短剣にサインしながらリーアムが言いました。

「あんたがたの目の前で、山賊王が像をかっぱらったことを言ってんのかい?」海賊がききました。

「もう知ってるの? 今朝のできごとなのに」エラがびっくりしました。

「噂はすぐに広まるんでさ」リプスナードが答えました。

「知ってても、ぼくたちを好きでいてくれるんだね」ダンカンが半人半鬼のちんぴらとハイタッチをしながら言いました。

「当然でさあ。あんたがたみたいな不屈の男たちが、侮辱《ぶじょく》を受けてそのままにしておくわけがないって知ってまさ。みんな、次に何が起こるかわくわくして待ってんですよ」

王子たちは顔を見合わせました。

「そのとおりだ」リーアムが言いました。

ダンカンはプリンス同盟結成の公式テーブルにつくと、ひと束の紙と羽根ペンを取り出して書き始めました。

グスタフが信じられないというふうに、にらみつけました。「いったい全体、そんなものどこから出してきたんだ――あ、言わなくていいがな」

「ダンカン、何をしているんですか?」フレデリックがききました。

「本を書くんだ。ここのみんなのおかげで思いついたんだよ〜。今はぼくも公的に英雄なんだから、英雄としての知識と経験を世界に広める責任があると思うんだ――いつか自分の王国を救わなくてはならなくなるかもしれない若い人たちに向けてのアドバイスだよ」

「冒険家志望の人に向けての指南書みたいなものですか?」フレデリックが眉を上げました。

ダンカンがうなずきました。

「それを書くのがおまえだってのか?」グスタフがききました。

「あっ、もちろん、手伝ってくれたらうれしいよ〜」

「ダンカン、わたしたち四人――または五人――は、立派な英雄であると名乗るには、まだまだ学ばねばならないことがたくさんあると思うが」リーアムが言いました。

「うん、だからこれは同時進行で書いていくんだよ」ダンカンは答えながら、本の題名をすらすらと書きつけました。『プリンス・チャーミングの書　王国を救うには』

「ねえ、信じてほしいんだけど、人生って思いもよらない方向に動くものなのよ」エラが言いました。「わたしの個人的な意見だけど、題名は〝英雄のための書〟にしてはどうかしら?」

「少なくとも、魔女の砦《とりで》を襲撃するより、文学作品に協力するほうがぼくには合っていますね」

フレデリックが言いました。

「時間の無駄だ」グスタフが吐き捨てました。

ひげの海賊がやって来て、ダンカンの目の前に片手いっぱいの黄金をジャラジャラと置きました。「書きあがり次第、十冊もらうぜ」

王子たちは互いに顔を見合わせました。

「そういうものに名前が載るとなると、うっかり下手なことはできないな」リーアムが言いました。

フレデリックが微笑みました。「では名に恥じぬよう生きていきましょう」

謝辞

王子たちと同じく、ぼくもひとりでは成し遂げられなかった。

ぼくの秘密兵器、ノエル・ハウエイに果てしなき感謝を。当代最高のライター&エディターのひとりと結婚できたなんて、どれほどラッキーだったか言い尽くせないほどだ。愛情とサポート、それから専門的な文学上のアドバイスをひとまとめに全部もらえた。数えきれないほどあったプロットの穴や矛盾、笑えないジョークを読者の目に触れさせずに済んだのは、ノエルの鋭い洞察力と良識のおかげだ。彼女には本当に助けられた。

娘、ブラインにもありがとうと言いたい。実はライラのモデルでもあるのだが、読者モニターとして「パパ、この部分はもっとおもしろくできるんじゃやない」などと歯に衣着せず意見してくれた。息子ダシールにも感謝を。この本に忍者が出てこないことに不満を抱きつつも、ずっと熱心なファンでいてくれた。

エージェントのみんなにも謝意を示さねばならない。いつも協力的なジル・グリンバーグは、最初にぼくがプリンス・チャーミングのアイデアを話したとき、ぜひ形にするようにと勧めてくれた。それから素敵なシェリル・ピエントカが魔法を使ってくれたおかげでこの本は書店に並ぶこととなり、ぼく自身がおとぎ話の中にいるような気分を味わわせてくれた。

ウォールデン・ポンド社のジョーダン・ブラウンには山盛りの賛辞を。初めて読んだときからこの物語を支持してくれ、よりよいものにするよう励まされた。ジョーダンと仕事するのは、児童書創作の短期集中コースのようなものだった。しかも楽しさ満点というおまけつきだ。あれほどの限りない熱意とエネルギーを持つ編集者――実に有能なのは言うまでもない――がついてくれたのは、すばらしい経験だった。

最後になったが、初期の原稿を読んで貴重な意見をくれたみんな、ニール・スクラー、アイヴァン・コーエン、クリスティン・ハウエイ、ブラッド・バートン、エヴァン・ナルシス、ケイトリン・デトウェイラーにも感謝している。彼らからもらった指摘やコメント、すべてが役に立った。

訳者あとがき

チャーミングな王子たちの物語、楽しんでいただけましたか？

著者クリストファー・ヒーリーは、アメリカ・ニュージャージー州に妻と二人の子供と住む作家で、二〇一二年に本書『The Hero's Guide to Saving Your Kingdom』でデビューしました。古典的なおとぎ話の『シンデレラ』『ラプンツェル』『眠り姫』『白雪姫』を下敷きに、あまり注目されることのなかった〝プリンス・チャーミング〟たちに光を当て、さらに多数の奔放すぎる個性をもったキャラクターが活躍する、まったく新しい生き生きした物語を作り出したのです。

アイデアが生まれたのは、幼かった娘のブラインがプリンセス物語にハマったことがきっかけだとか。連日のプリンセス攻めにうんざりしつつ、せめてもの抵抗として、勇敢で賢いヒロインの物語を選んで与えていたところ、新しいプリンセス像はたくさんあるのに、プリンス像は古臭いままだと気づいたのです。そして、ステレオタイプなジェンダー観に陥ることなく、男も女もすべてのキャラクターに強さを——それも強敵と戦うというような単純な強さばかりじゃない、頭を働かせて謎を解いたり、苦手なことに勇気をもって挑戦したり、自分をコントロールしたりという幅広い意味での強さを与えて、それがいかに大切なのかを子供たちに伝えたかったのだと言います。

ファンタジー世界を舞台にしたドタバタ喜劇のかたちをとりながら、確かな人間観察に基づいた描写で登場人物に命を吹き込むことに成功した点が、子供たちだけでなく幅広い年齢層のファンを獲得した理由なのでしょう。

この本を私が手にとったのは、ほんの軽い気持ちでした。おとぎ話を現代的にアレンジしたパロディや後日譚というのは、小説や映画で何度も繰り返されてきた手法です。そういうものが大好物である一方、きっとよくある内容なんだろうなと多大な期待をもつわけでもなく読み始めました。数章進んだところで、あれっ？　と思いました。なんだかプリンスたちがダメすぎるのです。それぞれの弱みを抱えた四人が寄り集まって右往左往する一方、プリンセスたちが気転と行動力を発揮して活躍するに至っては、すっかり物語世界に惹き込まれてしまっていました。

ひ弱で臆病なフレデリック、自制心の利かないグスタフ、自尊心が高すぎるリーアム、空気の読めないダンカン。みんな頑張っているのに、空回りするばかり。ダメさ加減の描写が容赦ないので、「ああ、こんな人いるいる」と笑いながら読み進めます。そのうち、彼らのダメさが他人《ひと》事《ごと》ではないような気がしてきます。どんな人の中にもきっと、程度の差こそあれ、ひ弱で臆病な部分、自制心の利かない部分、自尊心が高すぎる部分、空気の読めない部分がありますよね。そんなでこぼこがその人らしさを作る個性なのだし、ダメな自分を直視して受け入れつつ、ただ放置するのでなく、よりよくなろうと足掻《あが》いていくことこそ愛すべき魅力となって輝くのだと、プリンスたちの闘いと成長を見ていて感じられたのです（自分にもっとも近い気がするのはダンカンだというのは、認めたくない事実ですが……）。

読み終わったときにはプリンスたちのことがまるごと大好きになり、これは日本の読者にもきっと愛されるに違いないし、自分自身の手で翻訳したくてたまらないという気持ちで、出版を目指して模索し始めました。

冒頭部分の試訳しかなかった段階で書評家の豊﨑由美さんに読んでいただく機会を得、「おもしろい」という言葉と励ましを頂戴したことは、なかなかスムーズには出版が決まらなかった中、くじけず挑戦し続ける推進力となりました。そして、そもそも私が翻訳を志すきっかけとなった盟友、砂田明子さんが編集者として、最終的に本書の出版を実現してくれたことには運命を感じています。ずっと大ファンだったイラストレーターの川村ナチコさんは、想像していたより遥かに素敵な姿をキャラクターたちに与えてくださいました。三人で集まってディテールについて話し合い、キャラクター像を練り上げていった過程は、かけがえのない楽しい時間でした。そのほか一人ひとり名前を挙げることはできませんが、試訳を読んでくれた友人たち、応援してくれた多くの方々のおかげで、ここまで来ることができました。みなさんに心より感謝申し上げます。

本書は三部作として、既に二作目『The Hero's Guide to Storming the Castle』(2013)、三作目『The Hero's Guide to Being an Outlaw』(2014)が刊行されています。これら続編では、相変わらずのプリンスたちをはじめ、おなじみとなった登場人物たちがますますパワーアップして大暴れします。続けてご紹介できることを願ってやみません。

二〇一六年三月　石飛千尋

クリストファー・ヒーリー

CHRISTOPHER HEALY

ニューヨーク生まれ。広告のコピーライター、児童向けの本やゲームのレビュワー、俳優など様々な仕事を経験した後、2012年に本書『The Hero's Guide to Saving Your Kingdom』を発表。好評を受け、翌年、第2巻『The Hero's Guide to Storming the Castle』、14年に第3巻『The Hero's Guide to Being an Outlaw』を刊行。現在、ニュージャージー州に妻、二人の子供、犬(名・ダンカン)と共に住み、新作を執筆中。

http://christopherhealy.com/

石飛千尋

CHIHIRO ISHITOBI

1973年島根県生まれ。出版社勤務を経てフリーランスに。翻訳のほか、旅行、ライフスタイルなどのライターとして活動中。訳書にロッタ・ヤンスドッター『ロッタさんと作る 赤ちゃんのふだん小物』(実業之日本社)、アリー・コンディ『カッシアの物語3』(高橋啓氏と共訳、プレジデント社)がある。絵本や手芸、ウサギが好き。

THE HERO'S GUIDE TO SAVING YOUR KINGDOM
BY CHRISTOPHER HEALY

プリンス同《どう》盟《めい》

プリンス・チャーミングと呼《よ》ばれた王子《おうじ》たち

2016年4月30日　第1刷発行

著者
クリストファー・ヒーリー

訳者
石飛千尋《いしとびちひろ》

発行者
吉倉英雄

発行所
株式会社ホーム社
〒101-0051東京都千代田区神田神保町3-29共同ビル
電話[編集部] 03-5211-2966

発売元
株式会社集英社
〒101-8050東京都千代田区一ツ橋2-5-10
電話[読者係] 03-3230-6080　[販売部] 03-3230-6393(書店専用)

印刷所
図書印刷株式会社

製本所
ナショナル製本協同組合

　ISBN 978-4-8342-5309-2　C0097